新　潮　文　庫

# いただきますは、ふたりで。

## 恋と食のある10の風景

一穂ミチ　古内一絵　田辺智加
君嶋彼方　錦見映理子　山本ゆり
奥田亜希子　尾形真理子
原田ひ香　山田詠美



新　潮　社　版

*12006*

# 目次

小説



エッセイ・掌編

# いただきますは、ふたりで。

恋と食のある10の風景

Tea for Two

collected short stories

# わたしたちは平穏

一穂ミチ

一穂ミチ　Ichiho Michi
2007（平成19）年「雪よ林檎の香のごとく」でデビュー。’22（令和４）年『スモールワールズ』で吉川英治文学新人賞、’24年『光のとこにいてね』で島清恋愛文学賞、『ツミデミック』で直木賞を受賞した。

若月《わかつき》さんの家に移る時、わたしが持ち込んだものは衣類と化粧品、数冊の本、それから、ふたつの氷まくらだった。

「氷まくら、入れるスペースありますか？」

若月さんは「もちろん」と頼もしく頷《うなず》き、冷蔵庫の冷凍スペースの一部を融通してくれた。そこにはすでに若月さんの氷まくらがふたつ入っていたので、わたしたちの生活は四つの氷まくらと共に始まった。

「まさか、井子《しょうこ》と若月さんがつき合うなんて思わなかった」

わたしたちを引き合わせてくれた由実《ゆみ》は、何度もそう言った。「お互いにいい茶飲み友達になりそうとは思ったけど」

「まあ、茶飲み友達とそんなに変わらないよ」

わたしも、何度目かの答えを返す。休日の昼下がりのスターバックスで、ショートサイズを頼んでいるのは見たところわたしくらいだった。いつからトールサイズが「標準」と見なされるようになったんだろう。どう考えても多すぎる。

「そうだね、ふたりがいちゃついてるとこなんて想像できない。恥ずかしいあだ名で呼び合うとか、テーマパークでお揃《そろ》いのカチューシャつけるとか」

「想像できたとしてもやめてよ。そんな、若い子じゃあるまいし」

「三十五はまだまだ若いよ」

てらいなく断言できるのは、由実が服装にも美容にも時間とお金をかけているからだと思う。わたしには昔からそういう情熱がない。

「結婚式するの？」

「ううん、ていうか結婚するわけでもないから。ただ一緒に暮らすだけ」

「え、単なる同棲《どうせい》？　それは、お試し的な？」

「籍を入れないって決めてるわけじゃないんだけど、結婚しなくてもいいかなと思ってて。ふたりとも子ども欲しくないし」

つわりや出産の苦しみを想像するだけで恐ろしかったし、その後の長期間にわたる「育児」という営みをこなせる気がせず、若月さんも同意見だった。

「へええ」

由実は呆《あき》れと感心がブレンドされた相槌《あいづち》を打ち、「まあ、当人同士で話がついてるんなら」と雑に締めくくった。

わたしは帰って冷しゃぶの晩ごはんをつくる。つけ合わせは冷奴《ひややっこ》、細切りきゅうりの塩昆布《しおこぶ》和《あ》え、梅干し。「できたよ」と呼ぶと、サブスクで映画を観《み》ていた若月さんが茶の間からやってくる。ポン酢の小鉢にぷるぷるの豚肉をつけて口に運び「うまいね」と言った。

「ポン酢がまろやかでちょうどいい」

「だし汁でちょっと伸ばしたの」

「それでかあ」

「そのままだとちょっとしびしびするよね」

「しびしびって、山椒《さんしょう》とかに使う表現じゃない？」

「そう？」

「麻婆《マーボー》豆腐とかのさ。花椒だっけ」

「麻婆豆腐食べないから」

「そうだね」

うなぎは二年に一回くらい食べるけれど、山椒は使わない。たれの味を受け止めるだけで精いっぱいだ。わたしも若月さんも、濃い味や刺激物を好まない。デザートにはまだ固い桃を剝《む》いた。ごりっとした歯応《はごた》えと控えめな甘さがいい。手で剝けるやわらかさのものは、わたしたちにとっては熟れ過ぎと判定される。いちごもみかんもぶどう（昔ながらのデラウエアに限る）も、酸味が勝つくらいでちょうどいい。柿もちゃんと固くてちゃんと渋いのが好き。

——なんで、甘ったるくすることだけを品種「改良」とみなすんだろう。

ある時、わたしが不満を語ると、若月さんは深く頷いてくれた。その真剣な眼差しを見た時、この人を信頼していいと思えた。たぶん、大多数の人には共感してもらえない。でも、わたしにとって、ちょっとした食べ物や生活のこだわりで通じ合えることは、容姿やファッションの好みなんかより遥《はる》かに重要だった。

大学時代、同じゼミだった由実が久々に連絡をよこしてきたのは、一年前。「今週の土曜日、友達が個展を開くんだけど、にぎやかしにつき合ってくれない？」という用件だった。わたしはその友達の名前も個展のジャンルも知らなかったけれど、顔の広い由実らしいな、と思って「いいよ」と答えた。

——会社の先輩にもお願いしてんの。男の人だけど、物静かで井子と合うんじゃないかな。三人でご飯でも食べよう。

途端に気詰まりになった。でも、土曜日は派遣のシフトも入っておらず暇だと言ってしまったし、話題に困ったら由実がフォローしてくれるだろう。わたしは男性との出会いを求めていなかったので、その時点で「会社の先輩」とかいう人に何の期待も抱かなかった。

当日、駅の改札で初めて会った若月さんは、銀縁の眼鏡をかけた大人しそうな男性で、すこしほっとした。わたしは押しの強い人が苦手だから。川沿いのちいさなギャラリーでひっそりと開かれていたのは、焼き物の個展だった。素人《しろうと》には良《あ》し悪しなどわかるはずもなく、由実は在廊していた作者とのおしゃべりに夢中で、わたしは若月さんと所在なく皿だの一輪挿しだのを眺めていた。ただ、その所在なさは居心地悪くもなく、静物みたいに「ただそこに在る」という空気を醸《かも》す彼に、好感を抱いた。男の人が近くにいるとそれだけで気疲れしてしまうわたしには珍しいことだった。

その後行ったうどん屋さんで、若月さんはシンプルな釜揚《かまあ》げうどんを頼み、つゆに麺《めん》の先端だけ浸して啜《すす》った。「味しなくないですか？」と由実が遠慮なく突っ込むと、「このくらいがちょうどいい」と答える。

――ああ、こないだもつけ麺屋さんに連れて行かれてしょっぱかったって文句言ってましたもんね。

――文句じゃないよ、合わないだけだ。

――わたしもです。濃い味、苦手で。

常にない勢いでわたしは主張した。後から、がっついているみたいで恥ずかしいと反省したけれど、その時は大げさに言えば同志に出会えたような気持ちだった。若月さんはちょっと驚いた顔をしてから「そうなんですね」と笑った。その日の帰りに連絡先を交換し、ふたりで出かけるようになった。わたしたちはとてもよく似ていた。昆布だしが好きで、豆腐は年がら年中食べたい。しらすや大根やそうめん、とろろ、白い食べものに惹《ひ》かれる。お刺身も赤身より白身、まぐろは例外だけどトロには興味がない。袋ラーメンは粉末スープを半分も入れれば十分で、トーストもゆで卵も何もつけずに食べる。納豆の甘いたれはいらない。野菜には少量の塩とオリーブオイル、もしくはお酢。とても健康的な食生活に見えるかもしれない。でもふたりともお世辞にも頑健とは言い難く、夏冬にノルマみたいに風邪を引いた。入院まではいかないものの、最低三日間は熱を出して臥《ふ》せり、その間はおかゆと梅干しと豆腐で命を繋《つな》ぐ羽目になる。その共通点もまた高ポイントだった。

――普通さ、自分が虚弱だったら、つき合う人は丈夫な方がよくない？

由実にそう訊《き》かれたことがある。まったく正しくない。丈夫な人というのは、こっちが寝込んでいると往々にして余計な気を回したり、逆に「まだ治んないの？」と不機嫌になったりするので心身が休まらない。もやしが大根と一緒にいるのは無理がある。過去の恋人たちの「もうちょっと外に出なきゃ」とか「筋肉つけたら風邪も引かなくなるよ」という善意にわたしは苦しめられてきた。テーマパーク、ボウリング、キャンプ、フェス、フィットネスジム、スキースノボにマリンスポーツ、全部嫌いだし、それらを好きになることがわたしの「改良」だと決めつけられるのは苦痛だった。

——ねえ、何で氷まくらふたつもあんの？　場所取るじゃん。

元彼のふしぎそうな表情が、今思い返してもふしぎでならない。どうしてわからないの？

——だって、ぬるくなったら取り替えるでしょう。冷えるまでに時間がかかる。

——冷却シートでよくね？

——冷却シートに解熱《げねつ》効果はないし、肌が痒《かゆ》くなるから嫌い。

——わがままだなあ。

どっちが、と思った。人の家の冷凍庫にチャーハンや焼きそばを常備しておきたかっただけのくせに。このエピソードを披露した時、若月さんは「信じられないね」と憤慨してくれた。

——氷まくらはスペアがいるに決まってるのに。熱で苦しんだ経験がないのかな。

——ですよね。嵩張《かさば》るのは確かだから、シリコンの、氷と水を入れるタイプに替えようと思ったこともあるんです。でも、身動きもままならない時に、いちいち中身をセットする苦しさを考えたら……。

——わかる、わかるよ。

若月さんと正式な交際を始めてから半年ほど経《た》った頃、わたしは引っ越しを余儀なくされた。住んでいたマンションの管理会社が別の不動産会社に買収されたとかで、急に立ち退《の》きを命じられたのだった。住民同士で団結して弁護士でも雇えば争うことは可能だったかもしれないけれど、誰もそんな労力を払おうとしなかった。若月さんにこぼすと「じゃあ、うちに住む？」と軽く誘われ「あっ、はい」と軽く応じた。

燃える思いも焦《こ》げるせつなさも、わたしたちの間には存在しなかった。ふたりとも、そういうのに向いていない。ささやかな意見の一致を見出《みいだ》した時の喜び、共感のほのかな温《ぬく》もりを互いに持ち寄り「恋人」という型の中にどうにか詰め込んで成型した、それでいいと思う。淡い恋、ううん、薄い恋だ、これは。

若月さんの家は、都会では珍しい平屋の一軒家だった。ダイニング、茶の間、洋室がふたつのこぢんまりとした家で彼は生まれ育った。大学卒業間近にご両親が相次いで亡《な》くなり、実家と、毎年の固定資産税でチャラになる程度の現金が遺《のこ》されたらしい。わたしは古くてちいさなそのおうちを気に入った。駅から近いし、路地の奥にひっそり建っていて夜はとても静かだった。

住み始めて一週間くらい経った頃だったろうか、わたしは初めて彼女を見た。お風呂《ふろ》上がり、台所に水を飲みに行ったら冷蔵庫の前に知らない女の人が佇《たたず》んでいた。あまりにはっきりした姿形だったので、若月さんの親戚《しんせき》か誰かが訪ねてきたのかと思った。

華やかな人だった。黒地に鮮やかなボタニカル柄がプリントされたワンピースも、青みがかった茶髪も、テラコッタの口紅も、それらが似つかわしいくっきりした目鼻立ちも、一切合切わたしと無縁のものだった。何か言葉をかけたほうがいいのか迷っていると、彼女のほうもわたしに気づいたのか、はっと目を見開き、消えた。足元からすうっと透明になっていったので、大きな目は最後まで残っていた。一本一本きれいに反り返ったまつ毛にさえ、鮮やかな存在感があった。わたしはしばらくその場に立ち尽くしていたが、若月さんに肩を叩《たた》かれて我に返った。

「どうしたの？　こんなところで」

「ううん、何でもない」

その時点で思ったのは、脳の病気か何かで幻覚を見たんじゃないかということだった。わたしはすぐに脳ドックを予約してＭＲＩを撮ってもらった。結果を待つ間にも、その女の人はちょくちょく現れた。こっちには目もくれず壁の中にすうっと溶けていく時もあれば、明らかにわたしを認識してにらんでくる時もあった。自分の頭が作り出した幻かもしれないから怖くはなかったし、若月さんに心配をかけたくなかったので何も言わなかった。一週間後に届いた検査結果は「異常なし」だった。

その晩、若月さんは「きょうは僕が夕食の支度するよ」とビーフシチューをつくった。

大きな肉と野菜がごろごろ入っていて、仕上げに生クリームも垂らしてある、洋食屋さんで出てくるような見事な仕上がりだった。

「珍しいね」

「たまにはね。無理して食べなくていいよ」

味つけもしっかり濃厚で、お皿半分も食べないうちにバゲットを三切れ消費してしまい、満腹になった。若月さんも明らかに持て余していた。むしょうにこってりしたものが食べたくなっただけかもしれない。わたしも、ソースがたっぷりかかったとんかつをひと切れだけ欲しくなる時があるから。テーブルの側《そば》には彼女が立っていて、妙に楽しげな顔で濃いブラウンのシチューを見つめていた。幽霊（とは限らないけれど）も、お腹《なか》が空《す》くのだろうか。若月さんには姿が見えていないのか、平然と立ち上がると彼女の身体《からだ》をすり抜けて残ったシチューをジップロックに移し、冷凍庫にしまった。

「あしたもシチュー食べるの？」と訊くと、「いや」とかぶりを振る。「もういらない」

若月家では生ごみの類も冷凍庫に保管するので（虫がわかないように、らしい）、捨ててしまうということだろう。わたしはすこし驚いたが、エコやSDGsにこだわるタイプではなかったので「そう」とだけ言った。それより、彼女の正体が気になった。無視するには目につきすぎる。牛乳かんに薄めた黒蜜《くろみつ》をかけた、わたし作のデザートには興味がないのか、すうっと背中を向けると同時に消えた。

その年は梅雨冷えもなく蒸し暑い六月で、寝室のクローゼットから夏用の肌がけを取り出す時、数冊のアルバムが棚にしまわれているのに気づいた。小中高大の卒業アルバムと、家族用らしきものが一冊ずつ。

「アルバム見ていい?」

「うん」

若月さんは存在すら失念していたのか「捨ててなかったんだな」と軽く驚いていた。

「若月さんも一緒に見る?」

「僕はいいよ」

ひとりでベッドに腰掛け、ファミリーアルバムを開いた。新生児の若月さんがいる。ぶ厚いページをめくるたび、べりり、べりり、と糊付《のりづ》けされていたみたいな音が立つ。乳幼児期は写真もちょっとしたメモ書きも豊富なのに、小学校高学年あたりから急に枚数が減るのがリアルだった。家族とのお出かけをうっとうしがるような時期が若月さんにもあったんだだと想像するとほほ笑ましい。しかし正直言ってさほど面白いものでもなく、惰性で閲覧を続けていると、突然その人は現れた。

たぶん、成人式だろう。朱と金の華やかな振袖《ふりそで》を着て、見ているだけでくしゃみが出そうな白いふわふわを首に巻いている。後ろに写っているのはこの家だ。あっと声が出そうになった。今、うちに出没している彼女よりだいぶ若いけれど、この派手な美貌《びぼう》は間違いない。わたしはそのページを開いたまま、若月さんのところに持っていった。

「ねえ、この人、誰」

若月さんの目が一瞬すっと細くなった。懐《なつ》かしむようでも疎《うと》んじるようでもあり、どんな感情なのか読めなかった。にもかかわらず、わたしの腕にはきめ細かな鳥肌が立った。初めて見る貌《かお》だったからだろうか。彼はすぐ元の穏やかな眼差しに戻って「七年前に離婚した元妻」と答えた。

「結婚してたの？」

「うん」

「初耳。すごくきれいな人だからびっくりしちゃった」

「そうだね、きれいな人だったよ」

「他人事《ひとごと》みたいに淡々としてるのね」

「昔の話だから。怒ってる？」

「ううん。どうしてわたしが怒るの？」

「今まで黙ってたから」

わたしも訊かなかったし、過去の恋人についていちいち申告する義務はない。「恋人」が「配偶者」でも同じだろう。

「今も結婚してたら怒るかもしれないけど、昔の話だって若月さんが言ったじゃない」

『かもしれない』んだ」

「怒るの、苦手なの」

「知ってる」

若月さんは笑みをこぼし「麗華《れいか》っていうんだ」と教えてくれた。「遠縁の子で、両親を亡くして十三歳の時うちに引き取られた。僕とは五歳差だから、井子さんと同い年だね」

それで、成人式の写真があったんだ。

「うちの親が亡くなってからはふたりで暮らして、麗華が大学を卒業すると同時に籍を入れた。彼女は働きたくないって言ったし、すでに家族同然だったから、何だろう、味変というか。今までの関係に『配偶者』という名の調味料を振りかけたような感じだったな。わかる？」

「全然わからない」

「そうか」と若月さんはなぜか嬉《うれ》しそうだった。

「すごくロマンチックというか、ドラマチックだね。天涯孤独になった美少女を急に居《い》候《そうろう》させることになって結婚までするなんて、もてない男の人の妄想みたいじゃない」

「けっこう大変だったよ。うちは狭いから、麗華に個室を与えるために両親は茶の間で寝起きするようになった。しかも彼女はわがままで、結婚してからも僕のつくる料理は味のしない病院食だって文句たらたらだった」

「見た目の印象どおりの人だったのね」

そして、名は体を表す。「麗華」と名づけられるために生まれてきたような、人目を惹く美貌。若月麗華、と口の中で転がしてみる。字面《じづら》の密度が濃い。全部で四十画以上ある。わたしなんて「川上井子《かわかみ》」、十三画しかない。

「どうして離婚しちゃったの？」

「出奔した」

また、若月さんに不似合いな仰々しい単語が出てきた。

「会社から帰ると彼女の荷物が無くなってて、記入済みの離婚届が置いてあった。熱しやすく冷めやすい性格で、他に男がいるのは当たり前だったから、驚きはしなかった。何日か家出してふらっと戻ってくるのも珍しくなかったけど、離婚届まで用意してるのは初めてで、本気で好きな男ができたんだなと思って僕の欄を埋めて提出した」

「それっきり？」

「うん」

「すごいね」

人に歴史あり、とわたしは少々興奮していたかもしれない。

「韓流ドラマのあらすじを聞いてるみたい。若月さんが、そんな痴情のもつれを経験してたなんて」

「もつれてないよ。そもそも、もつれるようなものが何もなかった。彼女を追いかけてたらドラマとして成立するかもしれないけど」

「追いかけようとは思わなかった？」

「仕事もあるし、連れ戻したところで同じことを繰り返すだけだから」

「麗華さんが出て行っちゃって寂しかった？」

「寂しくなかったと言えば嘘《うそ》になるね」

若月さんは持って回った言い方をしてアルバムを閉じた。

「突然いなくなられると、実体より気配が恋しいんだ。足音とか、ドアの開け閉めとか。空気が動いて、自分以外の存在を感じることですごく安心してたんだなって思い知ったよ。でもすぐに慣れた。あなたと暮らすようになって、懐かしく思い出した。麗華はすべての動作がいちいちがさつで、あなたとは似ても似つかないけど……こういう言い方は、不快になる？」

「ううん」

「気になるんなら、家を売って引っ越してもいいよ」

「平気」

麗華さん、今も見かけるけど、なんて言ったら、どんな反応が返ってくるだろう。また、あの謎《なぞ》めいた細目になるのかもしれない。

わたしはこれまで幽霊というものを見たことがなかったので「いない」と思っていたけれど、別に「何が何でも否定する」というスタンスじゃない。目《ま》の当たりにすると「そういうふしぎなこともあるんだな」くらいの感想だった。この家に出没しているのが麗華さんの幽霊だとして、彼女は出奔の果てにどこかで死んでしまったんだろうか。気配が生々しいので生き霊《りょう》という可能性もある。どちらにせよ、この家か若月さんに未練があり、何かを訴えたくて現れていると考えるのが自然なはずだけれど、麗華さんから切実な情念は感じ取れなかった。いっさい見えていないらしい若月さんにアピールするそぶりすらない。

その代わり、わたしにちいさな意地悪を仕掛けてくるようになった。すれ違いざまに足を踏んだり、洗顔の最中に水を止めたり、腕をつねってきたり、実害はほぼゼロのいやがらせを。透けたりすり抜けたりするくせに、物理的な干渉も可能らしい。謎だ。寝ている最中金縛りに遭ったり首を絞められたり、というオーソドックスな恐怖体験はなかった。そこまでする気がないのか、霊としての祟《たた》り力（?）が足りないのかはわからない。下手に話しかけて会話が成立してしまうと面倒だから、無視を貫いた。

出現する時間も場所もランダムだけれど、確実に姿を見せるのは月に一回、若月さんがこってりした料理をつくる晩だった。油淋鶏《ユーリンチー》、カツレツ、カルボナーラ、パイナップルを載せたハムステーキ。ふたりとも箸《はし》が進まない品を定期的にこしらえ、その都度麗華さんは楽しげに食卓を見下ろすのだった。わたしが湯豆腐の準備をしていると、鼻の付け根にきゅっと皺《しわ》を寄せて「何よそれ」と言いたげだったのに。

若月さんは、麗華さんを思ってつくっているのかもしれない。麗華さんのために腕を振るい、麗華さんが食べるところを想像して満足しているのなら、わたしは別に無理して食べなくてもいいんだと気持ちが軽くなった。嫉妬《しっと》などはしない。味の濃い食べものと同様、濃い感情も苦手で、喜怒哀楽すべてがほかの人より希薄だった。馬鹿《ばか》みたいにはしゃいだ記憶もなければ、しゃくり上げるほど泣いた記憶もない。もっと振れ幅が大きいほうが人生を満喫できるのかと考えたりもしたけれど、薄情な性格には利点もある。勤め先のコールセンターでどんなに理不尽なクレームを受けようと、何十分も怒声を浴びせられようと、へっちゃらだった。そしてすぐに忘れてしまう。インカムの奥で唇をふるわせ、目を真っ赤にしている同僚に同情しつつ、あんなふうにいちいち心が動くのは大変そうだなと思っていた。そんなわたしと同類であろう若月さんが、毎月、自分を一方的に捨てた妻のために無駄な料理をつくるいじらしさを好ましく感じた。ほとんど手をつけられないまま冷凍庫行きになり、生ごみとして捨てられるだけだとしても。

同棲を始めてから一年とすこし経った。『三年一緒に暮らすと、内縁の妻にレベルアップできるらしいよ』と由実が電話で教えてくれた。

「何で三年なんだろう」

『石の上にも三年とか言うからじゃない？　ほどよいなって感じ？　二年じゃ短いし四年じゃ長すぎる』

三年経つと、関係が確かなものに変わるんだろうか。ゼリーが固まるように、梅干しや味噌《みそ》が熟成されるように。若月さんが麗華さんと結婚したのは二十七歳、出奔されたのが三十三歳……三年かける二。それでも、若月さんは呆気《あっけ》なく捨てられてしまったのに。

『最近はどう？』

「特に何も」

ふたりで薄い食卓を囲み、会話はぽつぽつとながら途切れず、デートは美術館や庭園が多かった。美術館は混み合う企画展をスルーして常設展を気ままに眺める。ふたりとも、一瞬で目に飛び込んでくる美しさより、わけがわからないものを好んだ。絵の具をぶちまけただけみたいな抽象画、棒切れにしか見えない彫刻、などなど。無理して何かを汲《く》み取ろうとせず「何だろうね」「わからないね」と声をひそめて言い合うのが楽しい。由実は『枯れすぎ』と呆れていた。わたしたちの生活のアクセントといえば月イチの特別メニューと、相変わらずみみっちい攻撃を仕掛けてくる麗華さんくらいのものだった。

七月の半ば、父が死んだ。わたしは遅い子だったのでもう八十歳近かった。享年《きようねん》も、誤嚥《ごえん》性《せい》肺炎という死因も、妥当だなと思った。親の死に直面してもやっぱり悲しみに暮れるということができない。仕事の時と同じように、訊かれたことや言われたことにのみ的確に対応し、猛暑の中の弔いに消耗しきった母のフォローに徹した。久しぶりに会った兄夫婦はずいぶん老《ふ》け、そのぶんを吸い取ってしまったように甥《おい》や姪《めい》ははつらつと健やかに見えた。

「男と暮らしてるんやて?」

火葬を待っている間、不躾《ぶしつけ》に尋ねられた。大学以降を関西で過ごした兄はすっかり方言に染まっていて、着ぐるみの中身が入れ替わったような違和感に未《いま》だ慣れない。

「うん」

「長いんか」

「一緒に住み始めてからは一年ちょっと」

「そんで、籍入れてもらわれへんのか」

兄は哀れみと蔑《さげす》みの入り混じった視線を投げかけてくる。

「お袋も年やし、あんま心配さすなや。いい年して法律に縛られへん事実婚がおしゃれみたいな考え方、はっきり言うてイタいからな」

ちょっと、と兄嫁が小声でたしなめる。

「こんな時に……」

「こんな時でもないと、腹割って話す機会ないやろ」

「籍なんか、井子ちゃんの一存でどうにかなる話でもないでしょ。ねえ？」

わたしが返事をせずにいると、兄嫁は「男の人はせっつくとすぐ逃げようとするし」とねっとりした笑いを含ませ兄の肩を叩く。身に覚えがあるでしょ、と夫婦だけの空気を醸されるのは交尾を見せられているみたいで気持ち悪かったので、お茶を淹れるという名目でその場を離れた。

彼らの中では、わたしは「男の家に転がり込んだものの結婚はしてもらえないみじめな女」らしい。結婚「してくれた」から若月さんをもっと好きになるわけでも、結婚「してくれない」から嫌いになるわけでもないのに。わたしにとって結婚なんて「猛犬注意」や「抗菌加工済み」のシールと大差なかった。信用できないし、本当だったとしても犯罪や病気のリスクをどの程度軽減できるかわかったものじゃない。当てにするのは勝手だけれど、兄たちは、婚姻という制度への信仰をこっちにも強いてくる。

精進落としの膳《ぜん》は、わたしにはやたらと甘かったりしょっぱかったりで、半分も食べられなかった。暑さと疲労でへとへとになって家に帰り、クリーニング用の袋に喪服を突っ込むとお風呂に入ってすぐ寝てしまった。朝目覚めると、頭がぼやんと膨らんだような馴染《なじ》みの熱っぽさを感じ、しまったと思った。同棲を始めてから体調が良かったのに。若月さんはすぐに買い置きの抗原検査キットを開封してくれて、念のためふたりでチェックした結果、両方に陽性反応が出た。きのう、食欲がなかったのはきっとこのせいだ。

「ごめんなさい、うつしてしまった」

「無症状だっただけで僕由来かもしれないから、そういう無意味な罪悪感は捨てよう。それより、一応寝室を分けようか。実はけさから喉が痛くて」

「そうだね、傍にいるとウイルスが濃縮されてく気がする」

ふたつある洋室は、若月さんの書斎とふたりの寝室として使っていた。なので、若月さんは茶の間の座卓を片づけて布団《ふとん》を敷き、一時的に避難することになった。麗華さんがいた時のご両親みたいに。熱はたちまち三十九度を超え、わたしは久しぶりに氷まくらのお世話になった。全身に根が生えたような重い倦怠感《けんたいかん》でどんな寝相を取っても苦しく、細切れの睡眠の合間に用を足したり水を飲んだりを繰り返した。耳を澄ませ、若月さんが活動していないタイミングを窺《うかが》ってよろよろと起き出す。若月さんもそうしているのが何となくわかった。悪化したのだろう。熱に浮かされながら、若月さんの足音やトイレの流水音を聞いてほっとしていた。気配が恋しい、という彼の言葉を思い出す。
四つの氷まくらはフル稼働《かどう》だった。一向に熱が引かない時は半日経ってもつめたいままなのに、寝汗をびっしょりかいて三十七度台まで下がると数時間でぷよんぷよんになっていて、悪いものを吸い取ってくれたみたいで頼もしい。だからといって油断するとまたすぐにぶり返すのは、これまでの経験でわかっている。氷まくらを取り替え、胎児のポーズでじっとしていると、かすかなデミグラスソースの匂《にお》いが漂ってきた。一瞬、夢と現実が混じり合っているのかと思ったけれど、すぐに、頭の下からだと気づく。氷まくらに巻いたタオルを剝《は》がしてくんくん匂いを嗅《か》いでみた。間違いない。そういえば、数日前に若月さんが月イチの恒例行事でハンバーグを焼いていたっけ。冷凍庫の中でソースが漏れて匂いが移ってしまったんだろう。幸い、吐き気はなかったので気にしないことにして目を閉じた。きっと、すぐに鼻が慣れてわからなくなる。

麗華さんの夢を見た。目を開けた時、おびただしい寝汗で髪も下着もパジャマも湿っていた。でも、頭はずいぶんすっきりしている。枕元《まくらもと》のスマホを手繰り寄せると午前三時過ぎ。氷まくらを取り替えたのは夕方だったから、数日ぶりによく眠れた。わたしは濡《ぬ》れ髪のぬるまった氷まくらを抱えて起き上がり、手短にシャワーを浴びて着替えた。寝込んでいる間は一度も見ままそっと茶の間を覗《のぞ》くと、麗華さんがいた。そういえば、寝込んでいる間は一度も見かけなかった。幽霊なりに気を遣ってくれていたのかもしれない。

　彼女は、若月さんの枕元にちょこんと正座していた。畳の上にボタニカルのプリントが広がっている。若月さんは苦しそうに口で呼吸していたが、麗華さんの白い手が額に重なると、ふっと静かになった。その手がとてもつめたいのをわたしは知っている。つねられたりすると、そこから冷気がざわっと広がって夏場は気持ちいいくらいだった。

「やめてよ」

　初めて、麗華さんに話しかけた。若月さんが連れて行かれるんじゃないかという焦《あせ》りとともに、お腹の底で苦い種がから炒《い》りされてぱちぱち弾《はじ》けるような――ああ、これが「嫉妬」というものか。自分の中に、こんな濃い感情があったなんて。

「若月さんはあげないよ」

　麗華さんは顔を上げてわたしを見ると、いつか若月さんがしたように目を眇《すが》め、消えていった。若月さんの額にそっと触れると、ひんやりしていた。ふう、と息をつくのと同時に猛烈な空腹を自覚した。三日ほど水と氷とマヌカハニーの飴《あめ》しか摂取していないので当然だけれど、ものすごく暴力的な食欲が湧《わ》いている。なので、ご近所ならぎりぎり許されるラフな服に着替えると裸足《はだし》にサンダルで外に出た。ぬるい風が生乾きの髪を撫《な》でる。未明の空は澄んだ紺色で、まばらに光る星を見上げながら、もし若月さんが連れて行かれても、あの家に帰ってきてくれるのかな、と考えた。気配を感じられれば、生きていても死んでいても、わたしは、どっちでもいいのかもしれない。ああでも、結婚していないから、若月さんが死んでしまえばあの家にはもう住めなくなる。

二十四時間営業のスーパーで合《あ》い挽《び》き肉と玉ねぎを買った。牛乳とパン粉とナツメグは家にある。ゆっくりゆっくり、電柱ごとに休憩しながら帰ると、台所に立ってハンバーグをつくり始めた。玉ねぎを刻み、肉をこね、フライパンで焼く。普段なら半分以上豆腐を混ぜるから、こんな純正のハンバーグを自分でこしらえるのは初めてだった。じゅうじゅう肉の焼ける音でお腹が鳴り出すのも。

汗をかいたので、塩胡椒《こしょう》多めでたねをつくった。にもかかわらず、できたてのハンバーグをフライパンから直接箸で割いてかじると、ほとんど味がしない。もしかして、味覚や嗅覚《きゅうかく》がおかしくなるというあれだろうか。ゆうべまではデミグラスソースの匂いをちゃんと感知していたのに、そういえば今は匂いもわからない。いくら薄味好みとはいえ味気なさすぎる。何か足せばましになるだろうか。ハンバーグソースって、どうやってつくるんだっけ。ふだんはおろしポン酢一択だけど……冷蔵庫に向き直った時、椅子《いす》の背に引っ掛けたままだったフォーマルバッグが目に入る。これでいいや。わたしは使っていなかった清めの塩を取り出し、ハンバーグに振りかけて食べた。塩の粒が口の中でつぶれると、ようやくしょっぱさを感じた。大雑把な味はわかるけれど味わいはわからない、という状態ながら、大判のハンバーグをふたつ、立ったまま平らげて満足した。

わたしにとっては暴食だ。洗い物をして水をごくごく飲み、もう一度茶の間を窺うと、若月さんはうっすら目を開けていた。

「具合、どう？」

「だいぶ落ち着いてきたよ」

「お水飲む？　何か食べられそうだったらおかゆでもつくろうか？」

「それより、マスクするから、近くに来てくれる？」

「うん」

わたしもマスクを着け、さっき麗華さんがいたポジションに正座した。

「あなたは、何か食べた？」

「さっき、ハンバーグ焼いて食べたよ」

若月さんが軽く目を瞠《みは》る。

「珍しいね」

「急に食べたくなって」

「わかった、あれのせいでしょう、僕が冷凍庫の中でデミグラスソースを漏出させたから」

漏出、という表現がおかしくてすこし笑った。

「それもある」

「ごめん」

「ううん。若月さん、何か夢は見た？」

「夢？　見たかもしれないけど、朦朧《もうろう》としてたから覚えてないな。ただ、昔、江藤《えとう》さんに言われたことを思い出してた」

「由実？」

予想外の名前が出てきた。若月さんはしっとりと温かな手でわたしの手を握る。

「あなたは『魔性の女』なんだって。つき合いたての頃かな、忠告なのか陰口なのか微妙なニュアンスで……笑っちゃったよ。でも江藤さんは真面目《まじめ》な顔で、『魔性の女』っていうのは、すごい美人とか巨乳とか、そんなわかりやすい外見をしてないんだって言い張った。井子と接した男は、ドミノみたいに呆気なく倒れていくの、って。僕みたいな冴《さ》えない男を倒したって得じないだろうと思って聞き流したけど」

「わたしが倒してるわけじゃない」

これじゃ認めてるみたい、と思いつつ、わたしは言った。「いつも、勝手に近づいてきて勝手に退屈して離れていくの。こっちは本当に何もしてない。わたしなんかがお断りするのも失礼な気がするから、なりゆきに任せてるだけ」

「うん、わかるよ」

若月さんは頷いた。「きっと、そういうところなんだろうね」

「そういうところって？」

「捉《とら》えどころがなくて、こんな人が自分の恋人になったらどんな感じなんだろう、っていう想像をかき立てるタイプなんだよ。即物的な意味での想像じゃなくてね。余白の多さに惹かれるというか。一緒に暮らすようになって何となく納得がいった」

大学の時、由実の彼氏に告白されたことがある。わたしは友情を盾にはっきり断ったのに、一週間後には「あいつと別れてきたからいいだろ?」と食い下がってきた。「それでも由実に悪いから」と何とか突っぱね、由実は「くだらない男とつき合っちゃったな」と笑っていたけれど、本心は違うのだろう。

「由実は、わたしのことが嫌いなの。たぶん、うっすら不幸になってほしいと祈ってるから、わたしとのつき合いを切らない」

「うっすら？」

「そう。憎悪《ぞうお》っていうほど強い感情じゃなくて、例えば今みたいに病気するとか、痛い目に遭えばいいのにっていうカジュアルな悪意。だから、実直な若月さんとはうまくいってほしくなかったんじゃないかな」

「江藤さんがそう言ったの？」

「言われなくても分かるよ」

「どうして？」

「どうしてって、当たり前にわかるし、向こうだってわかってると思う」

「絶交しなくていいの？」

「うん、別に」

「怖い人だなあ」

ぼそりとしたつぶやきには実感がこもっていた。

「魔性の女ですから」

体温計を手渡して測ってもらうと、三十八度五分だった。

「まだ高いね。お水持ってくるから、飲んだら寝て」

「うん」

ポカリスエットの粉を少量溶かした水を持っていくと、若月さんは喉《のど》を鳴らして飲み干した。

「ありがとう、おいしかった。そういえば、さっきどうして夢のこと訊いたの？」

「わたしが夢を見たから」

「どんな？」

冷蔵庫が出てきた、とわたしは答えた。「暑かったのと、氷まくらのせいかも。おやすみなさい」

「うん」

廊下に出ると、玄関先に麗華さんが立っているのが見えた。こちらに背中を向けていて、顔は見えない。彼女が今どこでどうしていて、なぜここに出てくるのか、知らない。夢の中で、冷蔵庫に収まっていた彼女。ふたつの氷まくらに寄り添うように並んでいた、細い手と足。それから、若月さんがあの時みたいに目を細めて両手を伸ばしてくるところ。首に触れた指が燃えるように熱くて、わたしは目を覚ました。「もつれるようなものが何もなかった」と若月さんは言っていたけれど、もつれるより早く断ち切ってしまったのかもしれない。わたしが知らない激しい感情を隠し持っていて、麗華さんにぶつけたことがあるのかもしれない――それが、最初で最後になった。

ふたりの間に何があったのか確かめるすべはないし、熱で煮えた頭が見た夢の話なんてどうでもいい。それに、わたしの目に映る麗華さんは、若月さんを恨んでいるとは思えなかった。わたしは何も言わない、訊かない。ここで静かに、淡々と暮らしていきたいから。

来月もきっと、若月さんは麗華さんのためにこってりした料理をつくる。そして冷凍庫にしまって、捨てる。生活の中に組み込まれたサイクル。わたしもメニューを提案してみようか、手伝いたいと言ってみようか。彼女の好きそうなものは何だろう。ビーフストロガノフ、チキン南蛮、豚の角煮……あれこれ想像したら楽しくなってきた。もしも自分が冷蔵庫に収納されるような結末になっても、その時はその時だ。この家をうろちょろして、また新しい女の人が来たら、わたしも意地悪をするかもしれない。

ううん、ひょっとして、冷蔵庫にしまう側になるかも。さっきの嫉妬よりもっとずっと濃く激しい感情を、若月さんが教えてくれるかも。恐ろしいようなわくわくするような心地で台所に立つ。彼が目を覚ましたらすぐ食べられるように、白粥《しろがゆ》でもつくろう。

# ワタシノミカタ

古内一絵

古内一絵　Furuuchi Kazue
東京都生れ。ポプラ社小説大賞特別賞を受賞し、2011（平成23）年デビュー。著書に「マカン・マラン」シリーズ、『最高のウエディングケーキの作り方』などがある。

　ふと眼が覚めると、キッチンから裕紀人《ゆきと》の笑い声が聞こえた。はじけるような声と一緒に、なにかを炒《いた》める音が響いてくる。

　暫《しば》しぼんやりした後、漆原理都子《うるしはらりつこ》はベッドの中で軽く伸びをした。やがて漂ってきた香ばしい匂《にお》いに段々意識がはっきりしてくると、心の底から思う。

　助かる――。

　小学四年生の一人息子が朝から上機嫌で、自分以外の誰かが朝食の準備をしてくれている。こんな日が訪れるとは、つい数ヶ月前は想像もできなかった。

　今だって、それほど現実味があるわけではないのだけれど。

　サイドテーブルの置時計を引き寄せれば、午前七時になるところだった。三時間近くは眠ったのか。上半身だけを起こし、理都子はまだ重い目蓋《まぶた》をこする。今日の朝一までに編集者に送らなければならないネームが完成したのは、結局午前四時頃だった。

　ネームというのは、漫画のコマ割りと吹き出しの台詞《せりふ》だけを描いたコンテのようなものだ。人物の輪郭を描くこともあるが、最近理都子はネーム段階ではほとんど絵を入れない。

イラストレーターから漫画家に転身した理都子が雑誌連載を持てるようになったのは、今から四年程前だ。以来、お盆進行には毎年手こずらされている。通常より、進行が一週間ほど早くなるのだ。月刊連載でのこの前倒しはかなりきつい。ベッドに倒れ込んだときには、白々と夜が明けていた。

七月上旬は、一年で一番日が長い夏至期間だ。そして、今月の半ば過ぎには、裕紀人の小学校の長い夏休みが始まる。

毎年、一番疲弊する七月の朝を、こんなふうに穏やかな気持ちで迎えられることを、改めてありがたく思う。昨年なら、たとえ未明まで仕事をしていたとしても、今より三十分前に起きて、朝の弱い裕紀人をたたき起こし、寝不足のまま朝食作りにとりかからなければならなかった。

まだ寝足りなかったが、ここで二度寝してしまうと、数時間は起きられそうにない。あくびを噛《か》み殺し、理都子はベッドから下りた。どれだけ忙しくても、登校前の裕紀人の顔を見ることはできるだけ欠かしたくない。

洗面所に向かい、手早く顔を洗い、簡単に基礎化粧を済ませた。寝室に戻り、パジャマから部屋着に着替えてそのままキッチンにいこうとしたが、思い直して、化粧台に座る。

髪を整え、眉《まゆ》を描き、アイラインを引いた。不自然に見えない程度にリップグロスも塗ってみる。いつもはここまで気にしないが、今朝はほとんど徹夜明けだ。

もういい歳《とし》なのだから、今更若作りをするつもりはないけれど、必要以上に老《ふ》けたところも見せたくない。

これは、ちょっとしたマナーみたいなものだ。自分をそう納得させてから、理都子は寝室を出た。

キッチンに入ると、背の高い若い男がガスレンジの前でフライパンを握っていた。フライパンの中では、ベーコンと玉子がジュージューと音を立てている。先ほど漂ってきた香ばしい匂いの正体はこれだろう。

「おはよう」

声をかければ、エプロンをかけた男がくるりと振り返った。住み込みアシスタントの北澤昴《きたざわすばる》だ。理都子は髪を整えてきたのに、昴の少し長い髪は寝ぐせだらけだった。

なんだか自分だけが彼の存在を意識しているようで、理都子は一瞬きまりが悪くなる。

「あ、理都子さん、おはようございます。昨日、何時までやってたんですか」

理都子の拘泥《こうでい》にはまったく気づかぬ様子で、烏天狗《からすてんぐ》を思わせる黒マスクで顔の半分を覆《おお》った昴が明るい声をあげた。

「四時頃かな」

「マジすか」

　フライパンの火を弱めながら、昴は大げさにのけぞった。軽い口調とは裏腹に、裕紀人に料理を作るとき必ずマスクをしているのは、この男なりの誠実さの表れだろうと理都子は思う。

今年の五月から、新型コロナウイルスはインフルエンザと同様の5類へと移行された。しかし、だからといって、ウイルスが弱くなったわけではない。

「ほい、ユッキー、お皿用意してくれる?」

一旦《いったん》火をとめ、昴がテーブルについている裕紀人のほうを向いた。

「オッケー」

軽快に席を立ち、裕紀人が棚から皿を取り出しにいく。頼んだ相手が母親の理都子だったら、絶対に見せない素直さだ。

「裕紀人、おはよう」

正面から声をかけても、「うん」と頷《うなず》かれただけだった。

「おい、ユッキー、うんはないだろ、うんは。お母さん、俺らのために明け方まで仕事してたんだぞ。こういうときは、〝おはようございます、お母上〟だろ」

鷹揚《おうよう》な調子で昴が諭すと、「お母上だって!」と、裕紀人は声をたてて笑い出す。以前、歳の離れた弟や妹がいると聞いたことはあったけれど、昴は本当に子どもを相手にするのがうまい。一応は雇い主の息子なのに、変に気を使っている様子もなく、態度も口調もあくまで自然だ。

「ね？　お母上」

昴が理都子に目配せした。

「あなたの母親になった覚えも、あなたのために仕事をしている覚えもないけどね」

軽口に応じながら、彼の場合、うまいのは子ども相手だけではないかもしれないと、内心密《ひそ》かに考える。

「またまた。理都子さんにしっかり働いてもらわないと、俺たちアシスタントも干上がっちゃうんですよ」

裕紀人の用意した皿に中身を移したフライパンに、昴は今度は厚切りの食パンを置いた。じゅわっと音を立て、ベーコンの油を吸った食パンがきつね色になっていく。食パンをひっくり返し、バターをひとかけ加えると、キッチンに一層香ばしい匂いが漂った。クルトンのようにかりかりに焼いた食パンに、一旦皿に移したベーコンエッグを載せる。

「ほい、完成」

差し出された皿に、裕紀人は瞳《ひとみ》を輝かせた。

「熱いから、フォーク使ってな」

「いただきまーす！」

元気に声をあげ、裕紀人がフォークで目玉焼きをつつくと、黄身がとろりとあふれ出す。

「うまっ」

玉子の黄身を絡《から》めたきつね色のトーストを頬張った裕紀人が、満面の笑みを浮かべた。

バターを加えた蛋白質《たんぱくしつ》と炭水化物の組み合わせは、理都子の眼にも美味《おい》しそうに映る。

だけど、少々ビタミン不足が気にかかった。

「裕紀人、野菜も一緒に食べようか。トマトとブロッコリーあるよ」

理都子が冷蔵庫をあけようとすると、途端に裕紀人が顔をしかめる。

「もう、お母さん。余計なことしないでよね」

唇をとがらせて続けた。

「今日は、昴さんに〝禁断のキャンプ飯〟朝食バージョンを作ってもらったんだから。〝禁断飯〟に、野菜なんていらないの」

「あ……、そうなの」

余計なことと言われて、少々落ち込む。

「理都子さんも食《く》います？」

取りなすように、昴がフライパンを掲げた。

「私は、まだいい」

理都子は首を横に振る。登校する裕紀人を見送ったら、もうひと眠りするつもりだった。

「それじゃ、俺はベーコンチーズトーストにしよう」

昴が再びフライパンを火にかける。

「えー、それもうまそう」

「お、ユッキー、朝から食欲あるじゃん。食えそうなら、少しだけ分けてやろうか」

「うん、うん！」

朝はいつも不機嫌で食も細い裕紀人がはしゃいだ声をあげていることに、理都子は意外な気分になった。

でも、昴が朝食を作るようになってから、ずっとこんな感じかもしれない。

学校の給食は優秀な管理栄養士が監修しているし、理都子が夕食を作れるときは極力バランスのとれたものを用意しているのだから、朝食くらいは好きなものを好きなように食べさせてもいいのではないだろうか。

そう考え、理都子はこれ以上口出しするのをやめた。

「じゃあ、理都子さんにはドリンク」

フライパンで焼いたトーストにベーコンチップととろけるチーズをかけて蓋をすると、昴は冷蔵庫から冷えたグラスを取り出してきた。グラスの中には、鮮やかな緑の葉っぱが一杯に詰め込まれている。

「え、なに？」

「庭にごっそり生えてるミントですよ。さっき摘んできたばっかり」

昴が青々としたミントの上に強炭酸水を注《そそ》ぎ込み、マドラーでかきまぜた。

「マドラーで少し潰《つぶ》しながら飲むと、うまいですよ。ハーブが生えてるところで野営するとき、よく作るんです」

促されるままグラスを口元に運ぶと、ぱちぱちとはじける小さな泡がグロスを塗った唇をくすぐる。一口含めば、炭酸の刺激と共に、爽《さわ》やかなハーブの香りがすっと鼻に抜けた。

「美味しい……」

思わず感嘆すると、「でしょう？」と昴が黒マスクの上の眼を細める。

「もっと早く作ればよかったな。でも、これからは毎日楽しめますよ。なんせ、ミントの奴《やつ》ら、抜こうがちぎろうが、延々生えてきますからね」

一時《いっとき》は見るのも嫌だった庭の生え放題の植物に、こんな活用法があるとは考えたこともなかった。ごっそりと生えてくるのが雑草ではなく、ハーブだと知ったところで、それで何かをしようという気力が湧《わ》かなかった。

〝丁寧な生活〟という耳触りのよいフレーズを実践できるのは、結局、気持ちに余裕がある人たちだけだ。

「さ、俺のもできた。仕上げにガーリックパウダーかけて、と……。ユッキー食えそう？」

「ちょっとだけ」

ねだられるままに、新しく焼けたトーストの一角を切って皿に載せてやりながら、昴は裕紀人の斜め前の席に着いた。理都子もグラスを手に椅子《いす》を引き寄せる。

できるだけ向かい合わないようにテーブルを囲むのも、コロナ以降の「新しい生活習慣」の一つかもしれない。

「いただきます」

マスクを外した昴に合わせ、理都子も裕紀人も改めて唱和した。

「チーズ、うまっ」

「だろ？　とろけるチーズとガーリックパウダーは絶対に裏切らないんだよ」

楽しげに話している裕紀人と昴の様子を、理都子は横目で眺める。ベーコンエッグやチーズトーストくらい、これまでだって散々作ってきたのに、この裕紀人のはしゃぎぶりはなんだろう。トースターを使わずに、フライパン一つで作るというのが目新しいのだろうか。

昴の料理は手早い。その分、市販のうま味調味料や、とろけるチーズを大量に使用する。いつだったかパスタを作るのに、カップスープの粉末で味つけをしているのを見たときは驚いた。言ってみればジャンクな調理法だが、料理動画のようにてきぱきとリズミカルに作るので、小気味いい。

なにより、調理中の昴はいつも楽しげだ。

もう少し手の込んだ朝食を作っていた自分が昴のように朗らかだったかと問われると、理都子は急に心許《こころもと》なくなる。朝の息子の不機嫌は、母親である自分から伝播《でんぱ》したものだったのかもしれない。

それにしても、シングルマザーとなった自分と一人息子の食卓に、二十歳年下の若い男が加わることになるなんて、未《いま》だに奇妙な夢でも見ているみたいだ。

フレッシュなミントをふんだんに使ったソーダに喉元《のどもと》をくすぐられ、理都子は一瞬陶然とする。微《かす》かに心が浮き立つようなこの気持ちは、果たしてどこからくるのだろう。

家事代行サービスを頼んだだけでは、この甘やかな充足感は得られない気がする。

だけど、これは一時的なことだ。慣れてはいけない。いずれ、この関係は終わる。そう遠くない時期に。そのとき、自分が傷つくことがないように、冷静に対処していかなければ。

傷つく――？

そこまで考えて、理都子ははたと我に返った。一体、なにに傷つくというのか。この関わり合いは、互いの利害の一致によって成り立っているだけだ。

とにもかくにも、今後控えている裕紀人の長い夏休みを、昴の存在なしに乗り切れるとは思えない。

一人で考えを巡らせていると、ふいに昴と視線がぶつかった。奥二重の切れ長の眼がすっと細くなり、チーズの油脂に濡《ぬ》れた形のよい唇が、しなやかな弧を描く。

そこからもミントの香りが漂ってきそうな瑞々《みずみず》しい肌。細い鼻梁《びりよう》。すっきりとした顎《あご》のライン。

アシスタントの面接時はまだマスク着用の緩和もなかったので、大きな黒い不織布の下の昴の素顔がこれほど端整だとは気づくこともなかった。

なんだか禁忌に触れた気がして、理都子は慌《あわ》てて視線をそらせた。

その午後、理都子は近所のカフェで、高校時代の旧友、伊東依子《いとうよりこ》と会っていた。福祉系に進んだ依子とは、大学も現在の職種もまったく違うが、郷里の広島から進学のために一緒に上京して以来、交流はずっと続いている。

編集者からネームのチェックがくるのは恐らく夕方なので、平日が休日の依子と、久しぶりに会うことにしたのだ。漫画の仕事が軌道に乗って四年が経《た》つけれど、編集者からの返事を待っているときはやはり少し落ち着かない。考えようによっては、唯一《ゆいいつ》仕事から離れられる時間でもあるのだし、一人で悶々《もんもん》としているより、仕事とは関係のない友人と過ごしているほうが遥《はる》かに有意義で気が楽だ。

夕食の買い出しは昴に頼んだので、裕紀人が帰ってくるまではゆっくりしていられる。

フルーツタルトとカフェオレのケーキセットを食べている依子の斜め向かいで、理都子は遅い昼食を取っていた。スープやサラダのついたBLTサンドは上品だが、今朝、昴がフライパンで作っていたクルトンのようなトーストに比べると、少々インパクトに欠ける。

玉子の黄身を絡めたきつね色のトーストを思い返し、理都子は乾いたパンの感触に物足りなさを覚えた。

「で、イケメンアシスタントくんとの同棲《どうせい》生活は順調なの？」

いきなりそう尋ねられ、もそもそと咀嚼《そしやく》していたサンドイッチを喉に詰まらせそうになる。

「ごめん、ごめん。あのときのりっちゃんは、本当に大変だったんだものね」

理都子の顔色を読み、すぐに依子が謝った。

「高齢者の世話がどれだけ大変か、私が一番よく分かってるのに、茶化すようなこと言っちゃって悪かったよ」

依子が本気で謝っているようなので、理都子は首を横に振る。ただ、付き合いの長い依子からまでこんなことを言われるのだから、シングルマザーの家庭に若い男が転がり込んでいる事態は、やはり、相当特異なのだろう。

〝理都子さん、最近、随分ご機嫌ですね〟

ふと、アシスタントの一人、八島紗枝《やしまさえ》の含みのある物言いを思い返し、理都子の胸に黒雲が湧いた。

月刊誌の連載漫画が地上波の深夜枠でドラマ化され、コミックスの部数が一気に伸び始めた頃から、理都子は常時数人のアシスタントを抱えるようになった。デザイン学校を卒業してすぐアシスタントになった紗枝はまだ二十代だが、今いるスタッフの中では古株だ。

同人活動を続けながら商業デビューを目指している紗枝とは、ずっと良い関係を築いていると思っていたのだけれど、昴が住み込みになってから、明らかに態度が変化した。

理都子のイラストレーター時代からのファンだったという紗枝は、日頃鬱陶《うっとう》しいほど憧《あこが》れの眼差しを向けてきていたのに、最近ではそこに、時折軽蔑《けいべつ》めいた色が混じる。

私、そんなに〝ご機嫌〟に見えるほど、浮かれているんだろうか？

断じてそんなことはない、と思いたいのだが、万が一、住み込みになったのが紗枝のほうだったらと考えると、今のような充足は得られない気がした。

それって、つまり……。

理都子は少々考え込む。

適度に気が利《き》く、若く美しい男性との共同生活は、正直気分が華やぐ。しかしだからと言って、二十歳も年下の昴にのぼせ上がるほど、自分は愚かではない。

「お母さんの病状はどうなの？」

カフェオレのカップを持ち上げながら、依子が心配そうに問いかけてくる。

「一応、退院後は落ち着いてるみたいだけど、持病の糖尿病が治るわけではないから」

サンドイッチを呑《の》み込み、理都子は曖昧《あいまい》に首を横に振った。

「お互い、四十半ばにもなると、色々あるよね。親も歳とってくるから。特に、りっちゃんとこは、ここ数年、ちょっと大変過ぎたよ」

我がことのように溜《た》め息をつく依子の姿に、「本当にねえ」と苦笑が漏れる。

ずっと別居状態だった夫、直史《なおふみ》との協議離婚が成立し、一番揉《も》めていた自宅の名義変更もようやくかない、ほっとしていたのもつかの間、今年の春先、郷里の母が糖尿病の合併症による腎《じん》盂腎炎で高熱を出した。

仕事と入院手続きと、母がいないと一人ではなにもできない父の世話が一気にのしかかってきて、理都子はあっという間に憔悴《しょうすい》した。

なによりきつかったのは、裕紀人の反抗だ。広島と東京を何回も往復しなければならないのに、そのたび裕紀人は、別の女性と暮らす父親の元へいくのはもちろん、学童保育に通うことも断固として拒否した。

早生まれで身体《からだ》の小さい裕紀人は、ただでさえ子ども扱いを受けることに敏感で、もうすぐ四年生になるのに、低学年の子ばかりがいる学童保育に戻されることが、我慢できない様子だった。

だからと言って一緒に連れていくわけにもいかず、両親の世話に向かうたび、理都子は聞き分けのない裕紀人と大喧嘩《げんか》をした。

毎日のように声を嗄《か》らして裕紀人と言い争っていると、ついに見かねたように、一人のアシスタントが手を挙げた。

〝俺が息子さんを見てますから、理都子さん、お母さんの病状が落ち着くまで、向こうにいてくださいよ〟

それが、昨年、ふらりと面接を受けにきた唯一の男性アシスタント、北澤昴だったのだ。

ためらう理都子に〝今はリモートだってなんだってあるんだから、こっちの様子も逐一分かるじゃないですか〟と、昴は畳みかけてきた。リモートで指示さえもらえれば、こちらで作画を進めると、紗枝も受け合ってくれた。

そこで初めて理都子は、雇い主が毎日小学生の息子と怒鳴り合い、部屋も庭も荒れる一方の殺伐とした環境に、アシスタントたちが辟易《へきえき》していたことを悟らされた。

思い切って広島に二週間滞在し、理都子はリモートで紗枝と昴に指示を出しながら作画と入稿作業を行い、入院中の母と、一人ではお茶も淹《い》れられない父の面倒を見た。

「だけど、りっちゃんが戻ってきたときの、イケメンくんと裕紀人くんのエピソードには、泣かされたわ」

フルーツタルトを頬張りながら、依子が目配せする。

「荒れ放題だった庭が綺麗《きれい》になって、テントが張られてたんでしょう？　最近、キャンプブームだけど、アシスタントくん、キャンプ男子だったんだね」

依子の言葉に、ランタンが灯《とも》った簡易テントの様子が昨日のことのように目蓋に浮かぶ。

〝お母さん、お帰りなさい〟

テントから飛び出してきた裕紀人は、瞳をきらきらさせて理都子に抱きついてきた。

〝ねえ、お母さん。昴さんの作るキャンプ飯は最高なんだよ。秀樹《ひでき》も一緒に食べたんだよ〟

そして、本当にキャンプにでもいってきたかの如《ごと》く、不在中の出来事を嬉《うれ》しそうに話してくれた。近所で一番仲のよい友達の秀樹も、たびたび遊びにきていたようだった。

「キャンプ男子っていうか、本人はもっとやむにやまれぬ理由で野営してたみたいだけど」

言いつつ、理都子は当時の安堵感《あんどかん》をしみじみと反芻《はんすう》する。

まったくやる気のない父に洗濯機と掃除ロボットの使い方をなんとか教え、疲労困憊《こんぱい》で帰ってきた理都子の眼に、薄闇《うすやみ》の中でほんのり輝く天幕は、なんだか夢でも見ているような非日常の光景に映った。

その晩、昴がガスバーナーで作った〝キャンプ飯〟を、理都子も裕紀人と一緒にテントの中で食べた。

〝ガスとめられたとき、キャンプ飯はライフハックなんですよ〟

さらりとそんなことを言いながら、昴がフライパン一つで仕上げたチキンライスは、うま味調味料をたっぷり加えたジャンクな味つけだったけれど、その塩気が疲弊した身体や心に丁度良く、びっくりするほど美味しく感じられた。

「いいよねぇ。外食以外で、誰かが作ってくれるあったかいご飯」

カフェオレを一口飲み、依子が歌うように言う。

確かに、一体どんなことになっているやらと戦々恐々で帰ってきた理都子にとって、片付いた庭や部屋、難しい年頃の息子の素直な笑顔、温かな料理は、どれもこれも涙が出るほどありがたいものばかりだった。

しかしそれ以来、昴は仕事の現場だけでなく、理都子と裕紀人の生活にもするりと忍び込んできた。

〝実は俺、電気とガスとめられてて、そろそろアパートも追い出されるところだったんです。また、公園のキャンプ場で野営しなきゃいけなくなるかと思ってたんですよ〟

そう告白しながらマスクを外した昴の素顔の美しさに、理都子は一瞬ぎくりとした。

〝しばらくの間、住み込ませてもらえると助かります。もちろん、家事はできる限りさせていただきますので〟

気づいたときには、魅了されたように頷いていた。

でも、これは、別に男女の同棲ではない。アシスタント料に家事手伝い分の上乗せもしているし、昴もそれを拒んだりしていない。母の健康状態が安定するまでの、裕紀人がもう少し成長するまでの、もしくは、昴が次のアパートを見つけるまでの、契約のようなもの。

実際、昴との共同生活は快適だった。快適すぎて、ときどき怖くなることがある。昴が恋愛関係にない女性の家に入り込むのは、今回が初めてではないように感じられたからだ。

どんなに勧めても、昴は湯船に浸《つ》からない。理都子の家ではシャワーを浴びるだけで、数日おきに銭湯にいっているようだ。洗濯もコインランドリーで済ませてくる。ベッドは使わず、ソファか寝袋で寝ている。線の引き方に、〝慣れ〟がある。

家事への介入も、塩梅《あんばい》が絶妙だった。

昴が主に引き受けているのは、買い物と朝食作りと簡単な掃除と裕紀人の相手くらいだが、この「ちょっとしたこと」こそが、自分にとって必要だったのだと理都子はつくづく痛感した。

冷蔵庫をあければ、朝食用の玉子やパンが常備されている。裕紀人の好物のヨーグルトや、理都子が疲れたときに飲みたくなる強炭酸水も切れていたことがない。

この「ちょっとしたこと」を、理都子は元夫とは分担し合えなかった。イラストや漫画を描くことを、直史が「仕事」と認めていなかったせいもある。

「やっぱり、家の中に、自分以外にも家事をしてくれる人がいるのって、安心するよね。おかげで、りっちゃん、最近表情が明るくなったよ。モラハラ夫と暮らしてたときより、ずっといい」

「モラハラ夫って」

歯に衣《きぬ》着せぬ依子の物言いに、理都子は吹き出す。

「あれは、私もいけなかったんだと思う。深く考えないで、逃げるみたいに結婚しちゃったから」

理都子がイラストレーターとして所属していたデザイン事務所を辞めたのは、三十三歳のときだ。独立を目指していた矢先に東日本大震災が起こり、テレビであまりに恐ろしい映像を毎日眺めていたせいか、理都子は一時的に絵を描く意欲をなくしてしまった。こんな大変な世の中で、自分が絵を描く意味などどこにもないように感じられた。

「あのときは、介護福祉士として経験を積んでいる依ちゃんのことが、すごく羨《うらや》ましかった」

当時の気持ちを、理都子は正直に口にする。

エッセンシャルワーカーである依子と比べて、自分はなんと役立たずなのだろうと、後ろめたささすら覚えていた。たまたま知り合った商社勤めの直史と、求められるがままに結婚してしまったのはその頃だ。二年後に裕紀人が生まれ、理都子は専業主婦として、家事と子育てだけに追われた。

しかし裕紀人が五歳になったとき、ふいに衝動に駆られるように、絵の仕事に戻りたくなった。そのとき、持ち込みのイラストを見てくれた編集者から漫画を描くことを勧められ、それが後の連載に結びついていった自分は、創作者としては相当幸運なほうだろう。

だが直史は最後まで、イラストや漫画を「妻が勝手に好きなことをしている」としか思っていなかった。理都子の仕事が忙しくなり家事に手が回らなくなると、やがて直史は当たり前のように家に帰ってこなくなった。

「りっちゃんが絵の仕事に戻ってきたとき、私は嬉しかったよ。それを認められない夫なんて、端《はな》から必要なかったんだって」

「そうだね」

依子と話していると、気が楽になる。

別の女性宅に入り浸るようになった伴侶《はんりょ》に見切りをつけ、直史の書斎を仕事部屋に改造したときは、正直言って、気分がすっとした。この郊外の家の頭金は、理都子の退職金で賄《まかな》ったのだから、それくらいの権利はあると思った。元々、たった一人で子育てをしているような孤独感にずっと苛《さいな》まれていたのだ。収入が確保できるなら、完璧《かんぺき》な家事を求めるだけで、なに一つ気持ちを分かち合ってくれなかった夫との生活に未練はなかった。

息子の裕紀人も、父を恋しがったことは一度もない。早生まれのせいか、いつまでも子どもも子どもした裕紀人に、直史が冷淡だったせいもある。なにかというと「男らしくない」と、直史は裕紀人を詰《なじ》っていた。

結婚時代に比べて、今の昴との生活のなんと快適なことか。昴といると、自分も裕紀人も、どんどん自由になれるような気がする。

〝お前が描いている漫画を、将来裕紀人が読んだらどう思うか、想像したことがあるのか〟

だが、離婚が成立する直前にぶつけられた直史からの捨て台詞は、今も理都子の胸の深いところに抜けない棘《とげ》のように刺さっていた。

「だけどさ、りっちゃん」

苦い思いに浸っていた理都子は、依子の次の一言でハッと我に返る。

「りっちゃんの生活に味方ができたのは、本当にいいことだよ」

味方――。

その響きは、現在の昴の存在に最もふさわしい気がした。

そうか。私は長年、家庭内に味方が欲しかったのだ。夫でも、恋人でも、友人でもなく。

漫画家であり母親である自分を同じように認め、加勢してくれる人が欲しかった。

「確かに、今は彼がいてくれるから気が楽」

うっかり惚気《のろけ》のようなことを口にしてしまい、理都子は自分でもぎょっとする。

「あ、こういうこと言うとすぐ誤解されるけど、全然そういうんじゃないからね。大体、四十半ばにもなって、二十も年下の男に、恋愛感情なんて持つわけない。今の私にとって、大事なのは仕事と息子。その二つを守るために、ヘルプが必要なだけだよ」

話しているうちに、紗枝の冷たい眼差しが甦《よみがえ》り、なんだか不愉快な気分になった。

「なのに、なんで、住み込みっていうだけで、変な想像されなきゃいけないんだろう」

「まあ、それが世間ってものだから」

依子が冷静に断定する。

「あとさ……」

腕組みをし、依子は身を乗り出してきた。

「りっちゃんとアシスタントくんのことは置いておくとして、恋愛と年齢は関係ないよ。七十越えたって、八十越えたって、恋愛する人はするから」

ベテランの介護福祉士である依子の実感のこもった言葉に、理都子は絶句する。

「私が勤めてるホームだって大変だよ。未だに浮気だの、相手を盗ったの盗られただので、八十過ぎのじいさんやばあさんが大喧嘩するんだから」

「本当に？」

「本当だよ」

依子が強く頷いた。

「どれだけ歳とっても、ああいう人たちは枯れたりしない。それ見てると、つくづく思うわ。人間なんて、一生なまものだよ」

毎日高齢者の世話をしている依子に言い切られ、理都子は圧倒される。

しかし、そんなことを口にする依子自身は独身だ。思えば高校時代から、依子の恋愛の話を聞いたことが一度もない。最初は秘密主義なのかと思っていたが、ここまでくると、どうも違うような気もする。

最近は漫画の世界もLGBTQを描くものが随分増えた。誰にも恋愛感情や性的欲求を抱かない「アロマンティック」や「アセクシャル」をテーマにしたものも多い。

ひょっとすると、依子にはそうした傾向があるのだろうか。

「それはともかく、りっちゃんの生活が楽になったのは、本当にめでたいことだよ。うちも両親七十越えてるから、他人事《ひとごと》じゃないしね。まあ、うちの場合、どちらかが倒れたら、私が帰るしかないと思ってるけど。私の仕事は、別に場所を選ぶものでもないから」

さばさばと笑う旧友を、理都子はじっと見つめた。


七月の半ばになると、梅雨明け宣言が出る前から、東京は三十五度を超える猛暑日が続いた。仕事場のエアコンと空気清浄機をフル稼働《かどう》し、理都子は臨戦態勢に入る。

この週末は、いつもの紗枝と昴に加え、背景の作画を担当する二人のアシスタントにも仕事場に入ってもらっていた。二週間前より始まったお盆進行は、ここ数日が山場だ。ペン入れをする理都子の耳に、今日から夏休みに入った裕紀人のはしゃぎ声が小さく聞こえる。

今夜は、コロナによる自粛以来、四年ぶりに地元の花火大会があるのだ。

締め切り前なので、理都子は参加できないが、裕紀人のことは、同じ地区に住む秀樹の母親が一緒に連れていってくれることになっている。

今は昴が裕紀人と一緒に、そのための弁当を作っているはずだ。キッチンからは、裕紀人の笑い声と共に、唐揚げを揚げるいい匂いが漂ってきている。

昴の作る料理は、とにかく手早い。唐揚げを作るにしても、小麦粉も玉子も使わない。うま味調味料をもみ込んで、片栗粉《かたくりこ》をまぶして揚げ焼きにするだけだ。それでも充分に美味しい。

こうした時短料理を、昴は趣味のソロキャンプを通して習得したという。

〝趣味っていうか、家賃滞納でアパート追い出されると、ソロキャンするしかなくなるんですよね。今はいいですよ。キャンプブームのお陰で、無料で野営できる公園が増えてきて。この近所にも、いい感じの公園がありますよね〟

へらへらと笑いながら、昴はそんなことを口にしていた。

妻であった自分が、昴が作るような料理を食卓に出していたら、直史がそれを認めたとは思えない。直史の母が料理にこだわる人だったせいもあり、毎日の味噌汁も、きちんと出汁《だし》を取ることを求められた。

〝顆粒《かりゅう》出汁とか、お袋は使ったことないからね〟が、直史の口癖だった。

唐揚げにしても、生のニンニクや生姜《しょうが》を擦ることから始めなければならなかった。それが、直史にとっての〝当たり前〟だったからだ。

しかし、直史が育った家の常識を、理都子が踏襲しなければならなかったのはなぜだろう。

昴の存在を理都子が心底有難く思うように、ずっと手間暇をかけた料理を毎日用意し続けていた自分は、それを〝当たり前〟とされる以前に、もっと感謝されるべきだったのではないだろうか。

そう考えると、無意識のうちに背負わされていた「妻」という荷物の重さに、理都子は改めて気づかされるのだった。

しばらく集中して作画を続けていると、ピンポンと呼び鈴が鳴った。秀樹の母親、新《あら》川春香《かわはるか》が裕紀人を迎えにきたらしい。もうそんな時間かと掛け時計に眼をやれば、六時半になるところだった。

花火大会は、午後七時からの予定だ。

「紗枝ちゃん、これお願いね」

主要登場人物のペン入れが終わったページのデータを、クラウドに入れながら立ち上がる。

「はい、分かりました」

紗枝がモブ人物たちの作画に集中しながら頷いた。さすがに締め切り前になってくると、紗枝も妙なことに気を回す余裕はないようだ。

このまま元の関係に戻れればいいんだけれど。

イラストレーター時代からのファンだったというだけあり、紗枝は理都子が描く人物たちの特徴をよくとらえている。安心して作画を任せられる紗枝には、彼女の商業デビューが決まるまで、自分のところにいて欲しいというのが本音だった。

「理都子さん、こんばんは！」

扉をあけると、春香が息子の秀樹と一緒に玄関先に立っていた。肩にかかる栗色の髪をふんわりと巻き、夏物の白いワンピースを着た春香は、母親というより女子大生のような装《よそお》いだ。高校卒業後、すぐに年上の男性と結婚して秀樹を産んだ春香は、理都子の〝ママ友〟の中でも一番若い。

「すみません、春香さん。わざわざありがとうございます」

理都子が挨拶《あいさつ》をしている最中に、廊下をどやどやと駆けて、奥から裕紀人がやってきた。

「秀樹ー」「ユッキー」

二人の小学生男子がハイタッチを交わす。久しぶりの花火大会に、どちらも興奮を抑えきれない様子だ。

「春香さん、今日はお世話になります。締め切り前で、どうしても抜けられなくて……」

「とんでもないです。漫画家さんって、やっぱり締め切り前は大変なんですね」

アシスタントたちの靴で一杯になっている玄関を、春香は「すごーい」と珍しそうに見回す。

ママ友同士の付き合いに頻繁に顔を出さなくても、とりあえず「仕方がない」と思ってもらえるのは、漫画家という特異な職業の数少ない利点のうちの一つだ。特に春香は、理都子の漫画を原作とした深夜ドラマに出ていた俳優のファンだということもあり、理都子自身にも、ミーハー的な好奇心を抱いているようだった。

〝推しが出てるドラマの原作者さんが近所に住んでるなんて、夢みたい！〟

面と向かって、無邪気にそう言われたこともある。原作使用の契約さえ済んでしまえば、実際には原作者など、挨拶程度に現場に顔を出すのが関の山だが、この際黙っていようと理都子は曖昧な笑みで応じた。

「おいおい、ユッキー、弁当忘れんなよ」

廊下の奥から、ナプキンで包んだ弁当を持った黒マスクの昴が現れる。長身の昴の登場に、春香が分かりやすく眼を奪われた。

「あ、昴さん」「よう、秀樹」

今度は、昴と秀樹がハイタッチする。

「ねえねえ、お母さん。昴さんのこと前に話したでしょ？　昴さんのキャンプ飯、めちゃくちゃ美味しいんだよ！」

秀樹が坊ちゃん刈りの髪を振り立てて、春香を見上げた。

「あ……、なんか、うちの息子がときどきご馳走《ちそう》になってたみたいで、すみません」

春香がしどろもどろになりながら、理都子と昴の双方に頭を下げる。

「いえ、私が実家に帰ってるときだったので、遊びにいらしていただいて助かりました。秀樹くん、いつも裕紀人と仲良くしてくれてありがとうね」

理都子が秀樹に話しかけている傍らで、「〝昴さん〟って、男の人だったんだ……」と、春香がぼんやりと呟《つぶや》いた。またしても妙な誤解を招くのではないかと、理都子は一瞬ひやりとする。

〝まあ、それが世間ってものだから〟

依子の冷静な言葉が耳の奥に響いた。

「花火、楽しんできてくださいね」

だが昴が慣れた調子で話しかけると、春香は色白の頬をぽっと上気させて嬉しそうに頷いた。別段、昴の存在を訝《いぶか》しんでいる様子は見られなかった。

どうやらこれも、「漫画家だから仕方がない」という範疇《はんちゅう》で軽く処理してもらえそうだと、理都子は内心胸を撫《な》で下ろす。

そのとき、ふいに春香のトートバッグの中から着信音が響いた。

「あ、やだ、ノリちゃんママ……千鶴《ちづる》さんからだ」

スマートフォンにメッセージが届いたらしく、春香が急いで確認を始めた。

PTAの役員を務めている五十代の藤木《ふじき》千鶴は、近所のママ友のボス的な存在だ。一番若い母親の春香は、三人の子どもを育てたことを自負している千鶴を怖がっている節がある。

自治会の催し物などではてきぱきと作業をこなし、統率力もある千鶴は、周囲から頼られているせいか、〝ご意見番〟を自任しているところがある。

〝せっかく若いんだから、二人目頑張らないと〟

以前、千鶴が春香にそう声をかけているのを見かけて、理都子は内心眉を顰《ひそ》めた。だが、千鶴は自分の言葉の無遠慮さに気づくどころか、親身になってアドバイスをしているような顔をしていた。実際、千鶴にとっては善意なのだろう。そのとき、春香は細い肩を落として小さくなっていた。

「えー、今日、藤木倫子《のりこ》もくんのかよ」

裕紀人がぶつぶつと呟き始める。倫子は、裕紀人たちと同学年の千鶴の娘だ。

「そんなこと言わないの」

理都子がたしなめると、

「だって、あいつ、すぐに先生に言いつけるんだよ」

と、裕紀人が口をとがらせた。

「言いつけられるようなこと、するからいけないんでしょ」

「違うよ。いけないことじゃなくても、気に食わないと速攻でチクるんだ」

「チクるとか、そういう言葉使わないの」

理都子と裕紀人が言い合っていると、春香がスマートフォンをトートバッグに突っ込んだ。

「それじゃ、もういきますね」

メッセージでせかされるようなことでも言われたらしく、明らかに慌てている。

「いってらっしゃい。よろしくお願いします」

理都子は昴と並んで、春香に連れられてゆく裕紀人と秀樹を見送った。

三人の姿が見えなくなると、理都子はすぐさま仕事部屋に戻った。仕上げを担当する昴はしばらく出番がないので、キッチンで賄い作りにとりかかるようだった。

ペン入れを始めて少し経つと表から花火の音が聞こえてきたが、やがてそれも耳に入らなくなっていった。

息を殺すように集中してペンを走らせる。今や作画もデジタルで行われる時代だが、ペン先から生まれた登場人物が生き生きと動き出す瞬間は、紙の上であってもタブレットの上であっても、同様に心が躍る。漫画の人物たちは、普段、理都子が思っていても口に出せない本音や衝動を、常に闊達《かったつ》に堂々と表現してくれていた。

どのくらい集中していたのだろう。約三分の一のペン入れが終わった頃には、左肩のつけ根が燃えるように痛くなっていた。理都子は右利きだが、バランスの問題なのか、なぜか左肩ばかりが凝る。掛け時計に眼をやれば、八時を過ぎたところだった。まだ表では、どんどんばりばりと花火の音が響いている。

ペン入れの終わったページをクラウドに上げ、理都子は席を立った。そろそろ花火も終わりそうだし、紗枝たちも疲れているはずだ。昴を手伝い、賄いの準備をしよう。

「北澤くん、準備、どう?」

キッチンの扉をあけた瞬間、えもいわれぬ良い香りが鼻腔《びこう》をくすぐった。エプロンをかけた昴が、ガスレンジから蓋をしたフライパンを下ろす。

「あ、理都子さん、ちょうどいいところにきましたね。ちょっと味見しませんか。今日は時間があったんで、究極のキャンプ飯を仕込みましたよ」

「なに?」

「これぞ、キャンプ飯の王」

フライパンの蓋を取ると、ふわりと湯気が立ち、色鮮やかなパプリカとたくさんの魚介を載せた黄金色《こがねいろ》のライスが現れた。

「すごい！　パエリアじゃない。北澤くん、こんな凝ったものも作れるんだ」

「別に凝ってませんて。パエリアの素《もと》にサフラン加えて、オリーブオイルで炒めた米をそのまま炊《た》いただけですから。トマト缶とシーフードミックス使うと、楽にできますよ」

簡単そうに言ってのけるが、米の炊き加減など難しいはずだ。うま味調味料を躊躇《ちゅうちょ》なく使用するものの、やはり昴には料理のセンスがあるのだろう。中央はふっくら、端にいくにつれかりかりに炊けた香ばしそうなサフランライスがそれを証明している。

「一口どうぞ」

昴が端のおこげの部分をスプーンでこそぎ、すっとそれを差し出した。

「はい、あーん」

「は？」

理都子は反射的に顔をしかめる。

「なに、ふざけてるの」

「ふざけてませんて。この一口が、悪魔的にうまいんですよ」

黒マスクの上の眼を細め、昴が不必要な程、顔を近づけてきた。

「ちょっと、どういうつもり？」

理都子が一歩後じさると、更に距離を詰められる。

「どういうつもりもなにも、最高の一口を味わって欲しいだけです」

「本気なの？」

「だから本気ですよ」

切れ長の眼に見据えられ、理都子は動けなくなった。

同時に鼻先に、魚介とサフランとトマトとニンニクの、なんとも食欲をそそる匂いが立ち上る。視線と香りの誘惑に負け、理都子は唇を開いた。

半開きの唇に、昴がそっとスプーンを差し入れる。下唇にスプーンの硬さを感じながら、理都子は上唇と舌先で一匙《さじ》を絡めとった。

うま味調味料のものだけではない、海鮮由来の出汁を吸ったライスの甘みと、サフランやニンニクのスパイシーな刺激が口内にじわじわと広がる。唾液腺《だえきせん》が刺激され、顎のつけ根に痛みが走った。その瞬間、理都子は自分がいかに空腹だったかを思い知らされた。

「どう？　うまいでしょう」

マスクをした昴の顔がすぐ近くにある。彫刻刀で切り込みを入れたような奥二重の下の黒い瞳にじっと見つめられ、身体中に微かな痺《しび》れが走った。

ああ、うまい――。

思わず、魅入られたように頷いてしまう。

美味しいという感覚は、突き詰めれば、もっと食べたくなる後味にあるのかもしれない。うま味調味料を大量に使用する昴の料理は、本格的な料理人からすれば、間違いなく邪道だろう。しかし、ジャンクフードほど、もっと食べたいという強烈な後味を残すものもまた、ほかにない。

取り憑《つ》かれる。虜《とりこ》になる。まさしく、悪魔にまみえたように。

そう言えば、厳《いかめ》しい神さまと違い、往々にして、悪魔は美しく優しい顔をして近づいてくるのだったと、心の片隅でぼんやりと考えた。

散々いい夢を見せられて、けれど、最終的には魂を抜かれてしまう。

「理都子さん、そちらにいます?」

そのとき、ノックもなくキッチンの扉があいた。我に返り、理都子は素早く昴から離れる。

けれど、扉口に立った紗枝は、一刹那《いっせつな》、顔色を失ったようだった。

「……理都子さん、すみません。さっきから、ずっと携帯が鳴ってます」

「ああ、ありがとう」

理都子はできるだけ冷静を装い、蒼褪《あおざ》めた紗枝が差し出してくるスマートフォンを受け取った。液晶画面には、春香の名前が表示されている。いつの間にか、表の花火の音がやんでいた。

スマートフォンを手に廊下に出ようとした瞬間、耳元で押し殺した声が響く。

「いい歳して、なに、いちゃついてるんですか」

ぎくりとして振り向くと、紗枝が刺すような眼差しでこちらを見ていた。軽蔑ではない。見間違いでなければ、その瞳に浮かんでいるのは、燃えるような嫉妬《しっと》の色だ。

後ろ手で扉を閉め、理都子は深呼吸をしてからスマートフォンを耳に当てた。

「もしもし、春香さん？」

花火大会が終わったことの報告なら、メッセージでよかったのにと思いつつ応答する。

「あ、理都子さん！　裕紀人くん、そちらに戻ってないですか？」

しかし、通話口から響いてきた春香の悲痛な叫びに、理都子は全身の血の気が引いていくのを感じた。

花火のフィナーレに春香たちが気を取られている間に、裕紀人が一人でどこかへいってしまったのだという。


耳に痛いほど、夜の虫たちが鳴いている。

「理都子さん、こっちですよ」

昴に手招きされ、理都子は歩みを速めようと努めた。しかし、すぐに足がもつれそうになる。

電話の後、まだ花火大会の会場で捜索を続けている春香と秀樹のもとに駆けつけた。そこで、裕紀人がいなくなるまでのおおよその状況を聞かされて以来、身体の震えがとまらない。心臓もうるさいほどに鳴っている。大きく口をあけていないと、息ができなくなりそうだ。

裕紀人、ごめん。

心の奥底から後悔の念が込み上げる。

自分が昴とキッチンで〝いちゃついて〟いる間に、そんなことが起きていたなんて――。

鼻の奥が痛くなり、眼の縁にじわりと涙が滲《にじ》んだ。

やがて道路の先に、公園の入り口が見えてきた。入り口の向こうには、大きな楠《くすのき》が黒い影を作っている。

ほとんど泣きながら謝り続けていた春香によると、フィナーレの連続打ち上げの最中に、裕紀人が無言で席を立つのを、秀樹が見ていたのだという。

トイレだと思ったが、花火が終わっても、裕紀人は戻ってこなかった。

理都子はすぐさま警察に連絡を入れようとしたが、そのとき昴が裕紀人の行き先に心当たりがあると言い出した。

「この公園、最近、芝生広場で野営ができるようになったんです。家に帰りたくなくなると、俺がここでキャンプするって、前にユッキーに話したことがあったから」

少し先をいく昴が振り返る。

家に帰りたくなくなる――。その言葉に胸をえぐられる。

先程、春香と秀樹から聞かされた顚末《てんまつ》は、理都子にとっても充分に衝撃だった。ましてや幼い裕紀人はどれだけ心を痛めただろう。

でも、今は先を急がなきゃ。

汗と涙をぬぐいつつ、理都子は足に力を入れた。暗い道を進んでいくと、眼の前が開け、LEDに照らされた芝生広場が現れた。広場には、いくつものカラフルなテントが張られている。

テントの中で、家族連れや若いカップルが、弁当を食べたりゲームをしたりしていた。

「多分、この広場のどこかにいると思うので、手分けして探しましょう」

昴の言葉に頷き、二手に分かれた。

「すみません、一人でいる小学四年生くらいの男の子を見ませんでしたか」

テントやベンチで夕涼みをしている人たちに声をかけながら、理都子はあちこちに眼を走らせた。よく似た人影を見かけて走り寄っては、他人であることにがっかりする。

もし、ここにいなかったら。万一、誰かに連れ去られたりしていたら。

嫌な予感が次々と湧き、ひっきりなしに汗が流れる。

そのとき、広場の隅の植え込みが不自然に揺れたような気がした。

植え込みの奥に、誰かいる？

そう思った瞬間、理都子は全速力で駆けていた。

「裕紀人っ」

植え込みをかき分けると、果たして、そこに眼を真っ赤に泣きはらした裕紀人がいた。

裕紀人はぎょっとしたように、突然現れた理都子を見上げた。

「裕紀人、裕紀人！」

大声をあげながら、抱き締める。裕紀人は最初、茫然《ぼうぜん》としていたが、やがて身体を震わせて泣き出した。

「裕紀人、ごめんね。つらかったよね。ごめんね……」

理都子の胸に顔を伏せ、裕紀人はしばらくすすり泣いていたが、やがて、絞り出すように呟いた。

「……なんで、駄目なんだよ」

「え？」

思わず聞き返した理都子を、裕紀人がきっと見上げる。

「どうして、うちに昴さんがいたら駄目なわけ？」

裕紀人の眼差しに、怒りと悲しみが混じったような色が浮かんだ。

「どうして、昴さんがうちにいることが、俺にとって、よろしくないことになるわけ？」

その言葉に、理都子は自分自身を思いきり殴りつけたくなった。

こうなることは、はじめから分かっていたはずではないか。

〝それが世間ってものだから〟

依子の声が改めて耳朶《じだ》を打つ。

分かっていた。分かっていたのに、甘えてしまった。昴のいる快適さに、慣れ過ぎてしまっていた。

「ねえ、お母さん、違うよね？　昴さんがうちにいるの、駄目なことなんかじゃないよね？」

裕紀人が声を震わせる。

「俺、お父さんがいたときより、今のほうがずっと楽しいもの。駄目なんかじゃないよね？」

「裕紀人……」

「なんでそんなこと言われなくちゃいけないの。みんな、なんにも知らないくせに」

「裕紀人、ごめんね」

理都子は謝ることしかできなかった。視界が揺れ、涙があふれる。

「理都子さん、よかった。ユッキー見つかったんだ」

いつしか、背後に昴が立っていた。「よかった」と安堵の息を漏らす昴を、しかし、理都子は振り返ることができずにいた。


裕紀人を寝かしつけてから、理都子はリビングに入った。間接照明だけをつけて、昴が時折ベッド代わりに使っているソファに腰を下ろした。

私が甘かったんだ……。

心の奥底から、悔やんでも悔やみ切れない自責の念が込み上げる。

花火大会の会場で春香と合流したとき、最初は謝るばかりで埒《らち》が明かなかったが、息子の秀樹から理都子はことの発端を聞かされたのだ。

〝藤木倫子がまた言いつけたんだよ〟

ひたすら頭を下げる春香の傍らで、仏頂面《ぶっちょうづら》の秀樹がぼそりとそう呟いた。

裕紀人と秀樹が、昴の用意した唐揚げを食べて「最高」と盛り上がっているときに、倫子が「親戚《しんせき》でもないお兄さんが家にいて、料理してるなんておかしい」と、横槍《よこやり》を入れてきたのだという。

〝俺たちが無視してたら、あいつ、むきになって、おばさんたちにチクったんだ〟

おかしい、おかしいと、騒ぐ倫子に、「どういうこと?」と周囲にいた母親連中も一斉に色めき立った。

〝それで、ノリちゃんママ……千鶴さんがその場を収めようとして、じゃあ、私が裕紀人くんに聞こうかなって、言い出したんです〟

秀樹の後を受けて、春香がようやく話し出した。

〝私は一応、アシスタントさんらしいですよって説明したんですけど、いくらアシスタントでも、若い男性が一つ屋根の下にいるのは、裕紀人くんにとってもよろしくないって、私まで怒られて……〟

涙ぐみながら、春香が続けた。

〝うちの倫子がおかしく思うのも仕方がない。この際、ちゃんとさせましょうって言って、千鶴さんが裕紀人くんに聞いたんです。いつもいる若い男の人は、本当に一緒に住んでるのって。でも、そのとき、丁度フィナーレの打ち上げが始まって、全員がそっちに気を取られたので、私、ほっとしてたんです〟

自分までが被害者のように泣いている春香に、言いたいことはたくさんあった。しかし、理都子はなにも口にすることができなかった。

誰もが春香のようにおっとりしているわけではない。若い男がシングルマザーの家に住み込んでいると知って、色めき立つママ友や、その場を取り仕切って白黒つけたがる千鶴のような人もいることに、無頓着《むとんちゃく》過ぎた。

全《すべ》ては自分の甘さが招いたことだ。

〝言いつけられるようなこと、するからいけないんでしょ〟

裕紀人をたしなめたときの己の言葉がそのまま返ってきて、理都子は唇を嚙み締める。

心のどこかで、漫画家である自分は、ママ友たちの〝治外法権〟でいられるのだと高をくくっていた。その思い上がった特権意識が、裕紀人を彼女たちの好奇と非難の眼差しにさらす結果につながってしまった。

母親の自分には反抗しても、十歳に満たない子どもにとって、よその大人はやはり怖い存在だろう。同級生女子の「おかしい」は無視できても、その母親の「よろしくない」には、どれだけ脅《おびや》かされたか分からない。

皆の前で千鶴に問いただされたときの裕紀人の心情を慮《おもんぱか》ると、理都子は今でも自分を殴りたくなる。

「理都子さん」

キッチンから昴がやってきた。紗枝をはじめ、アシスタントたちには既に帰ってもらったので、結局、昴が仕込んだ〝キャンプ飯の王〟を披露することはかなわなかった。昴は、今までその後片付けをしていたようだ。

少し癖のある髪。長い手足。瑞々しい白い肌。薄明りの中で見ても、マスクを外した昴は実に綺麗な青年だ。

先生と呼ばれるのが好きではないから、アシスタントたちには、名前で呼ぶように伝えていた。けれど、昴の唇から出るその響きが、ひょっとすると一層自分を甘やかしていたのかも分からない。

「北澤くん、あなたが悪いわけではないいんだけれど……」

「潮時ですか」

エプロンを外しながら、昴が理都子の言葉の後を受ける。理都子は無言で頷いた。

本当に、昴が悪いわけではない。悪いのは、「世間」を甘く見ていた自分だ。

この家から、「味方」がいなくなる。しかし、そう思うと、理都子の胸の奥をひんやりとしたものが撫でていく。夫が帰ってこなくなったときも、こんな寂しさを感じたことはなかった。

「引っ越しの費用は私が持ちます」

未練を振り切るように、理都子は告げた。

「そんなの必要ないですよ。簡易テントとバックパック一つでここへきたんですから」

「それじゃ、これまでのお礼も含めて、少し多めに退職金を用意させてください」

「俺、アシスタントも首ですか」

昴がソファの端に腰かける。その振動に、失いたくない重さを感じた。

「今までありがとうね」

視線を合わせず、理都子は告げた。二人が黙ると、窓の外から虫の音《ね》が響いてくる。

どこかで、救急車のサイレンも鳴っていた。

でも、本当に、これでいいのだろうか。

心のどこかで小さく自問する。

このまま昴が姿を消したら、裕紀人はどう思うだろう。

〝ねえ、お母さん、違うよね？　昴さんがうちにいるの、駄目なことなんかじゃないよね？〟

何度もそう尋ねていた裕紀人の心細そうな様子が、目蓋の裏に浮かんだ。昴がやってきてから、裕紀人は随分明るくなった。なにかと直史に詰られていたときと比べ、ずっと素直な笑顔を見せるようになっていた。

突然、昴がいなくなったら、裕紀人はそれを自分の咎《とが》だと感じるのではないだろうか。

なにが駄目で、なにが大丈夫かなんて、本当のところは誰にも分からない。

〝なんでそんなこと言われなくちゃいけないの。みんな、なんにも知らないくせに〟

裕紀人の言葉は、理都子の本音でもあった。

「……俺、歳の離れた弟や妹がいるって言ったじゃないですか」

考え込んでいると、ふいに昴が口を開いた。

「でも、それ、本当のきょうだいじゃないんです」

「え？」

「俺、施設で育ったんですよ。実の親のことは、記憶にもありません」

反射的に表情を曇らせた理都子に、昴は淡々と告げる。

「そんな顔しないでくださいよ。施設の先生たちは、みんないい人ばっかりで、俺、結構、明るく楽しく育ちましたから」

昴が共同生活に慣れていた理由がようやく分かり、妙な想像をしていた理都子は、なんだか自分が恥ずかしくなった。

高校二年生のときに昴はアルバイトをしながら一人暮らしを始めたが、周囲には施設出身であることを包み隠さず話していたという。誰からも、表立って差別を受けたことはなかったそうだ。

「差別だなんて……」

思わず呟いた理都子に、昴は頷く。

「そう。あるほうがおかしい。俺もずっとそう思ってました」

高校を卒業し、昴はデザイン系の専門学校に進んだ。進学と同時に親元を離れて一人暮らしを始めた同級生も多く、結局、自分は他の級友より少し早く独居を始めただけで、なんら変わりはない。本気でそう思うようになっていた。

「でも、彼らからすると、やっぱり違いはあったんですよ」

昴の端整な顔に、わずかに苦しげな影が走る。

高校卒業後、初めてのクラス会でトイレから戻ってきた昴は、偶然、元同級生たちの会話を聞いてしまったという。

「あいつ、施設出なのに、デザインとかクリエイティブ系やってんだよなって、なんか普通に話題にされてましたね。彼らからすると、俺は福祉系に進まないといけなかったみたいですよ。恩を返すために」

その口元に、微かに自嘲《じちょう》的な笑みが浮かんだ。

「別に悪気がある感じでもなくて、本当に普通の会話でした。でも俺、それ聞いたら一気にやる気がなくなって、そのままデザイン学校中退しちゃったんですよ」

昴の話を聞きながら、震災のとき、自分の仕事に後ろめたさを覚えたことを、理都子は思い出していた。

「だけど、俺、なにに恩を返さなきゃいけなかったんですかね。俺が実の親のもとで育ってたら、恩は返さなくてよかったんですかね」

自分の出自が分からないことが、急に昴を苦しめ出した。

「どこからきたか分からない人間は、どこへいくのかも、自分では決められないような気がしてきたんですよ」

それから先はバックパック一つで放浪し、求められるがままに季節労働者のようなことを続けた。適当に流されて適当に終わるなら、それでいいと思うようになっていった。

そんなとき、偶然、ネットで理都子の漫画を読んだという。

「妊娠を〝おめでた〟とかいう世界はクソくらえだって、主人公が髪逆立てて絶叫してるじゃないですか」

結婚や出産を、無条件に〝めでたい〟とする世の中に矛盾を感じる女性たちを描くのが、理都子の創作の主なテーマだった。

それでは、未婚で未出産の女性たちはめでたくないのか。

また、〝めでたい〟とされることで、多くの女性たちが結婚や出産と引き換えに失ったキャリアや自由が隠蔽《いんぺい》されることへの憤《いきどお》りもある。

〝おめでとうございます〟と言いながら、世間は、結婚し、出産した女性たちに、「妻として」「母として」の美しい自己犠牲を強いてくる。

なにがおめでとうだ。誰のための、なんのためのおめでとうだ。

騙《だま》されてたまるものか。人生を丸ごと自分のためだけに使い切ってなにが悪い――。

未婚既婚を問わず、そう考える女性たちの姿を、理都子は様々なエピソードを駆使して、ときにコミカルに、ときにシリアスに描いてきていた。当時は、このテーマがロコミで評判となり、深夜枠とはいえテレビドラマにまでなり、これほど多くの人に受け入れられるとは、考えていなかった。

それでも、後ろめたさが完全になくなったわけではない。

〝お前が描いている漫画を、将来裕紀人が読んだらどう思うか、想像したことがあるのか〟

直史の捨て台詞が遠くで木霊《こだま》する。

夫の俺だけではなく、一人息子の裕紀人のことまで、お前は完全に否定したのだと、憎々しげに罵《ののし》られた。

「俺、笑っちゃいましたよ」

しかし、直史の言葉を払拭《ふっしょく》するように、昴が明るい笑みを浮かべる。

「実際その通りだなって、なんか、吹っ切れたんです。俺の親にとっちゃ、妊娠は一つもめでたくなかったんでしょうね。あなたの親にもきっと事情があって、なんてもっともらしく言われるより、よっぽど説得力がありましたよ。だったら俺も好きなようにやるしかねえって、人生丸ごと好きなように使い切ってやるよって、開き直れたんです」

昴が正面から理都子を見た。

「俺は、あなたの漫画に救われたんですよ」

その真っ直ぐな眼差しに、理都子は射すくめられる。

「アシスタントの募集を見つけたときは、千載一遇のチャンスだと思いました」

昴の瞳が小さく揺れた。

「それに、見てみたかったんです。どういう人が、ああいう漫画を描くのか。だけど、実際に会ったあなたは素晴らしい漫画家で、素晴らしい母親でした」

間接照明が照らす昴の白い頬が、微かに紅潮する。

「理都子さんみたいに実力があって、ちゃんと息子を愛している人でも、あんなふうに思うことがあるなら、そりゃ、もうしょうがないですよ。俺の親、絶対俺並みにろくでなしですから。当然、育児放棄だってするでしょうよ。もう、こうなったってしょうがねえじゃんって、心の底から納得できました。俺、理都子さんにも、裕紀人くんにも、二重に救ってもらったんです」

昴の視線が痛いほど強くなった。

「だから、もう、充分です」

膝《ひざ》に手を置き、昴は深々と頭を下げる。癖のある髪がさらりと流れるのを見ながら、理都子は言葉を返すことができずにいた。

「今まで、本当にありがとうございました」

しかし、昴がソファから立ち上がりかけた瞬間、我知らずその腕をつかんでいた。

「理都子さん……？」

戸惑うように、昴が理都子を見る。自分でも驚いたが、気づいたときには腕をつかむ指に力を込めていた。

「待って」

理都子の唇からかすれた声が漏れた。

駄目だ――。頭のどこかで声がする。これは無理だ。世間はそれを認めない。

それでも。

私の味方は私が決める。

「いかないで。あなたが必要」

胸の奥底からせり上がってくる思いを、理都子は告げた。

「将来、裕紀人があの漫画を読んだらどう思うか考えろって夫から言われたとき、本当はすごく怖かった。私は夫だけじゃなくて、一人息子のことも完全に否定したんだって罵られて……」

だが昴は、それを読んで「救われた」と言ってくれた。

妊娠を〝おめでた〟という世界はクソくらえだと描いた漫画家を、「ちゃんと息子を愛している」と認めてくれた。

ずっと誰かにそう言ってもらいたかったのだと、初めて自分の気持ちに気づかされた。

昴もまた、自分を救ってくれたのだ。

「私の味方でいて」

理都子の切実な声が、リビングに響く。

その瞬間、昴が大きく眼を見張った。薄闇の中、澄んだ瞳が揺れている。

「理都子さんが望んでくれるなら、俺はいつだって、理都子さんと裕紀人くんの味方ですよ」

腕をつかんでいた手を取られ、引き寄せられた。

至近距離で見ても、昴の肌はきめが細かい。細い鼻梁の横に、まつ毛が深い影を落としている。

無自覚であればあるほど、若さと美しさは恐ろしい。

こんなに近くから顔をのぞき込まれることに、理都子はにわかに抵抗を覚えた。

昴に対する思いが、恋愛感情なのかどうかは未だによく分からない。

けれど理都子とて、昴の中に、若く美しい異性の刺激を感じないわけではない。しかも昴の場合、それは優等生なオーガニック的なものではなかった。うま味調味料をたっぷりと加えた、後を引く、癖になるジャンクフードだ。

取り憑かれる。虜になる。

この関係を続けていけば、最終的に傷つくのは自分のほうに違いない。

〝いい歳して、なに、いちゃついてるんですか〟

〝若い男性が一つ屋根の下にいるのは、裕紀人くんにとってもよろしくないって、私まで怒られて……〟

嫉妬に燃える紗枝の眼差し。被害者意識の滲んだ春香の声音。ママ友たちの好奇心。ご意見番を自任する千鶴の非難――。

そうしたものまで、全部背負い込むことになるだろう。

それでも昴と一緒にいたい。

しかし、恋人や夫なら、関係が終われば他人になるだけだろうが、味方との関係が終わるときは、こちらの弱みを一番知り尽くした、最も厄介な敵になるのではないだろうか。

〝人間なんて、一生なまものだよ〟

警戒信号のように、依子の声がどこかで響く。

ああ、だけど。もう後に引けない。

受けて立つしかない。世間も、恐ろしい私の味方も。

「ねえ、パエリアの続きを食べさせてくれる？」

全ての覚悟を決めて、理都子は昴の耳元で静かに囁《ささや》いた。

エッセイ

# 初恋と食事

田辺智加

Tanabe Chika

1983(昭和58)年、千葉県生れ。お笑い芸人。
きりやはるか、あんり、酒寄希望とともにお笑いカルテット「ぼる塾」を結成。
スイーツへの情熱とお世辞抜きの率直なコメントが信頼を集める
“芸能界のスイーツ女王”。

過去の私は恋愛にとても執着するタイプでした。思い込みも激しく相手のちょっとした仕草で私の事嫌いなのかも!! と大騒ぎしていました。昔の事を思い返すと自分のことながらうんざり、羞恥心《しゅうちしん》、色んな感情が渦巻きます。

私のそんな恋愛体質は多分祖母に似たのだと思います。

祖母は祖父の事が大好きで、元々祖父はプレイボーイなので心配するのは分かるのですが、幼稚園児の私に「じいさんは浮気してる」とよく言っていました。その頃の私は全部信じていて、じいさんは浮気をしているんだ……という目でみていました。物心ついた頃には、ただの祖母の思い込みで実際は浮気していないと分かりました。

祖母は20年前に亡《な》くなったのですが、のちに聞いた話によるとじいさんの浮気疑惑をみのもんたさんのおもいッきり生電話に相談していたそうです。

私は24歳の時に初めて彼氏が出来ました。初彼氏ということもありとてものめり込んでしまいました。

ちょっとメールが来ないだけで、あれ？ 私何か悪いことしたかな？ しつこかったかな？ と不安になったり。

暇さえあれば連絡して、会いたい！ と言っていました。友達と約束していても少しでも会えるなら会いに行くし、バイトの合間でもフルで連絡を取りたいし、休けいに入れば、ご飯を食べず電話できるなら電話するし、本当に生活の全《すべ》てを捧《ささ》げていました。

　友達が目の前で何か話していても上の空で、返事もあやふやに答えて彼にメールを送っていました。友達がそれに対して「今、田辺と一緒にいる人は誰？　ケータイの向こうの人じゃないよね？　私だよね！！！？」と怒ってくれてそれで目が覚めました。もしもこの時友達が怒ってくれていなかったら私は孤立していたかもしれません。その時に私は、人といる時はケータイを触らない！　と肝に銘じました。

　すごく彼に依存していた私ですが、ある時友達8人でカリフォルニアのディズニーランドに行く計画が持ち上がりました。準備がトントン進むうち、ふと1週間彼に会えなくなるという事態に気づきました。私は旅立つ前日に、彼を呼び出し1週間も会えないのは寂しい、嫌だ！　と泣きました。自分の都合で海外に行くのに、それを寂しい、嫌だ！　とはなんて自分勝手だろう、と今では思います。きっと彼もそう思ったことでしょう。

「ちかはいつも泣いてるね。俺といてもずっと多分そうだよ。悲しませるだけだ。別れよう」と言われました。彼はあきれていて少し悲しそうでした。

　私はいつも通り、大丈夫だよ！　って言ってくれると思ったのに、もう彼も限界だったのでしょう。

　会えないどころか振られるなんて、こんな最悪な事ない。もう向こうに行っても何も食べないし、私が振られて傷ついて、ご飯も食べられないで倒れたことに罪悪感を持ったらいいんだ！　と思いました。

振られたらちゃんと食欲もないしただただ悲しかった。

旅立つ直前もずっと一人で泣いていて、気分転換に散歩していたらコンビニがあったので立ち寄って、食欲はないけど一応冷製パスタを買いました。トマトの酸味、ツルっとした食感、のどごしがゆううつな気持ちをのみこんでくれそうに感じたのです。

家に帰って、何時間ご飯食べてないんだろう？　って考えたら急に怖くなってきて、冷製パスタを食べました。美味《おい》しい冷製パスタのはずなのに、最初は味がしなくて、悲しくて、ただ胃に物を入れてる感じでしたが、食べるうちにどんどん美味しくなってきて、冷製パスタが私を冷静にしてくれました。

カリフォルニアについてからマクドナルドに行くとチーズバーガーが2個も付いてきたり、ポテトがあるのに、ポテトチップスまでついてきて、すごい！　アメリカ！楽しい！！！！！　ってなりました。彼のことはすっかり忘れていました。世界は広いし恋愛もすてきだけど、幸せって恋だけじゃないなって思いました。

食べ物はどんなに辛《つら》い時でも、私を幸せにしてくれます。

# ヴァンパイアの朝食

君嶋彼方

君嶋彼方　Kimijima Kanata
1989（平成元）年、東京都生れ。「水平線は回転する」で2021（令和3）年小説野性時代新人賞を受賞。同作を改題した『君の顔では泣けない』でデビュー。その他の著作に『一番の恋人』『春のほとりで』などがある。

明るい光の下で手を繋《つな》ぐ。それだけで、その度に何か罪を犯しているような気分だった。もう少し堂々としていればいいのに、と言われたこともある。その通りだ。別に悪いことをしているわけではないのだから。それでも僕は、自分からその手に触れることができない。

「そろそろ起きな」

土曜日。ブランケットを体に巻き付けて、ここぞとばかりに惰眠を貪《むさぼ》るベッドの中の同居人に声をかける。できるだけ寝かせておいてあげたいが、もう昼前だ。それに今日は出かける用事がある。

「ご飯作り始めるからねー」

再度声をかけると、んうー、と返事とも寝言ともつかない声が聞こえてくる。布団《ふとん》の中の僕の恋人は製薬会社の工場に勤務しており、ここ最近ずっと夜勤が続いているようだった。なんか吸血鬼みたい、と自らを揶揄《やゆ》していた。陽の光を避け、昼眠り夜起きる。

確かに、言い得て妙だ。

　一方僕はシステムエンジニアをしており、帰宅時間が遅くなることは多いものの昼職だ。そんな僕らにとって、土日の遅い朝食は五日間の隙間《すきま》を埋める貴重な逢瀬《おうせ》だ。卵を割るその後ろから、ようやくもぞもぞとベッドから這《は》い出てくる気配がする。

「おはよ」

　のそのそと這い出てきたその大きな物体は、僕の横に立つと唇を尖《とが》らせる。寝る前と起きた後、軽くキスをするのがいつの間にか不文律になっていた。その儀式のような触れ合いにはいやらしさも気恥ずかしさもない。ただの挨拶《あいさつ》の一部と化している。

　間抜けなタコの顔に、僕はキスをする。ざらっとした感触が鼻の下に少し残る。

「髭《ひげ》、ちゃんと剃《そ》ってね」

　軽く睨《にら》み付けながら言うと、んー、と寝惚《ねぼ》け眼のまま太い指で顎《あご》を撫《な》でる。

「めんどくせえなあ。おれも文也《ふみや》みたく脱毛しようかなー」

「えー、やめてよ。俺、祥《しょう》ちゃんの髭好きなんだから」

「そう？　じゃ、別に剃んなくてよくない？」

「無精髭は嫌なんだよ。いいから早く剃ってきて、ご飯できちゃうよ」

はあい、とあくび交じりに返事をすると、パジャマ越しに尻《しり》を掻《か》きながら洗面台へ消えていく。その丸まった猫背を見送って、僕は朝食作りを再開する。

付き合って三年とちょっと、そのうち同棲《どうせい》生活が一年半。決して短い時間ではないとは思う。その間に数えきれないくらい愛し合ったし、喧嘩《けんか》もした。くだらない話や会社の愚痴が日々の会話の大半を占めている。きっと世の恋人たちもそうやって日々を過ごしているのだろう。何も違いなんてない。ただ僕らは、互いに髭の生えた相手と恋をしているだけだ。

とはいえ、僕にはもうほとんど髭は生えてこないのだけれど。そんなことを思いながらつるりと自らの頬を撫でた。

「あ、目玉焼き半熟」

祥太《しょうた》が嬉《うれ》しそうに言いながら、皿の上の卵を潰《つぶ》す。とろりとした黄身がベーコンを覆《おお》っていく。

「とりあえず今日ジム行くっしょ?」

その問いに、そうだね、と普通に返事をしたつもりだったが、億劫《おっくう》さが滲《にじ》んでいたようだ。祥太が卵で黄色くなった唇で笑う。

「そんなめんどくさそうな顔するなってー。頑張ろうぜー」

「うー。はい、頑張ります」

いかにも体育会系な励まし方に不承不承頷《うなず》くと、祥太はにこにこと嬉しそうな顔をする。一緒にジムに行くようになって一年ほど経《た》つが、この腰の重さはどうにも変わらない。昔から体を動かすのが好きだった祥太はともかく、僕はそもそも運動が大の苦手なのだ。それでも続けられているのは、祥太が一緒に行ってくれるからというのもあるだろうが、自分でもどこか焦《あせ》りを感じているのもあるかもしれない。

二十五を過ぎた頃、好んで穿《は》いていた春物のスキニーのパンツがきつくなっていることに愕然《がくぜん》とした。尻や腿《もも》の辺りがぱつぱつで、チャックとホックはかろうじて閉まったもののお腹周りがかなり苦しい。去年までは着られていたのに。シャツをめくると、脇《わき》腹《ばら》の肉がもっちりとパンツに乗っかっていた。ショックだった。昔は太れないのが悩みだなんて豪語していたくせに、この有様だ。怠慢な日々は僕の体に脂肪という名の罰を与えてきたのだ。そして現在、二十七歳。まだ周りからは若いと言われる年齢、だとは思う。

そんな状況で、祥太に一緒にジム行こうよと誘われた。同棲を開始し、新居の様子もようやく整ってきた頃だった。僕は渋面を装《よそお》いつつ同意した。隠れてこそこそと腹筋をしてはいたが、効果が出ていなかったのだ。

パンの最後のひとかけらを咀嚼《そしゃく》し、オレンジジュースで流し込むようにすると、祥太が空っぽになった口を開く。

「じゃあさ、今日どうせ夜まで時間あるし、なんか甘いもん食いに行こうよ！　ジム頑張った文也くんへのご褒美《ほうび》ってことでー」

「それ、どっちかっていうと祥ちゃんへのご褒美だろ」

「あ、バレました？　おれ、原宿らへんでちょっと行ってみたいフルーツサンドのお店あったんだよね」

「祥ちゃんはほんと甘いもん好きだよね。そんなん食べて夜入る？」

「入る入る、てかどうせ酒飲むから腹減らねーもん。ねえいいじゃん、行こうよ行こうよー」

「わーかった、わかったよ。場所調べといてよ」

「いえーい。了解」

「てかさ、今日の夜の店どこなの？　なんか連絡来た？」

「そういえばまだだな。ちょっと聞いてみるわ」

コップの中のジュースを飲み干すと、祥太がスマホをいじり始める。集中するとほんの少し寄り目になるその黒い瞳《ひとみ》に、画面の光が白く映る。

「今教えてもらったから、ＵＲＬ送っとく」

「ん。ありがと」

「てか、ここ前行ったことある気がする。どんな店だったかなー」

そのときは二人で行ったのだろうか。そんな疑問がどうしても浮かんできてしまう。

祥太がやり取りしているのは、祥太が以前付き合っていた人だ。その事実に嫉妬《しっと》しているわけではないと自分に言い聞かせつつも、胸の辺りがざわざわする。

僕は今日、彼の、昔の恋人に会う。

二人の間には未練なんてものはないと思うし、僕もその人を良き飲み友達だと認識している。それでもやはり会う日の朝になると、焦燥感のような妙にそわそわとした気分に襲われる。きっとこの先もずっと、この感覚に慣れることはないのだろう。


ざっと掃除と洗濯を済ませ、トレーニング用のウェアに着替えてジムに向かう。駅と自宅のちょうど真ん中ほどの距離にあり、それなりの規模なのでいつ行っても人が多い。土地柄のせいか健康志向の老人が大半だが、時折隆々とした筋肉の持ち主がベンチプレスをしていたりもする。僕らはその人々の隙間を縫って、マシンのあるスペースへと向かう。

「あ、そうだ。帰りにマツキヨ行きたい。柔軟剤もうなくなりそうなんだった」

「おっけー。おれもワックス買いたかったからちょうどよかった」

「寄るの忘れそうだなー。もし忘れてたら言って」

「いやー、保証はできませんね」

「なんでだよ、してくれよ」

へらへらとした笑いが返ってくる。髭がないと随分と幼い顔立ちに見える。

僕らは分かれてそれぞれ目的のマシンへと向かう。混んでいるせいで並んでトレーニングできたことはほとんどない。

チェストプレスで胸を鍛え終え、一息つきながらタオルで汗を拭《ふ》く。一年続ければ、成果もそれなりに出てくる。二年で七キロ増えた体重は五キロ減り、腹筋も薄《うっす》らと縦に割れている。スキニーパンツは脚が鍛えられてしまったせいで結局入らなくなり、メルカリで売った。

それでも一度根付いた漫然とした不安は消えない。誰だってそうだけれど、いつまでも若くはいられないのだ。自分から若さを取ったとき、一体何が残るんだろうと考えるとぞっとする。

ふと、向かいのベンチプレスの椅子《いす》に座っている男の人が目に入った。二十代前半だろうか、アイドルのように可愛《かわい》らしい顔をしているが、シャツから伸びる腕は太くかなり鍛えていることが窺《うかが》える。そのギャップについ見入っていると、彼がシャツをたくし上げるようにして裾《すそ》で額の汗を拭《ぬぐ》った。くっきりと六つに割れた腹筋と、ボクサーパンツのゴム、そして鍛え上げられた胸筋の谷間が露《あら》わになる。おおっ、と思わず身を乗り出すと、その彼と目が合ってしまう。さすがにばつが悪くて目を逸らそうとすると、恥ずかしそうにはにかんだ笑顔を向けてきた。えっ、何どういうこと、とドキドキしていると、急に頭を誰かに叩《たた》かれる。

「いてっ」声を上げてその誰かを睨み付けると、祥太だった。

「こんなところで浮気する気ですか」

首筋をタオルで拭きながら、じろりと僕を睨み返す。思わず不貞行為を目撃されたような気分になって、僕は狼狽《うろた》える。マシンから立ち上がり、備え付けのタオルで器具を拭きながら慌《あわ》てて言い訳する。

「ち、違う違う。かっこいい体してるなあ、俺もあんなふうになりたいなあって思っただけ」

「いや、違うね。エロい目してたもん」

「してない、してない」

ちらりとその話題の中心の彼を見る。僕たちの声が聞こえているのかいないのか、我関せずの顔でバーベルを持ち上げている。

「ってか、祥ちゃんだって巨乳美女が谷間見せつけてきたら、その気はなくても見ちゃうだろー」

「確かに、それは」顎に指を添えて、夢想するような仕草で目を天に向ける。「見ちゃうな」

「ほら！　やっぱりそうじゃんかー」

言いながら、その答えに少し傷付いてしまう。自分で放った質問のくせに。

トレーニングを終え、僕らは汗を流しにシャワールームに向かう。互いに服を脱いで全裸になる。ついなんとなく、祥太の裸を眺める。美しく引き締まっているとは言えないが、鍛えた体に薄く脂肪が乗って肉感的だ。地黒の肌に少し濃いめの体毛が似合っている。

西澤《にしざわ》祥太は、僕の贔屓《ひいき》目《め》抜きでもいい男だ。百八十センチを超えた高い背、がっしりした体軀《たいく》、長い脚。きりっとした切れ長の目に通った鼻梁《びりょう》。厚めの唇から出る声は低く、しかし聞き取りやすく心地好く耳に響く。三十三という年齢よりも若く見えるが、決して風貌《ふうぼう》が幼いわけではなく大人の色気も併せ持っている。欠点を挙げるとすれば、しっかりした見た目とは裏腹に間が抜けていたり子供っぽかったりするところだが、そんな部分も僕にとっては可愛い。

さっき「いいもの」を見てしまったせいか、なんだか少しむらついてきた。今夜は久々に誘ってみようか。そこまで考えて、そういえば、久しくそういった行為をしていないことに気づく。

こんなにいい男と暮らしているというのに、祥太に対する性欲はめっきり減ってしまった。性欲自体が減退したわけではない。自己処理は定期的にしている。ただ、祥太に性的感情を抱くことがほとんどなくなってしまったのだ。

付き合った当初は、それはもう互いを貪るようなセックスを毎晩のように繰り返していた。あらゆる体位やプレイを試し、場所を変え道具を変え、毎回ベッドのシーツをぐしゃぐしゃに濡《ぬ》らしていた。

今は、しても月に一、二回程度。行為の中身も、僕が祥太のを咥《くわ》えながら自分で扱《しご》く、というものばかりだ。正直、準備が億劫というのもある。するたびにお腹の中を綺麗《きれい》にしなければならないのは結構面倒だ。

そもそも、祥太が僕に本当に性欲を喚起させていたのか、それすらも疑わしい。僕の旺盛《おうせい》さにただ付き合ってくれていた可能性だってある。現に、祥太から誘われたことはほとんどなかったように思う。

性的な接触を失った同性カップルの行き先はどこになるのだろう。僕らには明確なゴールはない。ただただ停滞した日々を繰り返すだけだ。幸せだと感じるときもある。祥太を起こし朝食を食べ、一緒にジムで汗を流し、時折出かけてご飯を食べたり遊んだりする。間違いなく幸福だ。でも時々、目印も目標も一切ない長い長い道をひたすら二人で歩いているだけのような気持ちになるのも確かだ。

シャワーを浴びて、持ってきた服に着替え、さっぱりとした気分で外に出る。九月も半ばになると暑さもだいぶ和らいで、そよぐ風が涼しい。隣を歩く祥太が、半乾きのぼさぼさの髪のまま大きくあくびをした。そのみっともない顔も、寝相で服がめくれて覗《のぞ》く腹も、長い脚を窮屈そうに畳んで爪《つめ》を切る様も。今は僕しか知らない、僕だけの祥太の姿だ。それは素直に嬉しいと感じる。

家に着いて、ポケットから鍵《かぎ》を取り出したとき、思わず「あっ！」と声を上げてしまう。

「うわ何びっくりした。どうしたの」

「マツキヨ寄るの忘れたあああ」

「あー。ほんとだ。忘れてたわ」

「忘れてたわ、じゃないわ！　言ってって言ったのにー」

「保証はしないって言ったもんねー」

おどける祥太の腕を拳《こぶし》で殴る。いてえ、と言いつつもまだへらへらと笑っている。そういうところは、ちょっとむかつく。


夜の待ち合わせ時間の十九時に間に合うように、と思い余裕を持って家を出たら、十六時過ぎにフルーツサンドの店に着いた。少し早すぎたかもしれない。

その店はほとんどが女性客、ちらほらとカップルの姿が見えるだけで、男だけで入店している人たちは誰もいなかった。原宿の大通りから外れた、人通りの少ない路地にひっそりと佇《たたず》む小さな店だったが、人気があるのか席はほとんど埋まっていた。気後れする僕をよそに、祥太が店員に「二人です」と指を立てる。お好きな席にどうぞ、と言う店員の顔が見られない。

　窓を向かいにしたカウンター席を選び、硬くて座りづらいお洒落《しゃれ》な椅子に並んで腰掛ける。隣のカップルの女の方が、ちらりと僕らを見た。居た堪《たま》れなくなる。

　僕が思うほど、周りは気にしていないのかもしれない。映画館だってテーマパークだって、今は男二人で来ている姿をよく見かける。さして珍しいことでもない。でも、どうしても周囲の視線に慣れない。

「やば、めっちゃ種類あるじゃん。文也どれにする？」

　祥太は一切そんなことを気にする素振りはなく、はしゃぎながらメニューを開く。そうだ、せっかく来たんだから楽しまなくちゃ。居心地の悪さを押し込めながら、そうだなぁと顔を寄せる。

「期間限定シャインマスカット、だって。これにしようかな」

「あ、出たなー。期間限定に弱い日本人め」

「うるさいなぁ、生粋の日本人だもん。祥ちゃんは何にすんの？」

「どーすっかなぁ、やっぱ桃かなぁ。でもさぁ、この色んな種類入ってるやつも捨てがたいよなあ」

　うんうん唸《うな》りながら悩んだ挙句、おれはミックスフルーツサンドにする、とメニューを勢いよく閉じた。

しばらくして、僕らの前にフルーツサンドが二つと、アイスティーが二つ届けられる。パンの間にたっぷりのクリームと、ごろっと大きな果実が挟まれている。

「えー、やばい。うまそー」

声を高くしながら、スマホを横に縦にと持ち替えて写真をぱしゃぱしゃと撮る。ほら、そこのストローの袋どけて、と指示されて、言われるがまま端によける。

「よっし。いただきまーす」

手を合わせると、両手でサンドイッチを掴《つか》み、大きな口でぐわっとかぶりつく。フルーツサンドなんていう繊細なデザートに対していささかワイルドな食し方だが、ぱくぱくという擬音が聞こえてきそうなくらい食べっぷりのいい姿は見ていて気持ちがいい。

「めっちゃうまーい!」

祥太が大袈裟《おおげさ》なくらい感嘆する。それじゃあ僕も、と一口齧《かじ》る。果物の甘みが口の中に広がる。クリームも甘すぎず、パンも変にしょっぱくなく、確かに美味《おい》しい。

「ん。美味《うま》い」

「文也の何だっけ? 一口くれよ」

そう言うと、手を差し出してくる。しゃーないな、とその手にサンドイッチを渡すと、僕の最初の一口よりも大きな一口で、ぱくりと食いつく。

「美味いけど、おれの方が美味いな」

何故《なぜ》か誇らしげな笑みを浮かべてくる。そして、今度は手に持っているサンドイッチを僕へ寄せてくる。

「ほら、一口食べてみ」

「いいよ、俺は」

「いいからいいから。食べてみ」

押し切られる形で、差し出された三角を受け取り齧る。僕のとは違う種類の果物の甘さが広がった。柑橘《かんきつ》系の酸味と、バナナとぶどうの甘味が絶妙にマッチしている。美味い、と言うと、「だろー?」と嬉しそうな顔をする。

「フルーツサンドって結構当たり外れ大きいけど、ここのは当たりだったなー」

口の端についたクリームを舐《な》め取りながら祥太が言う。

「そうなの? 俺、フルーツサンドってあんま食べたことないかも」

「うん、何か妙に水っぽかったり、クリームが甘すぎて果物の味がしなかったり、結構あるよ。一時期は結構色々食べて回ったなぁ」

そうなんだ。確かに、女の子ってフルーツサンドとか好きそうだもんね。

思わずそんな台詞《せりふ》を口にしそうになって、ぐっと堪《こら》える。どう明るく言ったって、これはいくらなんでも卑屈っぽい。ただいたずらに祥太を困惑させてしまうだけだ。

「そうなんだ。確かに、女の子ってフルーツサンドとか好きそうだもんね」

と自分に言い聞かせていたはずなのに、声に出ていた。なんで言っちゃうんだよ、僕。

言葉が舌から離れた途端、一気に後悔する。祥太があんぐりと大きく開けた口を、僕を見つめながらゆっくりと閉じる。僕はその視線から逃れるように、ミルクを溶かしたアイスティーを啜《すす》る。

「いやいや、おれの趣味なんですけどー。男がフルーツサンド巡りしちゃだめなのかよー」

冗談めかして腕をつつく祥太に、やめろよと身を捩《よじ》る。

「てか、それもう一口くれよ」

答えるよりも早く、サンドイッチを握った僕の右手を掴み、自らの口元へ持っていった。そして、そのままかぶりつく。ぎざぎざのついた半円の形で三角が大きくえぐられる。

「あ！　祥ちゃん食いすぎ！」

「やべ、いきすぎちゃった。おれの食う？」

「いいよ、もう。これくらいがちょうどいいし」

「なんだよー、いじけるなって。ほら、あーん」

「あー、もう！　いらないって！」

そうやって祥太がふざけているうちに、一瞬冷えた空気はさらりと流されていった。祥太は優しい。その優しさに、何度救われたか知れない。そして同時に、その優しさを今までどれだけの女の子たちが受け取ってきたのかと思うと、やるせなくなる。きっとこうやって、サンドイッチを分け合ったりしたのだろう。それを男である僕にも同じようにしてくれるのも、やはり祥太の優しさだ。

普段は考えないこんなことが頭によぎるのは、やはりこれから会う人のせいなのだろう。彼の昔の恋人。彼がかつて愛した、女の人。

祥太は異性愛者だった。いわゆる、ノンケというやつだ。

祥太の第一印象はあまり良くなかった。三年ほど前のある晩。僕がよく行っているゲイバーに、冷やかしにやってきたサラリーマン集団の一人だった。

「すげーっ、ゲイバーってこんなところなんだ！」

「ってか、普通のバーとあんま変わんなくね？」

「でもここにいる人たちみんなホモってことっしょ!?　やばー！」

赤ら顔で騒ぎ立てるその集団は、五人ともまだ若いらしく二十代から三十代くらいに見えた。仕事帰りなのだろうか、皆スーツに身を包み、金曜の夜を満喫していますといった様子だ。会話の内容を聞くに、どうやら全員ストレートのようだ。おおかた二次会の店に迷い、誰かが興味本位でゲイバー行ってみようぜとでも言い出したのだろう。セクシャルマイノリティの存在がオープンになっていくにつれ、こういった輩《やから》を二丁目でもよく見かけるようになった気がする。

「いらっしゃいませー」

テーブル席は全《すべ》て埋まっていたようで、僕の一席離れた隣に彼らは並んで座った。ママがメニューとおしぼりをカウンターに置きながら挨拶する。

「私がここのママよ。よろしくねっ」

ママが科《しな》を作って発する女言葉に、「出た！」と五人が沸き立つ。普段はそんな言葉遣いをしないのに、相手のニーズに合わせて対応を変えるのは接客業の鑑《かがみ》ともいえるだろう。だけどそうやって、どんどん偏《かたよ》って形骸《けいがい》化した同性愛者像が作り上げられてしまうことには少しうんざりする。

「ねえねえ、ママはいつからホモなの？」

「生まれてからよ、生まれてから四十年間ずーっと男好き！」

「やばい生粋だ！　生粋のホモ！」

「えっ、じゃあさじゃあさ、俺たちの中で誰が一番好み？」

「えー、そうねえ。みんな可愛い！　全員味見したいわ！」

「うわあやべえ！　襲われる！」

げらげらと下品な笑い声が巻き起こる。本人たちにはきっと、尊厳を傷つけたり玩具《おもちゃ》にして遊んだりするような悪意はないのだろう。ただ珍しい動物や変わった形の虫を見て、面白がって騒ぐような感覚なのだ。だからこそ余計たちが悪い。

さすがにすぐに席を立つのは感じが悪いだろうとしばらく我慢していたが、限界だった。店子《みせこ》を呼んで会計を頼もうとしたとき、急に「ねえねえ」とカウンターを叩かれ呼ばれた。思わずびくりと振り向く。

「おにーさんもさ、ホモなの？」

小太りの男が酒臭い息を撒《ま》き散らしながら訊《き》いてくる。おいやめろよ、と止める素振りをする隣の男もその顔はにやついている。

「そうですけど」

なるべく刺々《とげとげ》しく聞こえるように言葉を放ったつもりだったのだが、酔っ払いどもには通じなかったらしく、おぉーっと歓声が沸く。

「じゃあおにーさんはさー、俺たちの中で誰が一番好み？」

馬鹿《ばか》げた質問を繰り返す。ママが慌てて、その子はねえ、と何かを言いかけたが、遮って答える。

「てめえらみたいなブスども、金積まれたってやりたくねえよ。整形してから出直して来い」

　一気に辺りがしんと静まり返る。けれどそれも一瞬のことで、男たちが「やべえ、辛《しん》辣《らつ》」「ホモ辛辣」とひそひそと笑い出す。更に苛立《いらだ》ちを募らせた僕は、男たちの顔を見渡す。冗談でもなんでもなく、本当に相手にしたくないような奴《やつ》らばかりだった。肌は汚く清潔感に欠け、シャツの上からも分かるほど腹は出て、見た目に頓着《とんちゃく》がないのが分かる。

　それでもその中で一人だけ、充分に男前といえる人がいた。集団の中で一番べろべろに酔っ払い、ほとんど喋《しゃべ》らずへらへらと笑みを浮かべながらカウンターに突っ伏していてばかりだったが、そんな状態でも整った顔立ちなのは分かった。僕はその彼を指差して言う。

「でも、あんただったらしゃぶってやってもいいよ」

　その言葉に一斉に場が沸く。やべえじゃん、しゃぶってくれるってよ。いいじゃん、お願いしとけよ。当の本人はいまいち状況が摑めていないようで、眠そうな目で「へ？　おれ？」なんて言っている。僕はその騒ぎの隙に会計を済ませ、店を出た。

　胸糞《むなくそ》悪かった。そのせいで思わず言い放ってしまった。でも、胸がすいたのも事実だ。

　今同じ状況に立たされたとしても、僕は何も言えないだろう。若さという一過性の武器を手にしていたからきっと口に出せたのだ。あのスキニーパンツがまだ穿けたときの頃の話だ。

そして僕が指差して揶揄したその男こそ、祥太だった。一週間後の金曜日、僕がバーに行くと祥太の姿があって驚いた。先週の非礼を詫《わ》びに来たらしく、近くの席に座った僕にも頭を下げた。彼女と別れたばかりで、つい飲み過ぎてしまったと苦笑いを浮かべ言い訳していた。

先週の出来事のせいで最初は敵対心を剝《む》き出しにしていたが、徐々に僕は祥太と打ち解けていった。気張らない穏やかな喋り方と、少し抜けた発言が僕の心を柔らかくしていったのだろう。

連絡先を交換して、また飲みましょうと言い合って別れた。どうせ社交辞令だろうと思っていたのだが、数日後、祥太から連絡が来た。よかったら、また飲みに行きませんか。それから時々、遊んだり飲みに行ったりするようになった。

そしてある晩、いつものように一杯のカクテルで酔っぱらった祥太が、唐突に訊いてきた。

「あのさあ、ずっと気になってたことがあるんだけどさあ」

「ん？　何」

その頃には既にお互い敬語は抜け、「祥太くん」「文也くん」と呼び合っていた。目の前の濃い橙《だいだい》の液体をごくんと一口飲んで、唇を舐め、上ずった声を出す。

「文也くんさぁ。初めて会ったときに言ってたじゃん、おれだったら相手してもいい、って。あれ、ほんと？」

何だよ今更、急に。笑って返そうとして、上がりかけた口角が垂れる。祥太の俯《うつむ》いた顔には冗談めいたものは一切なかった。体の酔いが一気に醒《さ》める。僕はからからに渇いた口を開く。

「よかったら、試してみる？」

祥太が、小さく一つ頷いた。


そうやって僕らは、酔いと勢いに任せて体を重ねてしまった。

全ての行為が終わった後、酒と性欲が抜けたクリアな頭を抱えながら、僕は猛烈に後悔していた。まさか、ノンケとしてしまうなんて。きっと祥太も後悔しているに違いない。まさか、男としてしまうなんて、と。そして、祥太と会うのもこれが最後かもしれない、と僕は覚悟していた。

だが予想に反して、僕らの関係は変わらなかった。今まで通り会ってはくだらない話をして、それどころかいつの間にか、時々体を重ね合わせるようになっていった。祥太は間違いなく異性愛者のはずだった。行為中の振る舞いを見ていれば分かる。それなのに男の肌に吸い付き愛撫《あいぶ》し、次会ったときにはいつもと変わらない柔和な笑みを浮かべていた。僕はわけが分からないまま、快楽に任せてそんな日々を続けていた。

そのうち、新たな疑問が僕の中で生まれ始める。一体、僕たちの関係はなんなのだろう。セフレ、という言葉が脳裏に浮かぶが、その呼称で括《くく》るのは嫌だった。そして僕はある日、口を滑らせる。

「ねえ、俺たちの関係ってなんなのかな」

いつもこうだ。言わなければいいことを言ってしまう。こんな言葉を吐きさえしなければ、割り切った関係を続けられたのかもしれないのに。案の定祥太は困った顔をして考え込んでしまい、ごめん忘れて、と僕は笑ってその話題を切り上げた。

けれどその日の帰る直前、べろべろになった祥太は、ふらつく足取りで駅まで向かいながら言った。

「どういう関係とかさぁ、おれにはよくわかんないし、うまく言えない。言えないけど、おれはさ」

ぽんぽん、と祥太が僕の背を叩いて、顔を覗き込んでくる。黒目が潤《うる》んで街灯の光をきらきらと反射している。

「おれはさ、文也のこと、好きだよ」

その言葉を聞いた途端、ぞわりとした。嬉しくても鳥肌って立つんだ、と思った。その言葉はずっと僕が欲しかった言葉だったと、そのときようやく気づいた。その「好き」が、どんな「好き」かは分からない。しかも酔っ払いの戯言《ざれごと》のようなものだ。それでも、すごく、本当に嬉しかった。

喉《のど》がやたら渇く。何か言わなければ。何か答えなければ。かさついた唇を舐め、唾液《だえき》を飲み込んだ。

「俺も、祥太のこと、好き」

オウム返しのような返事でも、その重みはきっと全然違う。けれどそんなことを意に介さぬ様子で、祥太が両頬に手を当ててにまーっと笑った。

「えぇー、まじ？　ほんとー？　やった、うれしー」

その緩みきった顔を見て、僕は思ってしまった。この人とずっと一緒にいたい。一緒に道を歩んでいきたい。そう願ってしまったのだ。

できれば、酔ってない状態でその言葉を聞きたかったな、と赤くなった祥太の耳を眺める。こいつは、肝心なことはいつも酔わないと言えないのだ。

後日、僕から改めて告白して、僕らは付き合うことになった。三年ほど前の話だ。


十九時きっかりに待ち合わせの店に着く。店内は混んでいて、がやがやと騒がしい。やってきた店員に、待ち合わせなんですけど、と祥太が言うと同時に、少し離れた席で手がひらひらと揺れるのが見えた。

「二人ともー、こっちこっち」

短い腕を精一杯伸ばして振る美里《みさと》さんの姿が見えた。店員に会釈《えしやく》をし、僕たちはその席へ向かう。人々が賑《にぎ》やかに交わす会話の中でも、美里さんの声はよく通る。

席に着くと、久しぶりだねーと美里さんが笑う。数ヶ月ぶりに見た彼女は痩《や》せたように見えるが、ぷっくりと膨らんだ頬は変わらない。白いシャツにジーパンというシンプルな格好が似合っている。伸ばしているのか、いつもは耳辺りで切り揃《そろ》えられている髪が首筋まで垂れていて、新鮮だった。

「二人とも、お久しぶりです」

その隣に座る宮川《みやがわ》くんが、少し並びの悪い歯を見せて笑う。以前は金色だった髪の毛が今日はオレンジに染まっている。僕らがその向かいに座ると、メニューが表示されている電子端末を宮川くんが渡してくる。

「俺はとりあえずビール。祥太は?」

「えー、どうしようかな。ちょっと見せて」

ん、と端末を祥太に渡す。近くの席のサラリーマンが、げらげらと大声で笑っている。

客層は決していいとは言えず、店員の態度も粗野だが、料理や酒の値段はやたらと安い。それにここ、めちゃくちゃ美味いんだ、と祥太は言っていた。美里さんは、こういう店を探すのがやたらとうまい。初めて僕らが顔を合わせた店も、そんな雰囲気の場所だった。

付き合ってからしばらく経ったある日、祥太に言われた。紹介したい人がいるんだけど。それが、美里さんだった。

美里さんは祥太の昔の彼女だ。大学時代同じサークルに所属しており、在学中は仲の良い友人同士以上の感情は互いになかったという。卒業してからしばらくは疎遠《そえん》だったが、サークルの同窓会で再会し、また交友が始まった。そこから恋人同士という関係になるまで、それほど時間はかからなかったらしい。

五年。決して短い時間ではない。その長い間、二人は尊重し合い、愛情を注ぎ合った。しかし結果的に、その関係は瓦解《がかい》する。原因は、祥太のプロポーズを美里さんが断ったからだと聞いている。おれが焦りすぎちゃったんだよな、と彼は笑っていた。

別れたとはいえ、二人の関係はずっと円満なままで、友人として仲良くし続けている。祥太は、その関係も大事にしていきたい。けれど元カノと会うなんて、恋人であれば嫌に決まっている。それならば、別にやましいことがあるわけでもなし、ぜひ会って話してみて欲しい。珍しく真剣な眼差しに、僕は頷くしかなかった。そういえば、そのときも祥太は酒を飲んでいた気がする。

そして、僕は美里さんと引き合わされた。場所は新宿の小さな居酒屋。店の名前や出てきた料理は忘れてしまったが、ひりついた空気に包まれたあの席の様子はよく覚えている。半個室の四人卓で、引き出し式の箸入《はしい》れの上に調味料が並べられていた。渡されたおしぼりから仄《ほの》かにレモンの香りがしたのがやたらと記憶に残っている。

その場には何故か宮川くんもいて、今と同じように美里さんの隣に座っていた。大学時代の後輩で、よく三人でつるむんだ、と祥太は説明した。それは分かったが、全く関係のない奴がこの場にいる意味が分からない。それに、この場に男を連れてくる美里とかいう女も、ほいほいついてくる宮川とかいう男も、はっきり言って気に食わなかった。

気に食わなかったはずなのに、僕らは何故か、意気投合してしまった。

最大の要因は、僕と美里さんが互いに映画好きだったことだろう。会話の流れで趣味の話になり、映画を観《み》るのが好きだという美里さんを、僕は内心嘲《あざけ》っていた。どうせCMがバンバン流れるような大作しか観ない「映画好き」なのだろう、と。だが予想に反して彼女は造詣《ぞうけい》が深く、その上僕と趣味がかなり似ていた。いつの間にか僕らは映画の話で盛り上がり、僕の中の警戒心は消え去っていった。話題についていけていない祥太は時折ぽかんとした顔をしていて、後から反省した。同じようによく知らないはずの宮川くんは、それでも興味深げに何度も相槌《あいづち》を打っていて、その時どうして彼がこの場に呼ばれたのかなんとなくわかった気がした。

それになにより、二人とも僕らの関係に眉《まゆ》をひそめることをせず、受け入れてくれた。好奇心で色々と質問攻めにされたが、そこに下品な揶揄はなく、ただ単に僕らに興味を持ってくれているんだということが分かってむしろ嬉しかった。

それからというもの、僕たちは時折集まっては飲みに行くような間柄になっていった。注文した生ビールと梅酒の水割りが、ごごん、とテーブルに置かれる。四人がそれぞれ自らの飲み物を持って宙に浮かせた。

「それじゃ、かんぱーい！」

美里さんの声を合図に、乾杯、お疲れーと唱和しながらグラスを重ね合う。三杯のビールに囲まれた梅酒の中の氷が、からんと音を立てる。

「ほんと久しぶりだよねー！　どれくらいぶり？　半年くらい？」

「前会ったのが寒かった記憶あるから、それくらいかもですね」

「確かに。コート着てたね、そういや」

「宮川くんが忙しいって言うからさー。もう落ち着いたん？」

「はい、お陰様で！　ようやく一息って感じです」

「とか言いながら、女の子には会いまくってっからね、こいつ！」

「いやいや。それとこれとは別なんですって」

そして僕らは近況報告をし合う。美里さんは最近引っ越したそうで、安くていいところなのだが築年数が結構経っているのが難点らしい。アパレルで働く宮川くんは店舗異動することになり、家から職場まで遠くなると嘆いていた。そんな話をしているうちに、ここに来るまでの間に何度も襲ってきた靄《もや》のようなものは徐々に払われていく。いつもそうだ。美里さんに会うまでそれは僕の心を暗く覆うくせに、彼女と話しているといつの間にか晴れている。

隣に座る祥太のグラスが空になりかけているのに気付く。「何か頼む？」と訊くと、「カシオレ」と答えが返ってくる。焼酎《しょうちゅう》のロックをお代わりするのと一緒に、店員にカシスオレンジを頼む。

「ほんと西澤さんて、頼む酒がイメージと違いますよね」

宮川くんがからかうと、にやっと笑いながら祥太がグラスの中身を飲み干す。

「おれは、飲み物も食べ物も甘いものが好き」

「その顔でそんなこと言われてもね。フミくんこそカクテルとか頼みそうなイメージなのに」

「それ、めっちゃ言われる。イメージ逆すぎない？ って」

「ほんと二人、正反対だよねー」

それも、よく言われる。僕たちは見かけも性格も似ていない。もし学校でクラスメイトになっていたとしても、絶対に親しくならなかっただろう。

「西澤さん、しっかりしてそうなのに案外だらしないですからね。フミさんもしっかりせざるを得ないんじゃないですか」

「確かに、それはありそうだよね。フミくん、ポテチの袋とか綺麗に折り畳んで結んで捨てるタイプでしょ」

「あ、うん、俺まさにそういうタイプ。でもこいつ、袋に入れたりしないでそのまんまごみ箱に捨てるからね。ポテチのカスが中に散らばって最悪」

「そう、そうなの！　食べ終わったコンビニ弁当とかもさー、そのまま捨てるしさー」

「分かる！　しかも、何度言っても直らないし」

「何度も注意してあげるフミくんはほんと偉いよ。尊敬しちゃう」

「え、なになに？　急におれの悪口大会？」

　渋面を作ってみせながらも、祥太はどことなく嬉しそうだ。いくら瑕疵《かし》があれど、皆祥太のことを憎からず思っているからこそここに集まっていて、祥太もそれを重々承知しているからだろう。

　そしてかつての恋人である美里さんとわだかまりなくこういう話ができるのも、彼女が決して「自分の方が祥太をよく知っている」という態度を取らないからだ。

「文也に言われるのは、まぁ分かるよ。こいつはさーこう見えて意外と家庭的だから」

　言いながら僕の肩を叩く。まだ二杯目なのに、頬が少し赤らんでいる。

「でも美里には言われたくねえなあ。靴下脱ぎ散らかして、片方だけどっかいったってしょっちゅう騒いでたじゃん」

「何年前の話してるんだか。もう私は生まれ変わりましたー」

「えーほんとかよ」

「ほんとほんと。私だってもう奥様になるんだし、ちょっとはきちんとしないと」

事もなげに発せられたその言葉に、えっ、と小さく声が口を衝《つ》いて出た。

奥様。今、奥様って言った？

つまりそれは当然、誰かと結婚する、ということだ。

視界がぼやけて、頭がうまく働かなくなる。痺《しび》れたようになった口を開いて「どうして」と小さく呟《つぶや》くが、それは祥太と宮川くんの「ええっ⁉」という驚嘆の声にかき消される。

「なに、美里、結婚すんの？」

「言ってなかったっけ？　私、結婚しまーす」

「ええええ、まじか」

「普通このタイミングで言います？　めっちゃびっくりした」

ようやくクリアになった視界で、ちらりと祥太の横顔を覗き見る。そこにはいつもと変わった様子は窺えず、どんな男なんだよとからかって、おめでとうと祝いの言葉を口にしている。

変わらず和やかな雰囲気の中、僕だけが壊れた機械のように動けない。

祥太と美里さんが別れた理由は、祥太のプロポーズを美里さんが突っぱねたからだ。

何度も話し合いを重ねたが、美里さんの決意は変わらなかった。次第に二人の間には溝《みぞ》が生まれ、そして別れるまでに至ってしまった。

その美里さんが、結婚をするという。騙《だま》されたような思いだ。今になって結婚なんて道を選ぶくらいなら、どうして祥太を選んであげなかったのか。

口から溢《あふ》れ出そうになる文句を必死で飲み込む。言ってはいけない。僕も、祥太や宮川くんのように、笑ってその幸福を祝わなければ。きちんとした大人の顔で、ちゃんと。

「なんか、騙されたって感じするなぁ」

ようやく開いた唇から嘲るような声が漏れる。ああ、まただ。また余計なことを言ってしまった。美里さんが酔いで歪《ゆが》んだ口元で、「何がよー」と声を上げる。

「俺、美里さんって結婚しない主義なのかなぁって思ってたからさあ。だから祥太のプロポーズも断ったんだと思ってたし。なのにそんなあっさり結婚するとか、なんつーか、裏切られたって気分?」

言葉が止まらない。言った先から後悔すると同時に、嗜虐心《しぎゃくしん》も湧《わ》き上がる。こんなこと言いたくない、言ってはいけないと思っているのに、一方でこの女を傷つけてやりたいとも思っている。

「なあに、それー」美里さんはからからと笑っている。「そんな独身主義に見える、私？」

「見えるとか見えないとかじゃなくて。じゃあなんで祥太とは結婚しなかったのかな、って」

「そりゃあ三年もあれば考えだって変わるでしょ。その分私だって歳《とし》取ってるわけだし」

「でも、その分祥太だって歳取ってる」

　僕の口調に冗談や揶揄がないことを悟ったのか、美里さんの顔からは笑みが消えていた。祥太と宮川くんも、箸を手に持ったまま僕の顔をじっと見ている。

「いやいや、やだなー。男と女の三年を一緒にしないでよ」

「一緒だよ。男だって、三十三にもなったら色々変わる」

　実際、祥太の友人は次々に結婚していっている。子供を二人持つ同級生もいるらしい。その報告を聞くたび、写真を見るたび、祥太の中で芽生える感情を思うと、僕はやるせなくなる。

　後ろめたさがずっとあった。僕が、祥太をこの世界に招いてしまったという後ろめたさ。おおっぴらに自らのことを話せず、こそこそと隠れて生きていくような人種。祥太は街中で僕と手を繋いでくれるし、周りにも僕のことを恋人だと紹介してくれる。けれど、親には僕のことを一緒に住んでいるただの友人だと伝えているのを、僕は知っている。

僕は、彼を日の当たらない場所へ引きずり込んだ。吸血鬼のように彼の首筋に咬《か》みつき、血を吸い、太陽を避けて歩く道を選ばせてしまったのだ。

「っていうか悪いけど、たとえこの三年祥太と付き合い続けてたとしても、私は結婚しなかったと思うよ」

美里さんはそう言うと、口を付けていたハイボールをゆっくりとテーブルに置いた。敢《あ》えて音を立てないようにしたような置き方だった。

「……どうして」

「そりゃそうでしょ。私だって、結婚相手が誰だっていいってわけじゃないんだから」

「なんだよ、それ」

思わずテーブルの下の拳を強く握る。喉に何か詰まったように苦しくて、唾液を飲み込むがそれでもそれは落ちていかない。

それじゃあ、まるで。祥太の方に視線を滑らせる。さっきの箸と手の形のままで、僕の方ではなく、美里さんの方をじっと見ていた。

それじゃあまるで、祥太が駄目だったみたいじゃないか。一生を共にする相手として、相応《ふさわ》しくなかったみたいじゃないか。

怒りがふつふつと湧いてくる。何様だ。自分には選別する権利があるとでも思っているのか。テーブルに叩きつけそうになる手のひらを、拳を作って抑えつける。

祥太には普通の、一般的に普通と呼ばれる未来の約束があった。女の人と結婚をし、子供を作り、家庭を築く。そんなありふれているけれど幸福な未来は、僕という存在が隣にいる限り、決して祥太には訪れない。

「あんたが。あんたが、祥太と結婚してくれてさえいれば、」

祥太は、僕となんか出会わなくて済んだのに。

そう叫ぼうとした言葉は、空気を読まない店員の「お待たせしましたぁ」という気怠《けだる》い声で掻き消された。

「カシスオレンジと、芋焼酎ロックでーす」

ごん、ごん、と底の厚いグラスがぞんざいに叩きつけられる。感情の矛先を失った僕は押し黙ってしまい、沈黙が流れる。

「はいはい、飲みすぎ飲みすぎ。文也くんは今日ちょっと飲みすぎですよ？」

祥太が僕の肩をぽんぽんと叩き、こちらは没収でーす、と僕の前に置かれた焼酎をかっさらっていく。えっ、と声を上げる間もなく、グラスを掲げ口内に注ぎ込む。祥太の突き出た喉仏が三度ほど上下する。そして次の瞬間、「ぐぼっ」という奇妙な音と共に口の中身をテーブルに吐き出した。

「うわっ、何してんすかー」

正面に座っていた宮川くんが仰《の》け反る。泡立った液体がテーブルの上に広がって、酒臭い空気が立ち込める。美里さんが濡れた器を持ち上げ、僕と宮川くんがおしぼりで拭き取る。その傍ら、祥太はげほがほと噎《む》せている。

「何これ変な味するぅー」

「もー、何やってんだよー。あ、すみません。お冷とおしぼり下さい」

咳《せ》き込みながら体を丸める祥太の背を撫でながら、通りかかった店員に頼む。店員は返事もせず不機嫌そうに去っていく。

「西澤さん、お酒飲めないんだから余計なことしない方がいいですよ」

「ほんとだよー。この人さあ、大学の新歓コンパのときもさぁ」

美里さんと宮川くんが祥太の情けない思い出話を披露し合い始める。祥太が不服そうに呻《うめ》き声をあげて、運ばれてきた水を飲み干した。

結局その日は終電ぎりぎりまで飲んだ。祥太は焼酎にやられてしまったのか、久々に酩酊《めいてい》していた。ふらふらと覚束《おぼつか》ない足取りで、その大きな体を僕に預けている。

「あーあ、こんなに酔っ払っちゃって」

「この歳で自分のキャパ分かってないの、ちょっとやばいですよね」

小馬鹿にしたような美里さんと宮川くんの発言に、祥太が何やら反論するが、酔って呂律《ろれつ》の回らぬ舌で何と言っているか全く分からない。

「すみませんけどフミさん、よろしくお願いします」

「オッケー。もうこれはタクシーだな。あとで請求しよ」

「こんな状態じゃ、タクシーの運ちゃんも嫌がりそうだけどね」

それじゃあまた、と駅へ向かう二人に手を振る。お幸せに、と慌てて付け加えた言葉に、美里さんがガッツポーズを作ってみせる。僕はほっとする。

祥太が焼酎を飲んで噎せているうちに、重苦しかった空気はいつの間にかなくなっていた。さすがに僕も話題を蒸し返すほど子供ではなく、祥太の間抜けなエピソードに腹を抱えられるようにはなっていた。

「ほら、ちゃんと立って」

腰を叩くと、うー、と呻いて体をくねらせる。大通りを滑る車に目を凝らし、どうにかタクシーを捕まえる。自動で開いたドアに祥太の体を押し込めると、不機嫌そうな目で運転手がじろりとその酔っ払いを睨んだ。それに気付かないふりをして、車に乗り込んで家の住所を告げる。

車が走り出す。闇《やみ》を裂くような繁華街の光が、その速度に合わせて走って流れる。窓ガラス越しに僕はそれをじっと眺める。

さっきまで美里さんに向けていた憤《いきどお》りは、今度は後悔に形を変えて僕自身に刃《やいば》を向けてきた。自分の稚拙さにうんざりする。どうして、あそこで笑って取り繕うことができないのだろう。焼酎をぶちまけた祥太の方が、ずっと大人だ。祥太はあのとき、本当は何を思っていたんだろう。

文也といても、その先の未来が見えない。

もしもそんな考えが祥太の中に生まれていたとしたら。ぎゅっと唇を噛《か》み締める。臓器が鉛のように重くなる感覚がする。つらい。耐えられない。でも、だけど。

ずっと抱えていた思い。祥太の幸せを考えるならば、僕が彼の隣にいてはいけない。それならば、僕が祥太にできることは一つしかない。

視界に映る光の粒が急に歪み始める。最悪だ、と目を強くつぶる。僕が、女だったらよかったんだろうか。女だったら、こんな思いをしなくて済んだんだろうか。祥太と幸せな未来を築けたんだろうか。

「ふみやぁ」

酒に浮かされた祥太の声が唐突に聞こえてきた。眠っていると思っていたので、驚いて祥太の顔を覗き込む。瞼《まぶた》を閉じたままで、だらしなく開いた口からうなされるように声が漏れる。

「おまえの、好きにしたらいいよ」

僕の考えを読んだかのようなその言葉にどきりとする。平静を装って、「何言ってんの？」と一笑に付すふりをする。

「おれは、中途半端だからぁ」

「中途半端？」

「そお。どっちつかずだからさぁ」

　歯の抜けたようなふにゃふにゃとした喋り方を聞いているうち、だんだんといらついてくる。こっちの思いも知らずいい気なものだ。口からは甘ったるい酒の匂いが漂ってくる。

「言ってること意味分かんないよ。いいから寝てなよ」

「文也みたいに、できてないから。ちゃんと、言えないから」

　祥太がうっすらと目を開ける。窓の奥で流れるけばけばしい街の光が、祥太の瞳の中で小さく滲んでいた。

「おれは。男が、好きなんだって。ちゃんと、言えないから。だから、文也を、ずっと不安にさせてる」

　少したどたどしいが、さっきよりも幾分かはっきりした口調でそう告げる。まるでずっと準備していたかのような言葉だった。僕は思わず息を呑《の》む。

「文也が、それで、苦しむなら。だったら、もっと。もっと、きちんとした人を、好きになって欲しい。おれみたいな中途半端じゃなくて、きちんと、男を愛せる人を」

「え、待って待って」

僕は慌てて、まるで終わりを示すようなぶつ切りの言葉たちを遮る。唐突に視界は輪郭を欠いて、耳はやたらと鋭く音を拾う。舌の表面が火傷《やけど》をしたみたいにひりひりした。これ以上聞いちゃ駄目だ、と直感的に悟る。けれど自分の耳を塞《ふさ》ごうにも、祥太の口を押さえようにも、腕は縛られたように動かない。

「でも」

祥太が再びゆっくりと目を閉じて、掠《かす》れた声を出す。わずかに開いた窓から漏れる車の走る音にかき消されそうなくらい小さな声だ。

「でも、やっぱり、いやだ」

「え?」

「おれは、文也と、離れたく、ない……」

最後の方は、聞き取れないくらいのか細い声だった。そのままドアに凭《もた》れかかり、小さく寝息を立て始める。今度は本当に寝入ってしまったようで、瞼が時折ぴくぴくと痙《けい》攣《れん》している。

僕は長く息を吐きながら、シートに背を深く預けた。

混乱していた。でも、一つだけ分かった。僕たちは、正反対なんかじゃない。こんなにも似ている。

それにしても、こいつは本当に酔わないと肝心なことを言えない。思わず笑ってしまいそうになる。

シートの上に放り出された、祥太の手をそっと握る。バックミラー越しに運転手が、僕らの方をちらりと見た気がした。僕は握る手に力を籠《こ》める。闇を裂くような街灯や車のライトが、タクシーの窓を越えて僕らを照らす。

もし生まれ変わっても、僕はきっとまた男に生まれることを選ぶだろう。きっとまた西澤祥太という男を好きになって、吸血鬼同士、一緒にジムに通ったり、甘いものを食べたり、遅い朝食を囲んだりするのだ。たとえ僕らの歩む長い道が、果てのないものだったとしても。その先が、いつか分かれてもう交わることがなくなることになってしまったとしても。

手のひらに祥太の冷たい手の感触を感じながら、僕はゆっくりと目を閉じた。

# くちうつし

錦見映理子

錦見映理子　Nishikimi Eriko
1968（昭和43）年、東京都生れ。2018（平成30）年『リトルガールズ』で太宰治賞受賞。著書に歌集『ガーデニア・ガーデン』、小説に『恋愛の発酵と腐敗について』などがある。

このままではいけない。

佐知《さち》がやっとそう気づいたのは、三月の初めの朝だった。パジャマの上にダウンジャケットを羽織って、道端に置いたゴミ袋にカラス除《よ》けのネットを被《かぶ》せていたら、「あれ、あんたどうしたの?」と大声を上げられたのだ。

ゴミを片手に、隣の西田《にしだ》さんのおばあちゃんが立っている。

「ひどい顔色だよ。まるで幽霊じゃないの」

「ゆうべあまり寝てなくて……」と呟《つぶや》く佐知の顔を覗《のぞ》き込み、「ちょっと会わないうちに、どうしちゃったのよ」と迫ってくる。

佐知は逃げるように家に戻ると、まっすぐ洗面所に向かった。メイクはもちろんずっと肌の手入れさえしていなかったから、明るいところで鏡に向かうのは久しぶりだった。

見るなり、ぎょっとした。

そこには頬がげっそり痩《こ》け、くぼんだ目の周りはどす黒く、全体にくすんだ顔色の、骸骨《がいこつ》じみた女が映っていた。

佐知はこの五ヶ月ほど、ずっと家に引きこもっていた。よく眠れないし、食欲もない。義務のように買ってきたサンドイッチかおにぎりを、毎日一つ口に押し込む程度だったから、ちょっと痩《や》せてしまったのだろう。

佐知は洗面台の下に置かれた、デジタル体重計に乗ってみた。

足元の小窓に出た数字に、目を疑う。

三十八キロ？

去年の健康診断では、五十二キロあった。いくらなんでも、こんなに減るわけがない。

スイッチを押し直し、もう一度測ってみる。

やっぱり、三十八キロしかない。風貌《ふうぼう》が変わるのも当たり前だった。

これはちょっと、まずいかもしれない。

佐知はとりあえず、一日中パジャマのままでいるのをやめた。眠れなくても朝ちゃんと起きて、顔も洗うようにした。乾き切った肌にローションやクリームを塗ってマッサージすれば、顔色は少しだけマシになる。

衣替えもしていなかったが、適当に引っ張り出した薄手のセーターに、毎日同じダウンジャケットを羽織って、一日に一度はなるべく外に出た。寒いし、だるいし、脚が重い。体力もかなり落ちていて、最初はあまり長く歩けなかったけれど、少しずつ距離を伸ばした。近くの公園まで、さらに先の図書館まで、次は駅に近いドラッグストアまで。

久しぶりに化粧して外に出てみると、世の中は何も変わっていないように見えた。若者たちや家族連れ、みんな楽しそうだ。私には天地がひっくり返るようなことが起きたのに、なぜみんなは全然変わらないんだろう。この間まで私もあっち側にいたのに、なんで一人だけはじき出されてしまったんだろう。


去年の初めに父が膵臓癌《すいぞうがん》で亡《な》くなり、後を追うように母も風邪をこじらせて亡くなってから、佐知は築五十年の実家に、夫と引っ越してきた。一人っ子の佐知は、この家で両親に大切にされて育った。だから売ってしまうのがさみしかったのだ。しかしまさか、引っ越して一ヶ月後、夜中にトイレに起きた夫が、階段から足を踏み外して頭を強打し、救急車で運ばれてそのまま亡くなってしまうなんて。夢にも思っていなかった。

自分のせいだ。佐知は深く悔やんだ。実家で暮そうなんて、言い出さなければよかったのだ。あのまま都心の賃貸マンションで暮していれば、夫は今も元気だったはずだ。

優しい人だった。佐知をこれ以上ないほど大事にしてくれた。誕生日や結婚記念日などのイベントのたびに必ずプレゼントを用意し、ディナーにつれていってくれた。

初めて会ったホテルのラウンジで、「仕事で全国を飛び回っているうちに、気づいたら四十一になってました」と夫は恥ずかしそうに呟いた。大手旅行会社で営業をしてい

佐知
て、どうしても出張が多くなる。

「だから結婚相談所に登録してもなかなか面会の申し込みさえできなくて。でも、佐知さんのプロフィールを拝見して、どうしてもお会いしたくなりました」

「なんで私なんですか」と佐知は一番聞きたかったことを口にした。

「私は美人じゃないしもう三十四なのに、どうして申し込んで下さったのかなって、不思議で」

「一目惚《ぼ》れです」と夫は強い口調で言った。

「気取らないお写真に惹《ひ》かれました。この方となら、きっとリラックスして楽しい家庭を作れると思いました」

佐知は顔が赤くなり、ぼうっとなってしまった。女としての自信はあまりなかったから、今まで好きになっても伝えることはできず、好かれることもほとんどなかった。なのに、こんな仕事一筋の真面目《まじめ》そうな人から、一目惚れなんてロマンチックなことを言われるなんて。

その日から、佐知はどんどん彼に惹かれていった。会うたびにどきどきした。佐知のために作ったハネムーンのパンフレットを差し出して、彼がプロポーズしてくれたときは、感激して泣いてしまった。四十二と三十五歳で結婚してから十四年間、夫のおかげで幸せに暮してきた。だからこれからも、それが続くと思っていたのに。

引っ越しなんかしなければよかったのだ。

ぜんぶ私のせいだ、と呟いても、宥《なだ》めてくれる相手はもういない。

夫の死後しばらく休んでいた会社を結局そのまま辞めてしまったから、佐知はほとんど誰とも喋《しゃべ》らずに過ごしていた。心配して電話をくれる友達も少しはいたけれど、どんな慰めの言葉も響かなかった。みんな夫も子どももいて幸せなんだろう、不幸なのは自分だけだ、誰にもこんな辛《つら》さはわからない、と佐知の心は頑《かたく》なになり、次第に電話に出るのも嫌になってしまっていた。


いつの間にか五月に入り、庭の木々が葉を伸ばし始めると、たまには誰かと喋った方がいいのかも、と佐知は時々思うようになった。あたたかくなって上着がいらなくなり、駅前まで歩く脚もだいぶ軽くなってきた。

いつものように散歩をしようと佐知が玄関を出ると、門の外を掃いている隣の西田さんの姿が見えた。

「こんにちは」と声をかけると西田さんは手を止め、佐知の顔をじっと見つめてから口を開いた。

「まだ顔色悪いね。幽霊ビルの二階のマッサージ屋行ったらどうかな。すごくいいから」

「幽霊ビルって何ですか」

「知らない？　駅の北口にすごい古いビルあるでしょ、一階がコンビニの。あれ、幽霊ビルって呼ばれてるんだよ」と言いながら、西田さんは佐知に近寄ってきた。

「あそこ、むかし飛び降りがあったんだよ。それから三階の美容室に、女の幽霊が出るようになったの」と声を潜め、手をだらんと胸のあたりに垂らして見せる。

「そんなの信じてる人いるんですか」

「そりゃいるわよ。だからみんな幽霊ビルって呼んでるんでしょ。若い人も結構見に行ってるらしいよ」と威張ったように教えてくれる。

佐知は面倒になってきて、黙った。

幽霊なんているわけがない。

マッサージ行ってみなさいよ、顔色良くなるから、としつこくすすめる西田さんに黙って頭を下げ、佐知は駅前に向かった。

「すみません」と後ろから涼やかな声がして、思わず振り返る。駅前のロータリーを曲がったところだった。

驚くほどきれいな人が立っていた。アーモンド形の大きな目で、メガネ越しにじっと佐知を見つめている。すらりとした長身で、細面の透きとおるような白い肌に、黒いワンピースが似合っていた。

「カットモデルになっていただけませんか」と尋ねられ、「え、私？」と佐知は目を見開いた。

「お代は結構ですので、できたら短めに切らせていただきたいんです」と畳みかけられる。

「こんなボサボサのおばさんでいいの？」と急いで髪を撫《な》でつけながら確認すると、彼女は満面の笑みで頷《うなず》いた。

「是非、お願いします」という声が、雑踏の中で鈴のように響いた。

不思議な声だった。高くて細いのに、まるで耳元で囁《ささや》かれたかのようにくっきり聞こえる。佐知はどきっとしながら思わず頷いた。

「助かります。反応して下さる方がなかなかいなくて」と彼女は続けた。

「でも、ほんとに私でいいのかしら」と気後れしつつも、ちょうど伸び放題の髪を切らなくてはと思っていたから、恐る恐るついていくことにした。

駅の北側の、古い雑居ビルに案内された。一階のコンビニの脇《わき》にある、狭いエレベーターで三階に上がると、すぐ目の前にガラスのドアがあった。定休日らしく、誰もいない店内の電気を彼女がつけると、奥は意外に広く、鏡の前に椅子《いす》が四つ並んでいた。

「まずこのくらいまで、切らせていただいて宜《よろ》しいですか」

ヤマザキと名乗った美容師は、佐知の顎《あご》のラインに手を当てて、鏡越しに確認した。ひんやりした指がかすかに触れている。誰かとこんなに近づくのは久しぶりだった。

「はい、お任せします」

「パーマとかは無料ではできないんですけれども」

「いいです。カットだけで」

誰に見せるでもなく、どこにいく予定もない。長くても短くても、ストレートでもパーマヘアでも、佐知にはどうでもよかった。とりあえずさっぱりして、今よりマシな見た目になれれば、何でもいい。

「最近美容師になられたんですか？」とスプレーで髪を濡《ぬ》らされながら佐知は尋ねた。カットモデルで修業を積むような年齢には見えなかったからだ。三十歳前後だろうか。言葉遣いもきれいだし、肩までの黒髪に、縁なしのメガネをかけているのも、落ち着いた印象だった。

「いいえ」とヤマザキさんは案の定答えた。

「実はだいぶ前に辞めて、やっと復帰したところです」

「なるほど、子育てが一段落されたとか？」

「いいえ、私、独身なんです」

余計なこと聞いちゃったかな、と佐知は慌《あわ》てた。すごい美人だから、相当条件のいい男をつかまえて幸せな結婚をしているに決まってると思ったのだが。

急に口を噤《つぐ》んだ佐知に、ごめんなさい、とヤマザキさんは笑った。

「お気を遣わせてしまって。美容師を辞めたのは、恥ずかしいんですけれど、好きな人ができちゃって」

彼、有名な芸術家で、誰かがつききりでお世話しないと仕事ができない人だったんです。その頃私、いつか自分の店を持とう、とこつこつ貯《た》めていたお金があったので、しばらく働かなくても大丈夫だったんですね。それで美容師辞めて、彼の秘書みたいなことをするようになって、とヤマザキさんは続けた。さくさくと髪を切る音が、その合間に聞こえてくる。鏡越しに見ていると、彼女の手さばきは見事で、素早く迷いがなかった。髪はみるみる短くなっていく。

「こう見えて私、銀座の美容室で店長をしていたんです。父がいくつか持っていた店の一つを、任されてて」

今やその店はチェーン展開しています、だからあのまま辞めなかったら、今頃大金持ちかもしれないですね、と苦笑している。

へえ、すごい、と佐知は相槌《あいづち》を打ちながら、確かに育ちが良さそう、と鏡越しに彼女の横顔を盗み見た。くっきりした目に、すっきり通った鼻筋。笑うと頰がふっくら柔らかそうだ。目鼻立ちが整っているだけでなく、品の良さもある。

これだけきれいなら、父親の口利《くちき》きでいい相手と結婚だってできたろうに、苦労知らずのお嬢様だったからこそ、ろくでもない男につかまって家を出ちゃって親と縁を切る的なことになったんだろうな、まあ、よくある話よね、と佐知は勝手な想像を膨らませた。真剣な表情でさくさく切り続けている彼女を、さらに観察する。色白の腕には染《し》みひとつなく、滑らかそうだった。思わず触ってみたくなる。芸術家だかなんだか知らないけど、こんなきれいな人を自分の人生に巻き込んで、三十過ぎで放り出したのかな。銀座にいたのに、郊外の小さな美容室でこんなおばさんのひどい髪を切る羽目になるなんて、この人も大変だな。

「でもまだお若いし、いくらでもやり直しができるでしょう、羨《うらや》ましいわ」と佐知は励ました。さっきまで気後れしてどぎまぎしていたのに、親しみを感じ始めていた。

「若くないですよ、全然」

「でも私よりはずっと若いもの」

「そんなことないんです。私、一度生まれ変わってるから、お客様よりずっと年上なんです」といたずらっぽい表情で微笑《ほほえ》んだ。

「面白いわね、その設定」と佐知も笑みを浮かべた。「私も生まれ変わりたいな。いろいろやり直したい。生まれ変わったら、あなたみたいに手に職をつけて、一人で生きていけるようになりたいな」

　カットが終わると、髪型のせいか、痩けた頬やくぼんだ目元が少し目立たなくなっていた。

「あなた、腕がいいわね」という佐知の言葉に、ヤマザキさんは心から嬉《うれ》しそうな表情になった。

「今日はお会いできて良かったです。あそこでお声掛けするようになってだいぶ経《た》つんですが、素通りされるばかりで、誰にも気づいていただけなかったんです。お客様だけが、振り向いて下さいました」とケープを外してくれる。

「あなたの声、すごくよく聞こえたから」

「本当に助かりました。今日お会いできてなかったら、仕事の再開を諦《あきら》めてしまったかもしれません」

「こちらこそ、ほったらかしてたひどい髪を、タダで素敵にしていただけてラッキーだったわ」

「今日のことは、決して忘れません」

「大げさね」と佐知が笑うと、私にとっては特別な出会いでした、と彼女は微笑んだ。

「私の過去の話をちゃんと聞いて下さったのも、お客様が初めてです」

帰宅したとたん、佐知は猛烈な空腹を感じた。

ダイニングテーブルにずっと放置してあった、友達が送ってくれたクッキーの缶が目に入り、むさぼるように全部食べてしまう。この食欲は、久しぶりに人とちゃんと喋ったせいだろうか。

冷凍庫を漁《あさ》ると、いつのものかわからない牛肉と、冷凍食品の茹《ゆ》でブロッコリーを見つけた。オイスターソースで炒《いた》める前に、髪を結ぼうと頭に手をやって、すっきりした襟足に気づく。こんなに短くしたのは初めてだけど、楽でいいな。ヤマザキさんに髪をかきあげられながら、セットされた時の感触が、頭皮に蘇《よみがえ》ってくる。

滑らかで、冷たい指だった。触れられるたびに、ひんやりして心地良かった。かなりの冷え性なのだろう。温めてあげたい気がした。

次はまともな男とつきあって、幸せになってほしいな。でも、あれだけの腕があるんだから、一人でも生きていけるはず。恋も職場も失って、もしかしたら貯金もなくなって、親兄弟とも縁が切れてしまったのかもしれないけど、あの人なら一人で大丈夫だろう。

だけど、生まれ変わりって。

佐知はフライパンを揺すりながら、彼女の話を思い出す。

確かにあの人、見た目ほど若くはないのかもしれない。若かったらそんな設定、思いつかない気がする。

夫も生まれ変わって、会いにきてくれたらいいのに。佐知は珍しく夢のようなことを考えてしまう。もしかしたらヤマザキさんも、恋人を亡くしたのかもしれない。だから生まれ変わったなんて妙なことを、口にしたのかな。

もっと彼女のことを知りたい気がした。

佐知はオイスター炒めを全《すべ》て平らげる。これからもあの人に切ってもらいたい。次はちゃんとお金を払って、切ってもらおう。


一ヶ月後、佐知は同じ美容室を訪ねた。

店名は忘れてしまっていたが、北口の雑居ビルの三階にあることは覚えていたから、予約せずに行ってみることにしたのだ。

見覚えのあるガラスのドアを開け、受付の茶髪の若い女性に、「ヤマザキさんがもしお手すきだったらお願いしたいんですけど」と言うと、「ヤマザキ?」とカウンターの中で首を傾《かし》げられた。

「ウチにはそのような名前のスタイリストはおりませんが……」

「あれ、違ったかな。じゃあ、似たような名前の方はいませんか、もしかしたらヤマシタだったかな、それとも……」と佐知は店内を見回した。接客中の美容師は二人とも男性で、カットモデルになりませんか、とあの日声を掛けてきて、この店の、あの椅子に佐知を案内し、髪をばっさり切ってくれた女性の姿は見当たらなかった。

「ヤマのつく名前の者はおりませんけど」と受付の女性は困惑している。

「三十歳くらいの女性で、背の高い……」と佐知が風貌を説明しようとすると、「あの、うち、男性スタイリストしかいないんです」と言われた。

どういうこと？

佐知はもう一度店内を見渡した。あのガラスのドアを開けた彼女の後について、ここに入った。このカウンターで、名前と住所を書いたのも確かだ。壁に飾られた薔薇《ばら》の造花にも、見覚えがあった。全体に白っぽい店内の、一番奥の椅子に案内されて座ると、鏡越しに、ヤマザキと申します、と彼女はにっこり微笑んだ。あのときの声も顔も、はっきり覚えている。

「あの、どうしますか」という声がして、佐知は我に返った。

「あ、じゃあ、どなたでもいいですから、少し切っていただけますか」と頼むと、女性はカウンターの中でぺらぺら紙をめくってスケジュールの確認をした。

シャンプー台に案内してくれたアシスタントの男性に、「最近辞めちゃった美容師さんていますか」と佐知は尋ねてみた。

「いやちょっとわからないっすね。僕入ったばかりなんで」と仰向けに椅子を倒される。「結構美容師さんの出入り激しいの？」と顔に薄いカバーをかけられながらさらに聞くと、「かもしれないっすね」と頭の上の方から返事が降ってくる。まもなくシャワーの水音がし始め、髪を洗われている間、佐知は「あの人、何かあって急に辞めちゃったのかな」と考えていた。

店長が髪を切ってくれることになり、伸びた襟足はもちろん、全体を丁寧に整えてくれたけれど、終わって鏡を見ると、相変わらず頬の痩けた顔色の悪いおばさんが映っていて、佐知はがっかりした。ヤマザキさんが切ってくれた時は、もっと素敵になったのに。

それに、あの時はもっと楽しかった。彼女に切ってもらっている間、いろんな話をした。髪を切ってもらうのは口実で、実は彼女ともっと喋りたくてここに来たのかもしれない。

三千円払ってビルの外に出たところで、佐知は隣の西田さんにばったり会った。

「あ、マッサージ行ってきたんだ？　よかったでしょ。あたしも今行くところ」

「いえ、髪切ってきたところです」

「やだ、あんた見に行ったんだ！　全然興味なさそうだったのに」と西田さんがはしゃぐような声を上げた。

「え?」

「で、見えた?」

「何がですか」

「だから、幽霊だよ」と西田さんが胸の前に両手を垂らしてみせるのを見て、佐知はやっと、ここが例の幽霊ビルであることに気がついた。


梅雨入り間近の曇った空を見上げる。ついに五十歳になった。

その日佐知は、珍しく自転車で出かけた。食材をたっぷりスーパーで買い込むためだ。夫の好物だったロールキャベツに蟹《かに》クリームコロッケ、餃子《ぎょうざ》も皮から捏《こ》ねて作ろう。他にも、ニース風サラダや彼の好きなカルパッチョに、ピンチョスなんかも並べてテーブルをたくさんの皿で埋め、パーティらしくしようと計画していた。夫の好みのワインも揃《そろ》えたし、ケーキだって予約してある。小ぶりのホールケーキには「佐知さんおめでとう」と書かれたプレートを乗せてくれるよう、自分で頼んだ。引き取るとき、ろうそくをつけてもらうのを忘れないようにしなくちゃ。

時間をかけて、佐知はパーティの準備をした。久しぶりに料理したから、予定よりだいぶ手間取ってしまった。ダイニングテーブルに作った物を並べ終える頃には、もう外はすっかり暗くなっていた。

そうだ、ケーキ。

佐知は慌ててバッグを摑《つか》んで、外に出た。

霧雨が降っている。佐知はバッグに入れてあったパーカーを羽織りながら、脚を早めた。

だが、ケーキ屋はとっくに閉まり、窓も暗く静まりかえっていた。携帯を見ると、何度も電話がかかってきていた。留守電には、ご注文の品をお引き取りいただけない場合でも、お代はいただくことになります、という女性の声が入っていた。

他には誰からのメッセージもなかった。

当然、夫からも。

気づくと、佐知は涙で頰を濡らしながら、見慣れぬ水路沿いを歩いていた。すっかり夜は更《ふ》け、まだ雨は降っている。

佐知は六月に入って誕生日が近づくにつれ、変なことを考えるようになっていた。もしかしたら、誕生日に夫が自分にだけわかるようなメッセージを送ってくるかもしれない。だって、毎年必ず祝ってくれていたんだもの。死んでからだって、きっと何かの形で伝えてくれるはず。

だから、私も準備をしたのに。

あなたの好物をたくさん並べたのに。

もっと、生きている間に作ってあげたかった。実家の広いキッチンで、これから毎日好きなものを作ってあげるって約束したばかりだったのに。優しい夫の笑顔を思い出して、佐知の目にはまた涙が浮かんだ。幽霊でも何でもいいから、夫にひとめ会いたい。

「そこ、危ないですよ」と突然背後から、高く澄んだ声が鈴のように響いた。

びっくりして振り向くと、女が立っていた。

「暗いから足元に気をつけて下さい」

しばらく誰だかわからなかった。

初めて会った時は、シンプルなワンピースにメガネをかけた、仕事をする今どきの女性らしい装《よそお》いだった。それが、今目の前にいるのは、雛《ひな》人形のように髪を綺麗《きれい》に結い上げた、薄紫色の着物姿のヤマザキさんだった。濃紺の風呂敷《ふろしき》包みを手にしている。メガネはかけておらず、きれいに化粧していた。肌はますます白く、赤く塗られた唇が艶《つや》めいている。

まじまじと見つめる佐知に、「先日はせっかくお越しいただいたのに、お会いできなくて残念でした」と彼女は頭を下げた。

「あ、やっぱりお休みだったんですか？」

「いえ、ごめんなさい。ちゃんとお伝えしておけばよかったですね。本当は私、営業時間外にあそこを借りているだけで、勤めているわけじゃないんです」

そうだったんだ、でも、なんで借りてるの？　と疑問を抱いた佐知の心を読んだかのように、「自分の店を持つ準備中なんです。それまで腕が落ちないように、たまにあんな風にお声をかけて、反応して下さった方を切らせていただいてるんです」と彼女は微笑んだ。

「なるほどね。やだ、あなたあれきりいなくなっちゃったから、幽霊だったんじゃないかって近所の人たちに言われて困ってたの」と佐知は笑みを浮かべた。涙はすっかり引っ込んでいた。

「特に隣のおばあちゃんが、絶対そうだとか騒ぐもんだからうるさくって」と続ける佐知の言葉を、ヤマザキさんは微笑んだまま聞いている。

「幽霊なんているわけないのにね」と佐知はさりげなく彼女の肩のあたりに手を伸ばした。

すっ、と彼女が後ずさるように体を引く。

佐知は伸ばした手を慌てて引っ込めた。

「ごめんなさい。こんな時間に一人でそんな恰好《かっこう》してるから、夢じゃないだろうなって、つい触って確かめたくなっちゃったの。バカよね」

失礼しました、と頭を下げると、ヤマザキさんが「これは」と襟元に手をやった。

「日本髪のモデルをしたので」

そうか。佐知は納得した。

「美容師同士でモデルになり合って、いろいろ練習しているのね」

「はい。もしお客様がお嫌じゃなかったら、またカットモデルお願いしたいです」と彼女がまっすぐ目を見つめてくる。いつのまにか雨は止《や》んでいた。

「ほんと？　そしたら、今からじゃだめ？　そんな恰好じゃ無理かしら」

今から？　と一瞬目を見開いたものの、すぐに彼女は頷いた。

「いいですよ。着物のほうが慣れてますし」

「じゃあ、もしできたら、うちで切っていただけませんか？」と佐知は尋ねた。今夜はどうしても、一人であの家にいたくなかった。


テーブルの上の料理はすっかり冷めていた。

「すごいご馳走《ちそう》」とヤマザキさんが目を丸くしている。

「大家族なんですね」

黙ったままの佐知に背を向けて、「急いで支度しますから」とヤマザキさんは風呂敷をほどき、襷《たすき》を素早く掛けた。

「ご家族がお帰りになる前に、カットを済ませないといけないですよね。浴室で切りましょうか。みなさまのお食事中に、私、後片付けして勝手に引き揚げますから」と続ける彼女に、「急ぐ必要はないの」と佐知は力ない声を出した。

「家族はもういないから。子どもは元々いないし、ここに住んでいるのは私だけ」

語尾が震えていた。また涙がこみ上げてくるのを怺《こら》える。

「じゃあ、これからお客様でもいらっしゃるんですか？」とヤマザキさんは手を止めた。

佐知は首を振った。

「誰も来ないわ」

「じゃあ、これは……？」とヤマザキさんは不思議そうにテーブルの上を見ている。

「あなたに」と佐知は呟いた。自分でも何を言おうとしているのかわからなかった。

「あなたのために作ったの。良かったら、一緒に食べて下さらない？」

そう口にしてみると、佐知は本当に今日これらの料理を、彼女のために作ったような気がしてきた。

「実は今日は、私の誕生日なんです。五十歳になりました。でも、誰もそのことを覚えている人はいないの。両親も夫も兄弟も親戚《しんせき》も子どももいない。私のことを祝ってくれる人は、もういなくなってしまった」

佐知の目から、涙がひとすじ零《こぼ》れた。

ヤマザキさんは佐知をしばらくじっと見つめてから、口を開いた。

「私にも、もういませんよ。だいぶ長い間、私を祝ってくれる人も、思い出してくれる人も、いません」

「同じですね」

佐知はヤマザキさんと見つめ合った。


おめでとうございます、とヤマザキさんがグラスを高々と掲げた。注いだばかりの白ワインが揺れる。テーブル越しに触れ合わせた瞬間、グラスが涼しい音をたてた。部屋がぱあっと明るくなった気がした。

早速グラスに口をつけ、喉《のど》を反らしているヤマザキさんに佐知は見とれた。白く滑らかな首筋が、天井のシーリングライトに照らされて光っている。

ワインを口に含んだまま、彼女は数秒目を閉じた。やがて喉がごくりと動く。

「うーん」と小さく唸《うな》る声が可愛《かわい》くて、どきっとする。大きな目がゆっくり開き、佐知を見つめて「最高です」と嬉しそうに微笑んだ。なんだか目が離せない。彼女はすぐにもうひとくち飲み、あっという間にグラスを空にしてしまった。佐知が注いであげると「すみません、つい止まらなくて、んふふ」と恥ずかしそうに笑った。

なんておいしそうに飲む人だろう。佐知も思わず声を立てて笑ってしまった。

一人だったら、きっとワインなんて開けなかっただろう。または、無理して飲んで、気持ち悪くなっていたかもしれない。佐知は酒がほとんど飲めなかった。夫の葬儀の後に残ってくれた知人たちとの会食で、佐知は献杯のためのビールをひとくち飲んだあと、記憶がなくなった。強いストレスと過労で、倒れてしまったのだ。お酒を飲むのはあれ以来だった。

グラスに口を寄せると、発酵した葡萄《ぶどう》と、木の香りがした。ヤマザキさんを真似《まね》てしばらく口に含んでから、恐る恐る飲み込んだ。

鼻腔《びこう》にいい香りが広がる。すごく飲みやすい。甘くなくて喉ごしもいい。もうひとくち飲んでみる。大丈夫だ。今日は体調がいいのかもしれない。

佐知は急に、激しい空腹を覚えた。そういえば、今日は味見以外に何も口にしていなかった。

ガラスの大皿を冷蔵庫から出して、ラップを外した。

「きれいですね」とヤマザキさんが皿を覗き込む。「何のお刺身ですか？」

「平目です」

取り分けながら、佐知は説明した。

「昆布締《こぶじ》めにした平目を薄く削《そ》いで、グレープフルーツのむき身とヴァージンオリーヴオイルで和《あ》えて、岩塩とピンクペッパーを散らしたの」

ヤマザキさんが、透き通るような平目をひときれ、箸《はし》で摘まむ。唇が開かれる。箸ごと平目が飲まれ、箸だけが出てくる。彼女の青白かった頬が上気して、淡い薔薇色に染まっていく。

「ああ」とため息をついている。

「食べるの、久しぶりなんです」

「何を？　生魚？」と佐知も箸を伸ばす。

「私も、そういえば火を通していない魚を食べるのは久しぶりだな」

口に入れた瞬間、いろんな味がした。昆布の旨《うま》みと塩味。グレープフルーツの爽《さわ》やかな酸味。そして平目の甘味が、最後に余韻として長く残った。鈍くなっていた舌が蘇るようだった。

「確かに、生き返るわね」と思わず呟く。

ヤマザキさんは細い体に似合わず、よく食べた。カルパッチョを瞬《また》く間に平らげると、山盛りだったサラダも気づくとなくなっていた。

食べるにつれて、透きとおるように青白かった彼女の顔は、生気を取り戻すように血の通った色になっていく。黒目がちな瞳《ひとみ》も輝いてきらきらしている。佐知は嬉しくて、準備してあったコロッケもどんどん揚げた。

揚げたてを齧《かじ》ったヤマザキさんが飲み込むまで、佐知はどきどきして待った。このクリームコロッケは、良質な蟹の缶詰を贅沢《ぜいたく》に使うのがポイントで、佐知の得意料理の一つだった。ひとくちサイズにしたのは初めてだ。

咀嚼《そしゃく》し終えて、彼女は箸を置いた。

「どう？」と聞いても、俯《うつむ》いて黙っている。

やがて顔を上げた彼女の大きな目から、涙が溢《あふ》れそうになっているのを見て、佐知は慌てた。

「やだ、どうしたの？　もしかしてすごく不味《まず》かった？」と箸をとり、自分の前の皿に手をつける。小さくしたの、失敗だったかな。

「違うんです、あんまりおいしくて」と指でそっと目尻《めじり》を拭《ぬぐ》っている。

「佐知さんとまたお会いできただけでも嬉しいのに、こんなおいしいものを私のために作って下さるなんて、幸せすぎて」

ありがとうございます、と頭を下げられて、佐知は驚いた。

「やだ、お礼を言うのはこっちよ。無理に家に来てもらって、食事までつきあってもらってるんだから」

あなたのためにごはんを作りたい人なら、きっといくらでもいるわよ、と言いながら、空になった皿をキッチンに下げる。まさか泣くほど喜んでくれるとは思わなかった。彼女の孤独を感じて、佐知はますます親近感を抱いた。あの人、見た目が美しすぎて敬遠されるのかしら。確かに私も最初は気後れしたけど、もう全然気にならない。

まだ入るか確かめると「大丈夫です」と言う。

佐知はロールキャベツを温め直し、パンを添えて出した。

「熱いから気をつけて」

ヤマザキさんは早速スプーンをキャベツに差し込み、すごい柔らかさ、と驚いている。キャベツと肉を一口分スプーンに乗せ、トマトベースのスープと一緒に掬《すく》っている。湯気を吹いて少し冷ましてから、大きく口を開けて、こぼれそうなそれをぱくりとひとくちで食べ、彼女は目を閉じた。口の端に、オレンジ色のスープがほんのり付いている。

ヤマザキさんは咀嚼しながら、手を口に当て、んー、と高い声を漏らした。そして何度も頷いた。

「これ、今日いただいた物のなかで、一番好きかもしれません」

とろとろ、と呟いてまたスプーンを差し込んでいる。

キャベツがスプーンから溢れそうだ。さらに大口を開けて飲み込むと、今度は口からスープが垂れそうになり、慌てて指で拭っている。佐知は笑いながら、ティッシュを差し出した。

「こんなにおいしそうに食べてもらったの、初めてだわ。亡くなった夫は、食べるのがすごく早かったの。長時間かけて煮込んでも、あっという間に黙って食べちゃうのよ。だから、おいしい？　っていちいち聞かないとわからなかった。あなたみたいに、言葉だけじゃなくて、表情とか声とか体中使って表わしてもらえるのって、こんなに嬉しいものなのね。今日、あなたをお誘いして本当に良かった」

まだお伝えしきれていない気がします、と彼女はまたスプーンを口に入れた。

「私が今どんなに嬉しいか、たぶん佐知さんには想像できないと思うんです」

「そこまで言う？」と笑うと、彼女は皿から顔を上げた。潤《うる》んだ黒い瞳でひたと見つめられて、何だか身動きができなくなる。

「彼と最後に過ごした夜以来、誰とも一緒に食事していなかったんです。あれからずっと、いつも一人でしたから」

佐知ははっとした。そうだ。私も、こうして誰かと食卓を囲むのは、夫が亡くなった夜以来だ。

「もしよかったら、これからも時々食べに来てくれない？」

「いいんですか」とヤマザキさんが目を輝かせるのを見て、佐知は胸にひたひたとあたたかいものが満ちてくるのを感じた。

「私、食欲が戻らなくて困ってたの。でも、あなたと一緒だと、こうして普通に食べられる。不思議ね。あなたといると、何だか元気になるみたい」

いつの間にか、鍋《なべ》にいっぱいあったはずのロールキャベツは全部なくなっていた。ヤマザキさんが何度もお代わりし、佐知も釣られて二杯も食べてしまった。体温が上がって、二人とも汗をたくさん掻《か》いている。

こんな誕生日は初めてだった。年齢もフルネームも知らない女の人と、まるで恋人同士のように、仲良く二人きりで食事している。五十にもなって、こんなに気の合う人と出会えるなんて、思ってもみなかった。

やっぱり幽霊じゃなかったよ、と隣の西田さんに次会ったらはっきり言わなくちゃ、と佐知は密《ひそ》かに思う。髪を切ってくれたり、一緒に飲み食いしたり、誕生日を祝ってくれる幽霊なんて、いるわけがないよ。

二本目は赤ワインを開けて、もう一度乾杯した。つまみに作ってあったピンチョスを並べる。パンやチーズの上に、オリーヴや生ハム、プチトマトやきゅうりなどをつまようじで串刺《くしざ》しにしたそれも、ヤマザキさんは気に入ったようだった。大きな口をぱくぱく開けて、次々ひと呑《の》みにしている。

心配になるほど、彼女の食欲は旺盛《おうせい》だった。

やがて、全ての料理がなくなった。五、六人分はあったはずなのに。彼女はどれだけ食べても満腹にならず、どれだけ飲んでも酔わないように見えた。

「夜はこれからですよ。もっと飲みましょう」とヤマザキさんが一気にグラスを干し、佐知もまた釣られて空けてしまう。なんだか体がふわふわする。なんで今日はこんなに飲めるのかな。

今日は特別ですから、と彼女は微笑みながら、佐知と自分のグラスにさらに注いでいる。

「あなたはすごくお酒強いのね」

「いえ、昔はあまり飲めなかったんです。生まれ変わってから、強くなりました」

またその話？　と佐知は笑ってしまう。

「気に入ってるのね、生まれ変わった話」

「はい、まるで別人になりましたから。前の自分が何を考えていたのか、もうほとんど思い出せないくらいです」

「人生百年時代ですものね。何度も生まれ変わるみたいにして、いろんなことを乗り越えていかないとね」と佐知もグラスを傾けた。

もし百歳まで生きるとしたら、今日が折り返し地点だ。これから五十年も一人で生きていくのかと思うと、佐知は暗澹《あんたん》とした。

「私も生まれ変わりたいけど、できそうにないな」

「いつかできますよ」とヤマザキさんは、佐知が冷蔵庫から出してきたチーズをつまんだ。

「私は長い時間かけて、生まれ変わりました。彼が死んでしまって、そのとき私も一緒に死んだんです。それからだいぶ長い間、ずっと死んでいました」

「わかるわ」と佐知もチーズに手を伸ばした。「私も、今、死んでるもの」

「でも、死んでる間に、酷《ひど》いことをたくさん言われてることを知って、このままじゃ死にきれないと思って」

「誰に何を言われたの？」

「彼の作品を愛している大勢の人に、勝手なことばかり言われたり書かれたりしました。私は美容師なのに、こういう日本髪のモデルをしてる写真が出回ったせいで、芸者だとか夜の女だとか決めつけられて。彼が死んだのは私が毒を盛ったせいだとか、彼はあんな女と付き合わなければ今も生きていたとか」

「何それ、ひどい」と佐知はヤマザキさんのグラスにワインを足した。

「でもいいんです、そんなことはもう」

「良くないわよ。名誉毀損《きそん》で訴えた方がいいよ」

「今なら、そういうこともできるでしょうけれど、あの頃はそんな時代じゃなかったから」

「そんな時代って、あなたの歳《とし》なら大して昔じゃないでしょ」

「昔です」とヤマザキさんは静かな声で言った。

「生まれ変わってからも、とても長い時間が経ちました。仕方がなかったんです。あの頃の私は、彼に愛されていると思い込んでいたから。嘘《うそ》ばかりつかれていたことは、生まれ変わってからわかりました。都合のいいように使われて、死んでからもいろんな人からの悪口でさらに殺されたようなものだけれど、こうして生まれ変わることができて、全部どうでもよくなりました。今は幸せです。仕事に復帰できたし、佐知さんみたいな素敵な方にも出会えたんですもの」

強いのね、と佐知は呟いた。私はこの人よりずっと年上なのに、めそめそ泣き暮らしているのが恥ずかしい。

佐知は恥ずかしさを打ち消すように、ワインを一息に飲み干した。

急に脈がどくどくと打ち、全身が火照《ほて》ってきた。

着ていた青いセーターを脱いでしまう。Tシャツだけになって、よろけながら座り直すと、いつの間に着物を脱いだのか、ヤマザキさんも透けるような白い長襦袢《ながじゅばん》だけになっていた。彼女の白い肌がぼんやり発光して、靄《もや》がかかっているように見える。解《ほど》いた髪が、つやつやと床に届くほど長くなっている。

やだ。佐知は目をこすった。さすがに酔ったかな。

ヤマザキさん、と佐知は回らなくなってきた舌で呼びかけた。姿勢を保てなくて、頬《ほお》杖《づえ》をつく。

なんでしょうか、という声が、トンネルの中のようにやけに反響して聞こえる。

遠のく意識のなかで、佐知は呟いた。

「私、全然だめなの。夫のことを忘れられないの。毎日思い出すし、しょっちゅう会いたいって思っちゃう。こんなんじゃ、無理でしょ。あなたみたいに生まれ変わって、一人で生きていくなんて私には無理」

またグラスにワインが満たされ、佐知は一気に呷《あお》った。

会いたい。

夢でもいいから、会いたい。

死にたいわけじゃないけど、夫に会えるなら、死んでもいいのかもしれない。

ベールがかかったように視界がぼんやりしてきて、佐知はゆっくり瞬《まばた》きした。ヤマザキさんの輪郭が、さらに曖昧《あいまい》になってくる。まぶたが重い。瞬きしようとしても、だんだん開けられなくなってきた。

気づくと、佐知はテーブルに突っ伏していた。

長い時間そうしていたのか、一瞬だったのかはわからない。

顔を上げると、目の前にぼんやり人がいるのが見えた。ヤマザキさん、ごめん、私いつの間にか寝ちゃって、とよだれを手の甲で拭う。

まぶたをどこかに押しつけていたのだろう、視界がほとんど暈《ぼ》けている。ぎゅっと両目に力を入れてつぶり、また開ける。何度かそうするうちに、やっと焦点が合ってきた。

夫がそこにいた。

向かいに座って、笑っている。

「おめでとう、佐知」とグラスを持っている。

驚きで声も出せずにいると、「どうしたんだよ」と笑われた。

「あなた、戻って来たの？」

「そうだよ、佐知が呼んでくれたから」

喜びの涙を流しながら、ありがとう、と佐知もグラスを手に取った。

乾杯をする。今までの誕生日と何にも変わらない。いつも佐知のためにこうして祝ってくれた、優しい夫。

「今年のプレゼントは？」と佐知はいたずらっぽく微笑んだ。「内緒で買ってきて、部屋に隠してあるんでしょう？」

いつも知ってたのよ、と笑いながら続けた。毎年知らないふりをして、驚いて見せなければならなかったのよ。

夫も笑っている。

「ずっと欲しがっていただろう、これ」とプレゼントを差し出してくる。佐知が包みを開けると、憧《あこが》れていたブランドのバッグが現われた。

あなた、ありがとう。

立ち上がって、夫と向き合った。抱きしめ合う。がっちりした筋肉質の、懐《なつ》かしい体。

強くて、頼りがいがあって、この体のそばにいれば安心だった。

背中に回されていた夫の大きな手のひらが、佐知の輪郭をたどるように動いていく。目を閉じたまま、身を任せた。

「あなた」

佐知は痺《しび》れるような陶酔のなかで、声を漏らした。

「お願い。私だけ残して行かないで。このままずっと一緒にいたい」

いなくならないで。ずっとここにいて。うわごとのように呟きながら、大きな体にしがみつく。

「いなくなるなら、私も連れていって」

だめよ、という凛《りん》とした声が響いて、驚いて目を開くと、佐知を抱いているのはヤマザキさんだった。ヤマザキさんのつめたくてしっとりした肌に包まれていた。長くて白い腕が、絡《から》みつくように佐知の背に回されている。

夫はどこ？　と佐知が逃れようとしても、ヤマザキさんの腕に阻《はば》まれて身動きがとれない。やめて。離して。佐知が大きな声を上げながら身をよじっても、ヤマザキさんはびくともしなかった。

大丈夫だから。少し、じっとして。

佐知の体の凹凸を埋めるように、ヤマザキさんの柔らかい体がぴたりと密着している。

低反発のマットに全身が沈むようだった。しっとりして、気持ちがいい。濡れたようなつめたい肌に包まれるうちに、佐知はだんだん呼吸が落ち着いてきた。

「ごめんなさい。私、酔っ払って夢を見てたみたい」

大丈夫、とヤマザキさんは耳元で繰り返した。彼女に守られるように抱かれながら、佐知は体がばらばらになりそうなほど深い悲しみに貫かれた。

「お願い、もっと強く抱いて」

柔らかい胸に、佐知は顔を埋めた。

「私、もうあんな夢見たくない。目が覚めて夢だとわかったら、もっとつらくなるもの。こんなの、耐えられないよ」

佐知は涙も出ないほどの悲しみに悶《もだ》えた。

大丈夫、きっといつか平気になるから、とヤマザキさんが囁く。大丈夫、大丈夫、と背中を撫でてくれる手のひらに、佐知は少しずつ身を委《ゆだ》ねた。

「どんなにつらくても、ついて行ったらだめですからね」と強い口調で言われて、佐知は顔を上げた。彼女の大きな瞳が、黒々と濡れたように光りながら、佐知を心配そうに見つめている。ずっと年下のはずなのに、まるで子どもを守る親に見下ろされているかのような、不思議な感覚にめまいがした。佐知はこくりと頷いた。

約束して、とヤマザキさんの声が聞こえた。

どんなことがあっても、彼について行かないで。

密着した体から、声が響いてくる。大丈夫、私がそばにいるから、と囁くヤマザキさんの声に宥められるうちに、体の緊張がほどけていく。佐知はまたいつしか眠りに落ちてしまった。


目覚めると彼女の姿はなかった。もちろん、夫の姿も。

あんなに飲んだのに、頭はすっきりしていた。雨も上がり、久しぶりに青い空が広がっている。なんだか、ゆうべのことは全部夢だったような気がしてくる。でも、そんなはずはない。料理はちゃんと全部なくなっていたし、起きたらお皿もグラスも洗ってあったし、と佐知は眉《まゆ》を寄せながら、ゴミを捨てに外に出た。

ヤマザキさんにお礼を言いそびれてしまった。酔いつぶれたことも、謝らなくてはいけなかった。幽霊ビルの美容室に夜行けば、また会えるだろうか。

しかし、酔っ払って夢を見たせいで、夫と思い込んでヤマザキさんに抱きついてしまったことを思い出すと、佐知は耳まで赤くなった。

ヤマザキさんと抱き合った感触が、生々しく蘇ってくる。二十歳くらい下の子の前で、あんなふうに取り乱して宥められるなんて、思い出すだに恥ずかしくてたまらなくなる。

しかし、どこからが夢だったのか、必死で思い出そうとしてみたが、細かい経緯がよくわからなかった。全部夢だったらいいのに。でも、抱き合ったときの彼女のしっとりした肌、体の柔らかさや弾力、湿った息が首筋にかかったことなどは、くっきり覚えていた。覚えているだけでなく、佐知は気づくと何度も反芻《はんすう》してしまう自分に、困惑していた。

どうしたんだろう、私。どうしてヤマザキさんのことばかり、こんなに思い出してしまうんだろう。

朝食に、ロールキャベツをあたためる。夫にお供えするために、小分けにして冷凍しておいたものだ。

ヤマザキさんもこれを好きと言ってくれた。またいつ彼女が来てもいいように、もっと作っておかなくちゃ、と考えてどきどきしているのに気づいて、佐知は啞然《あぜん》とした。

バカね、これじゃ、たまたまちょっと触れ合っただけで好きになっちゃう、中学生みたいじゃない。

とりあえず、ヤマザキさんにお礼を言うのはもっと先にしよう。当分会わない方がいい。

佐知はしばらく、幽霊ビルには近づかないことにした。

「あんた知ってた？」

庭に水を撒《ま》いていたら、買い物帰りの西田さんのおばあちゃんに声を掛けられた。黒いレースの日傘を差し、もう片方の手でカートを引いている。このところ猛暑が続いていて、佐知は散歩をさぼりがちになっていた。

「幽霊ビル、ついに取り壊されるんだってね」

「えっ」

「マッサージしばらく行ってなかったから電話してみたら、移転してたんだよ。あんたも行きたかったら、場所教えるよ」

「美容室も移転したんですか」

さあそれは聞かなかったけど、と西田さんは木陰に入って日傘を畳んでいる。

「五階の中華料理屋はとっくに閉店したみたいよ。まあ、あのビルはあたしが二十代の頃からあるから、少なくとも五十年は経つわけだよ。コンビニ以外は古くからのテナントだし、これを機に閉店するとこが多いだろうね。特に美容室は、幽霊が出るって噂《うわさ》もあったし」

あの美容室がなくなっちゃったら、ヤマザキさんはどうなるんだろう。

別の店に移るんだろうか。よく考えたら、自分の店を持つ準備中だと言っていた。

どうしよう。

もしかして、もう会えないのかな。

佐知はよれよれのTシャツとジーンズに、サンダルを突っ掛けたままの姿で、門から出た。駅に向かって走り出す。あんた、どこ行くのよ、という西田さんの声が聞こえた気がするが、振り向かなかった。

暑さに倒れそうになりながら、佐知はビルにたどり着いた。一階のコンビニはまだやっていたが、エレベーターはもう停止されていた。慌ててビルの裏に回り、赤く錆《さ》びた非常階段を上がる。うすっぺらいサンダルが脱げそうになる。手摺《てす》りを摑もうとしたら、熱くて無理だった。炎天下に汗が噴き出し、目がちかちかしてくる。だめだ。いま貧血を起こすわけにはいかない。久しぶりに走ったせいか、脚がもつれそうだ。最後の数段は、四つん這《ば》いになりながら何とかよじ登った。

やっとたどり着いた裏口の小窓から覗いた店内はうす暗く、すっかり空になっていた。カウンターも、四つ並んでいた大きな鏡も椅子も、何もない。がらんとした白い箱のような部屋は、奥に蛇口が並んでいる以外に、美容室の痕跡《こんせき》はなかった。

やっぱり、とっくに閉店していたのだ。

佐知はその場に崩れるようにしゃがみ込んだ。

どうして？

なんで知らせてくれなかったの？

約束したじゃないの。時々うちにごはんを食べに来てくれるって。あれはただの社交辞令だったの？　あの晩、あなたと心が通い合った気がしたのは、錯覚だったのかな。ひとりぼっちの私につきあって、仕方なく一緒にいてくれただけ？　おめでとうって言ってくれたのも、すごく嬉しそうにロールキャベツを頬張っていたのも、ピンク色の頬を上気させて生き生きと笑っていたのも、全て客へのサービスだったのかな。

あの時抱きしめてくれたのは、何だったの？

あれもぜんぶ嘘？

夫について行くなって言ってくれた。きっといつか平気になるから、大丈夫だって。私がついてるからって、言ってくれたじゃないの。

嘘つき。

佐知は非常階段にしゃがんだまま、声を殺して泣いた。

みんないなくなってしまう。

大事な人は私からみんな去ってしまう。きっとそういう運命なんだ。生きていても何もいいことなんかない。悲しいことばかり。つらいことしか私にはもう起きないのだ。一生分の幸せを使い果たしてしまって、これからはこうして奪われるだけなんだ。もう、誰とも会いたくない。誰のことも好きになりたくない。ヤマザキさんなんか、大嫌いだ。

佐知は階段の狭い踊り場にうずくまったまま、強い日射しに背中を焼かれていた。意識が遠のいていく。立ち上がる気力もなくなっていく。もうどうなったっていいや。

　ふわりと何かが肩に触れたような気がして、佐知は顔を覆《おお》っていた手のひらからわずかに目を上げた。顔中が涙で濡れたまま少し体を起こすと、目の前に足が見えた。誰かが立っている。慌てて顔を拭いながら見上げると、覗き込んでいるヤマザキさんの、心配そうな顔が目に入った。

　目が合った瞬間、胸の奥が震えた。

「どうしたんですか?」と聞かれて、流れ続ける涙をまだ抑えられないまま、佐知は「何言ってるの」とわななく声で詰《なじ》った。

「ひどいじゃない。いなくなったと思ったじゃないの」

　ヤマザキさんは戸惑ったような顔をしている。

「このビルなくなっちゃうって聞いて、そしたら会えなくなるかもしれないって思って」

　それで、と言ったところで佐知は絶句した。

　立ち上がり、ヤマザキさんにしがみつく。

「もう会えないかと思った」

　彼女の腰に腕を回して、抱きしめる。柔らかくて、ひんやりしている。この体が忘れられなかった。思い出す度に恋しくなった。さらに腕に力をこめると、ヤマザキさんもそっと背中に腕を回してくれた。

「お願い。勝手にいなくならないって約束して」

あなたが好きなの。そばにいたい。もっとあなたのことを知りたい。またうちでごはんを食べるって約束したでしょ。いつでも泊まってくれていいのよ。もう酔い潰《つぶ》れたりしないから。

「そうだ」と佐知は体を少し離し、さっきまで涙で濡れていた目を上げて、ヤマザキさんを見た。

「うちに住んでもいいわよ。あんな広い家、一人になって持て余してたの。ね、よかったらそうして。うちでカットの練習いくらでもしてくれていいし。洗面台にはシャワーヘッドが付いてるから、あそこでシャンプーもできる。私、近所の人たちに宣伝してあげる。みんな無料だって言ったら喜ぶと思うな。そしたら駅前でずっと声掛け続ける必要も閉店後の美容室借りる必要もなくなるし」

佐知は興奮気味にしゃべり続ける。さっきまで絶望して泣きじゃくっていたのが、嘘のように気分が晴れてくる。黒いワンピースを着たヤマザキさんの長身を、またしっかり抱きしめる。

「全然遠慮はいらないから。自分のうちだと思って、自由に暮して。そしたら毎日、一緒に食事できるじゃない？　そのうち、リフォームしてあなたの店を開くことだってできるかもしれないし」

「やめて下さい」と低い声でヤマザキさんが遮った。

「どうしたの？　そんな顔して」

苦しげに、眉間《みけん》に深い皺《しわ》を寄せている。

「どこか痛いの？」と佐知は慌てて、回していた腕を少し緩めた。

「いえ」

「じゃあ、なんでそんなにつらそうなの？」

彼女はしばらく黙っていた。

やがて、「一緒に住むのは、無理です」と小さい声で言うのが聞こえた。

「そうなの」

佐知は少しがっかりした。

「でも、またうちに来てくれるわよね？　もっとご馳走作るから」

「そうしたかったんですけど。もう、会わない方がいいと思うんです」

「どうして？」

佐知は体を離した。

「私のこと、嫌いになった？」

「違います」と俯いている。

「じゃあどうして？」

「これ以上好きになったらだめなんです。住む世界が違うから」と絞り出すような声で言うのを、佐知はじっと見つめた。

そうか。

この人は私よりずっと若いんだ。これから恋愛だっていくらでもするだろうし、結婚して子どもを産んで、幸せな家庭を作る未来もあるんだ。なんだか年下って感じがしなくて、すっかり甘えちゃったけど、この人はまだ私の娘くらいの歳なんだわ。

「ごめんなさい。私、勝手に暴走しちゃって」と佐知は自嘲《じちょう》気味に笑った。

急にひどく恥ずかしくなってきて、彼女に背を向けて、裏口のドアに凭《もた》れた。

「やだ、私ったらバカみたいね。一人で舞い上がっちゃったけど、確かに無理よね。こんなおばさんと、あんな古い家で一緒に暮すなんてあり得ないし、一緒にごはん食べる義理だって、ないんだもんね」

「そんなことないです」とヤマザキさんは強い調子で否定した。周囲が急に暗くなり、佐知は空を見上げた。晴れ渡っていた空が、みるみる曇っていく。遠くで雷が鳴った。

「私も佐知さんが作って下さったものを、また一緒に食べたいです。でも、これ以上近づくと、どうなるかわからない」

静かに雨が降ってきた。

「いいの。忘れて。さっき言ったことはただの私の妄想だから。あなたは私なんかと一緒にいてもいいことないものね。次はきっといい人つかまえて、幸せになってね。ずっと祈ってる。いつかお店オープンしたら、きっと行くから」

私はただのお客さんだものね、と言う佐知の声が、ひどくさびしげに響いた。

「雨降ってきたし、もう帰るわね、あなたは美容室に何か忘れ物でもしたんでしょ。もう行っていいわよ」

さようなら、と佐知はヤマザキさんを見つめた。

もう当分会うことはないだろう。ありがとう、と佐知は告げる。あなたと過ごした誕生日のことは、絶対忘れない。

佐知の目から、涙が溢れてくる。見つめるヤマザキさんの目尻からも、ひとすじ零れた。

一緒にいたい。本当は離れたくない。

彼女がそう呟くのが聞こえた気がした。

え？　と佐知が聞き返すと同時に、ぴかっと空が一瞬光り、遠くに雷が落ちた。

近づこうと一歩踏み出した佐知を、ヤマザキさんが手で制した。

「今、なんて言ったの？」と佐知がさらににじり寄ると、「来ないで」と低く抑えた声で言った。

「これ以上近づいたらだめ」

「どうして？」

雷鳴が大きく轟《とどろ》き、空に稲光が走った。

黒い雨雲が、頭上を覆っている。

濡れた前髪を、佐知は後ろに撫でつけた。Tシャツもすっかり湿り、肌に張りついている。雨を吸ったジーンズが冷たい。美容室の裏口を叩《たた》き、ここ開けてちょっと雨宿りさせて、とヤマザキさんに頼もうとして、佐知は息をのんだ。

なんであなたはどこも濡れてないの？

肩までの黒髪がさらさら揺れている。憂《うれ》いを帯びた瞳が暗い光を放ちながら、佐知を見つめている。はっとするほどきれいだった。柔らかそうな頬もくちびるも、白い喉も華奢《きゃしゃ》な肩先も、どこも濡れていない。黒いワンピースの裾《すそ》がふんわり揺れている。

あなた、何者なの？

どーんと雷が地響きを立てて落ちた。きゃっと悲鳴を上げる。空が真っ暗になった。

「このまま愛し合うことはできないの」という彼女の声が聞こえると同時に、いきなり大量の雨が落ちてきた。顔に雨が叩きつけられ、痛い、と叫ぶ。

裏口のドアに体を押しつけるようにして、佐知は蹲《うずくま》った。あっという間に水に潜ったかのように全身ずぶ濡れになった。豪雨の中でなんとか目を開けると、ヤマザキさんの姿が見えない。

どこに行ったの？

ヤマザキさん、と叫ぶ佐知の声を、激しい雨音が消してしまう。階段の踊り場に叩きつける雨が、視界に白く飛び散る。すぐ近くの物までよく見えなくなっていく。

やだ、と佐知は叫んだ。

消えないで。どこにいっちゃうの？　私も一緒に行きたい。

だめ、というヤマザキさんの大きな声が聞こえる。

一緒に来てはいけないの。あなたにはもうすぐ私の姿が見えなくなる。声も聞こえなくなる。でも、いつもそばにいるから。大丈夫。愛は消えたりしない。いなくなっても、愛だけはずっと残るのよ。

土砂降りの中で、目の前にいきなり、ヤマザキさんの顔が見えた。近づいてくる。しがみつくと同時に、強く抱きしめられた。

優しくくちづけられる。

まもなく、佐知はヤマザキさんから、何かが流れ込んでくるのを感じた。

くちうつしで、甘露のようなものが、切りもなく注ぎ込まれる。佐知はそれを飲み込んだ。痺れるほど甘くて、くらくらする。やがて、この世で味わったことのない苦みが舌に広がった。甘みと苦みが交じり合うのを、夢中で飲み込む。乾き切った土に水が染み渡るように、全身が隅々まで何かに満たされていく。指先がびりびりしてくる。血が逆流し、総毛立った。抱き合う体の境界がわからなくなる。溶け合ってしまいそうだ。

こわい、とかすかに思ったとたん、彼女がくちびるを離した。

雷が地響きを立てて落ちる。

ヤマザキさんが、少しずつ全体に色を失い、白い影のようになっていく。

佐知は叫んだ。

「待って。行かないで」

大丈夫、という高く澄んだ声が空に響く。あなたは私がいなくても、大丈夫。

影がだんだん薄れていく。

「もう会えないの？」

会えるよ。声が遠くなっていく。私はどこにも行かない。いつかあなたがもし生まれ変わったら、きっと見つけるから。そしたらあの日と同じように、必ず声を掛けるから。

忘れないで。

佐知は土砂降りの中に、一人で立ち尽くした。ついていきたい気持ちを抑え、呼びかけて引き戻したいのを必死で怺える。

わかった。生まれ変わっても、きっとまたあなたの声に振り返るよ。それまで、私はここで生きなくちゃいけないんだね。好きな人がいなくなっても、まだ生きていかなくちゃいけないんだね。

雨が顔中を濡らし続ける。彼女の姿はどこにもない。完全に、見えなくなってしまった。

もう、連れて行ってなんて言わない。

姿が見えなくても、ずっとあなたのことが好き。


「昨日の雨、大丈夫だった？」

庭の隅に畳んだままだった白いガーデンテーブルを木陰に出していると、隣家から西田さんが箒《ほうき》を持って出てきた。

「天気予報全然当たらないね。ああいうの、ゲリラ豪雨って言うんだって？　昔は台風でもない限り、あんなとんでもない雨は降らなかったよ」

「ちょうど降ってきた時、幽霊ビルの外にいて、ずぶ濡れになっちゃいました」と佐知は朝食を載せた皿を、次々テーブルに並べる。

ありゃ、それは災難だったねえ、と西田さんは玄関先を掃き始めてから、やだ、と手を止めて庭先に近寄ってきた。

「あんた、なんで幽霊ビルに行ったの？　もしかして、また化かされたんじゃないだろうね」

「また？」

「前に言ってただろ、あそこで女の人に髪を切ってもらったら、そんな人いないって言われたって」

「あ、あの人には、ちゃんとまた会えました」

「ほんとに？」と西田さんが疑わしそうな声を出す。

会いました。

と佐知は心の中で呟く。

会っただけじゃなくて、一緒にごはんも食べたし、抱き合って、キスまでしました。

「あんたんちは三人も立て続けに人が亡くなって、そういうのにとりつかれやすくなってるかもしれないんだからね」と門の前を掃いている。

「幽霊なんかいるわけないってあんたは言うけど、そういうのを馬鹿《ばか》にしたらだめなの。世の中にはね、説明できないことがたくさんあるの。あたしくらいの歳になると、そういう話、いっぱい見聞きするんだから」

「そうですね」と佐知はプチトマトを口に放り込んだ。

「幽霊、いるかもしれませんね」

「珍しく素直だね」

それでいいんだよ、と西田さんは表に出て、道を掃き始める。

佐知は卵を二個使ったスクランブルエッグをフォークで掬い、大きな口を開ける。

幽霊だか何だかわからないけれど。

分厚いベーコンもナイフで切り、続けて口に放り込む。

ヤマザキさんは確かにいた。

きっと今も、どこかにいる。

もしかしたら、すぐそばにいるのかもしれないし、どこか遠くにいて、美容室を開こうとがんばっているところかもしれない。

タイミングが合えば、きっとまた会える。

でも、と佐知は思いながら、大きなサラダボウルを引き寄せる。

たぶん、当分は姿を見せてくれないだろうな。

今朝起きたら、健やかな空腹を感じた。起きてすぐ何か食べたいと思ったのは、いつ以来だろうか。すぐに着替えて顔を洗い、スーパーで新鮮な野菜や果物に、肉や卵を買ってきた。レタスとベビーリーフを洗って、この赤いボウルに山盛りにした上に、スライスしたラディッシュと砕いたアーモンドを散らして、岩塩とレモンの香りのオリーヴオイルをかけた。新鮮な生野菜が、ものすごく食べたかった。

佐知は夏が好きだった。このところすっかり忘れていたが、野菜がそのままでもおいしい夏が、大好きだった。久しぶりの瑞々《みずみず》しい葉物に、体が喜んでいる。大事にしなくちゃ、と佐知は搾《しぼ》りたてのオレンジジュースを入れたグラスを手にした。

この体を大事にしなくちゃ。ヤマザキさんと一緒に過ごした夜みたいに、美味《おい》しい物をたくさん作って食べて、ワインだっていっぱい飲みたいな。また飲めるかしら、彼女がいなくても。

佐知はふふふ、と声を漏らした。何なの、思い出し笑い？　と掃除を終えた西田さんが、ちりとりのゴミを、玄関脇のポリバケツに入れている。

「おいしそうなの食べてるねえ」と覗き込まれて、佐知は「どうぞ」と水をはじいてつやつや光っているプチトマトを盛った皿を、庭の垣根越しに差し出した。

「よかったら、召し上がってください」

あら、いいの？　なんだか催促したみたいで悪いねえ、と満面の笑みで受け取ってくれる。

「よかったら今度、ここでご一緒に朝ご飯とか、いかがですか」

「あら素敵ね。うちにはそんな洒落《しゃれ》たテーブルなんかないもんだから」と西田さんがはしゃぐ。

「一人暮らしの先輩としてはさ、あんたのこと、すごく心配だったのよ。おしどり夫婦って感じだったから、もしかしてだんなの後を追ったりしないかなってさ。でも」と西田さんは佐知をじっと見つめて言った。

「もう大丈夫みたいね。今朝はだいぶ顔色もいいし」

「ありがとうございます」

よく食べなさいよ、とにかく食べられさえすれば生きていけるから、と西田さんは家に入っていった。

今日はまたロールキャベツをたっぷり作ろう。いつでも食べられるように、冷凍しておきたい。ミートボールスパゲティもいいな。いつかまた彼女が現われたら一緒に食べたいものを、佐知はいくつも思い浮かべた。

久しぶりの庭での食事を終えて、皿を片付ける。リビングに戻り、出窓に並べた三人の遺影の前の水を換えながら、おはよう、といつものように声をかける。おはようございます、と答えるヤマザキさんの涼やかな声が聞こえた気がして、佐知は窓の向こうの澄んだ空を見上げた。

掌編

# ゆかりとバターのパスタ

## 山本ゆり

*Yamamoto Yuri*

1986(昭和61)年、大阪府生れ。料理コラムニスト。
2008(平成20)年5月にブログ「含み笑いのカフェごはん『syunkon』」をスタート、
飾らない文章と華やかで手軽なレシピが人気を博す。
主な著書に『syunkonカフェごはん』シリーズなど。

「大さじ半分の『ゆかり』、10gのバターだけやって！」

仲良しの女友達に作ってもらったというパスタに「うますぎて感動した」と浮かれる隆《たかし》に腹が立ち、大喧嘩《げんか》に発展したことがある。「作ってみる」と笑顔で言える寛容さも、素直にむくれる可愛《かわい》げも私にはなかった。別にいいけどと前置きしつつ、普通はとか、常識的にとか、正論ぶってネチネチ責め（それクックパッドに載ってるで、と完全にいらんことまで）当然相手もムキになり、どう終わったのかは忘れてしまった。

パスタが原因で別れたわけでは勿論《もちろん》ない。二つ上のバイトの先輩だった隆と付き合って三年弱。何度も喧嘩して、仲直りして、最後は喧嘩すらしていないのに振られてしまった。青天の霹靂《へきれき》。いや、予兆はいくつもあったのに、私が気付かないようにしていただけだ。

人生における悲しみランキングがあるとしたら、失恋など下位に属すると思っていた。一晩泣いてスッキリして、また歩き出せるぐらいの浅い傷。愛だ恋だと振り回されている人は自分と違うタイプの人間か、恋に恋しているだけではないかと。

隆の口から「別れよう」の言葉を聞いて、世界が三秒ほど止まった。息の仕方が一瞬わからなくなった。なんでどうしてと責めたて「悪い所があれば全部直すから」とすがりたい気持ちを首の皮一枚つながった理性で抑えて承諾したものの、なんかもう、めっちゃ泣いた。めちゃめちゃ泣いた。わけわからんぐらい泣いた。幼いころ溺愛《できあい》してた文鳥のピーちゃんが死んだときと同じかそれ以上にワンワン泣いて、明日から誰とドクマリ（ファミコンのドクターマリオ）したらいいんとか、いつも通ってた土間《どま》土間《どま》行くの気まずいわとか、最後はお互い笑いも交えつつグッチャグチャの顔で別れて、どうやって帰ったかは記憶がない。友達に聞いてもらう気力も無くて、化粧も落とさず（ほぼ取れてたけど）ソファーで寝て、何度も隆が慰めにくる夢を見た。

自分を最終的に救えるのは自分だけ。その事実に強烈に孤独を感じた。良い女だったな、と後悔してもらえるようなメールを五十回ぐらい書き直し、でも連絡がぱったり途絶えたほうが寂しいと思うかもしれないと未送信でとどめるなど独り相撲を大いに取った。気を紛らわしたくてテレビをつけても雑誌を読んでも、ふと胃の奥？ 鎖骨のくぼみ？ 身体《からだ》のどこかの臓器からキューッとせりあがってくる切なさに焦点が合った瞬間、自動的に涙腺が崩壊する。あなたの声が忘れられない、出会わなければよかった、時間が戻せたらいいのに……ベタな失恋ソングの歌詞が突如心の奥まで刺さって涙が止まらなくなる。みんなこの苦しさを知っていたなんて（1ミリもわかってなかったくせによく名曲とか言ってたな私）。ミスチルもスピッツもCoccoもＨＹも浜崎あゆみも宇多田ヒカルも、クラスメイトも、普通の顔をして街を歩いている人たちも。自分が酷《ひど》く幼く感じ、世界がガラッと変わって見えた。

やけ食いでもしようと家を出てコンビニをグルグル回る。サンドイッチもレジ横のチキンも食品サンプルみたいで、ペットボトルの水だけ買って家に帰った。台所の窓から西日が差し込んで眩《まぶ》しい。ふと、食器棚の隙間、マグカップの隣に立てかけてある「ゆかり」が目に入った。どんな簡単な物でも、作って食べると自分を少し救えることを経験から知っている。このパスタを選んだのは、材料がたまたま揃《そろ》っていたし、簡単そうだったからだと、聞かれてもないのに思った。

熱々の麺《めん》を器の底から混ぜると、湯気とともにふわっとバターが香り、爽《さわ》やかで懐かしい「ゆかり」の香りが追いかけてきた。子どもの頃、土曜日の昼に母が握ってくれた俵形のゆかりおにぎりが好きだったのを思い出す。溶けたバターと麺の澱粉《でんぷん》が混じり合い、とろりと粘度がついた茹《ゆ》で汁がパスタを微《かす》かに紫色に染める。思わず菜箸《さいばし》でそのまま口に入れた。ゆかりとバターのシンプルなパスタは、ちょっとびっくりするほどおいしかった。まぁまぁであってほしかった。間違いなく絶望の底にいるのにおいしいと思える己の食い意地に呆《あき》れたし、パスタのクオリティにも嫉妬《しっと》したけど、三島食品の凄《すご》さだと納得させた。おいしい。悔しい。隆がいない。悲しい。でもおいしい。あらゆる感情が雑然と訪れ、泣きながら完食した。器を流しに運び、一気に洗い流す。底に溜《た》まったゆかりが排水口に吸い込まれていく。ほんの少し気が晴れている自分に気づく。

それから一週間、毎日作った。さすがに飽きた頃には、泣く回数は半分程度になっていた。自分を最終的に救えるのは自分だけだ。そう思うと安心した。

# 白と悪党

奥田亜希子

奥田亜希子　Okuda Akiko
1983（昭和58）年、愛知県生れ。2013（平成25）年、『左目に映る星』ですばる文学賞を受賞しデビュー。著書に『ファミリー・レス』『五つ星をつけてよ』『求めよ、さらば』『ポップ・ラッキー・ポトラッチ』などがある。

光の粒が寄り集まっているかのようだった。

例えば、よく晴れた日の川面《かわも》。例えば、打ち上げ花火の残り火がきらめく空。例えば、高い場所から人のたくさん住む街を見下ろしたときに広がる夜景。そういったものをボウルで掬《すく》い、澄んだ水で洗い流したあとみたいだ。手のつけ根でもぎゅもぎゅと押すように研ぎ、ザルで水気を切った米は、それくらいにまばゆく輝いている。

米を六号サイズの土鍋《どなべ》に移し、たっぷりの水を注《せ》いだ。これから約三十分間、米を水に浸す。キッチンタイマーは使わない。電子音に急かされながら作るのが、これほど似合わない料理はないと思っている。土鍋の縁を指でなぞった。持ち手のつけ根から少しずれたところには、足の小指の爪《つめ》くらいに小さな欠けがある。釉薬《ゆうやく》が陶器にとっての皮膚だとしたら、ここは肉が剝《む》き出しの部分だ。ざらついた感触が癖になり、私は何度も指を往復させた。

土鍋の中で水に沈む白い粒を見るたび、私の胸には静寂が広がる。白は、始まりの色。

まだ誰もいない早朝のキッチンで、私は初めての恋を思い出す。

○

関谷辰吾《せきやしんご》と初めて顔を合わせたときの記憶は曖昧《あいまい》だ。季節はたぶん、春か夏。当時愛用していた赤いチェックの膝掛《ひざか》けが腿《もも》を覆《おお》っていなかったから、秋と冬ではないような気がする。うちに出入りしていた岸辺《きしべ》物流の人が、「来週から、こちらの関谷がこのエリアを担当することになりました」と言って彼に挨拶《あいさつ》を促すのを、私は自分のデスクに並んだファイルの隙間《すきま》から見ていた。暗い人。それが彼の第一印象だった。彼の前髪は鼻にかかるほど長く、頭を上げた瞬間にも、顔はほとんど露《あら》わにならなかった。

「岸辺さんも、今回は随分と若い人を雇ったのね」

二人が配達を終えて去ると、お母さんはお父さんのマグカップにコーヒーのおかわりを注いで言った。お父さんは、お姉ちゃんが小学校の修学旅行で土産に買ってきた、紅葉の絵の描かれたマグカップをずっと使っていた。

「そんなに若かったか？」

「と思うわよ。美弓《みゆみ》と同じくらいじゃない？」

自分の名前が聞こえてきて、私はパソコンに向きかけた視線を戻した。でも、お父さんとお母さんは私のほうを見ていなかった。

「ってことは、十九、二十か。いやあ、さすがに幸恵《さちえ》のほうが近いだろう」

「まあ、それもそうかしらね」

私とお姉ちゃんは、年が五つ離れている。もし本当にお姉ちゃんと同年代なら、後任の彼は二十代なかばということになる。自分のほうに近ければいいのに、とふいに思った。なんとなく、二人の予想が外れてほしかった。

「それよりも、なんなんだ、あの髪は。あれで車が安全に運転できるのかね。岸辺さんも、ガツンと言ってやればいいんだよ。まったくあの人は、昔から若者に媚《こ》びるようなところがあるからなあ」

お父さんは勢いよくコーヒーを啜《すす》ると、「熱っ」と顔をしかめた。

「俺の目が黒いうちは、加本《かもと》製作所はロン毛も金髪も、それからピアスも禁止だからな。男のくせして色気づいてる奴《やつ》なんかに、職人の技術は身につかないんだよ。もしうちに髪の長い奴が来たら、その場で丸坊主《ぼうず》にしてやる」

「はいはい」

お父さんが時折放つこの手の口説に慣れているお母さんは、軽い調子で受け流し、届いたばかりの荷物を開けた。中身は新しい電卓だったか、懐中電灯だったか、とにかく私がお母さんに頼まれ、通販サイトから注文した小型の電化製品で、同梱《どうこん》されているはずの電池が見当たらないことに、お母さんの面持ちはたちまち険しくなった。「今すぐ電池を送ってもらうか、商品ごと交換してもらって」と指示されて、またか、と私はこっそりため息を吐《つ》いた。私の両親は、父方のおじいちゃんから引き継いだ金属加工会社の仕事に絶対的な自信を持っていて、そのぶん、他人の失敗や過《あやま》ちに厳しかった。おかげで私は、取引先に苦情を入れたり返品交換の手続きをしたりすることを、社会人二年目にして幾度となく経験していた。

十二時五分に交換の手続きが終わり、ワイドショーを観《み》ている両親を事務所に残し、外に出た。昼食は、給料天引きで仕出し弁当も注文できるけれど、そうすると、朝昼晩の三食とも親と食べることになる。私のほかにあと一人いる事務員は産休中で、私とお父さんとお母さんしかいない事務所は、もはや家の居間も同然だった。

金属製の錆《さ》びた階段を下り、同じ敷地内にある工場の前を抜けた。鼓膜を擦《こす》る、甲高い音。足の裏からは機械のこまやかな振動が伝わってくる。自宅と工場のあいだには歩いて十分ほどの距離があるけれど、私は小学校を卒業するまで、毎日事務所に帰っていた。身体《からだ》が慣れきり、うるさいとは思わなくなっていた。

最寄りのコンビニで昼食を買い、近所の公園に向かった。日陰のベンチを選んで腰を下ろす。木の影がやけに黒々としていた。ということは、季節はやっぱり夏だ。私は昼食を一口食べては、公園の時計を見た。それが、あのころの私の習慣だった。事務所の昼休みは正午から午後一時までのきっかり一時間と決まっていて、戻るのが一分でも遅れれば、親から小言を言われた。頼まれた用事のせいで休憩に入るのが遅くなった日でも、それは同じだった。

何度目かに顔を上げたとき、岸辺物流の軽バンが前を通りかかった。運転席に座っていたのは、後任の彼だった。助手席から指導しているらしい前任者の表情は朗らかだったけれど、後任の彼は全然笑っていないように見えた。ただ、ハンドルを握る姿勢は美しかった。背筋が無理なく伸びていた。あのとき私は、運送業に就いている人を初めて羨《うらや》ましく思ったのだ。研修が終われば、彼らは一人で車に乗れる。車は個室だ。居間ではない。岸辺物流は個人経営の軽貨物運送業者で、対象のエリアはきっと狭いだろう。それでも、一人で移動することが仕事になる。それが羨ましかった。

あのころ、私の一日は、自宅を中心とした小さな円の内側で完結していた。その円に、快い呼吸のための充分な大きさの穴は開いていなかった。

前任者の説明どおり、間もなく独り立ちした関谷さんは、ほぼ毎日、うちの事務所に一人で現れるようになった。けれども一週間が経《た》ち、一ヶ月がすぎても、彼が快活に挨拶することはなかった。お母さんから、「年は?」「この仕事に就く前はなにを?」「じゃあ、中退しちゃったの?」「出身は?」「東京にはいつ?」と訊《き》かれても、「二十一です」「大学生でした」「はい」「茨城です」「最近です」と最低限の言葉数で答えていた。実際の関谷さんの年は私のふたつ上で、お姉ちゃんよりもぎりぎり私に近かった。

「前の担当の人とは違って、随分と大人しい感じの人だね。声は小さいし、ずっと俯《うつむ》いてるし、挨拶したときも一度も目が合わなかったよ」

お姉ちゃんがそう言ったとき、ドアの外では関谷さんが階段を下りる音がまだ鳴っていた。彼の耳に今の言葉が届いているはずはなく、また、お姉ちゃんの発言に悪気がないことも分かっていたけれど、一瞬、私はひやりとした。

「そうなの。まあ、愛想の悪い子でね」

お母さんは眉《まゆ》をひそめ、事務所の隅の応接セットに、お姉ちゃんのためのコーヒーと菓子盆を用意した。この日、お姉ちゃんは仕事の打ち合わせで近くまで来たからと、久しぶりに事務所に顔を出していた。私より遥《はる》かに学業優秀だったお姉ちゃんは、大学を卒業後、大手出版社に就職していた。

「でも、ああいう陰のある男に女は弱いんだよね」

お姉ちゃんの口調はどこまでも楽しげだった。お姉ちゃんは、会社では文芸編集部に所属し、恋愛小説を数多く担当しているらしかった。

「陰があるのとはまた違うでしょう。辛気くさいのよ。岸辺さんの親戚《しんせき》の子どもらしいんだけど、もう少し教育してくれたらいいのに」

「いーや、あれはただ辛気くさいのとは違うね。なにか重大な秘密がありそうな感じがする。私は全然好みじゃないけど、あれはモテるよ。不思議な色気がある」

お姉ちゃんは顎《あご》に手を当て、数秒、宙を睨《にら》んだのち、大人然とした態度で私を見つめた。

「美弓はあの手の輩《やから》に捕まらないようにね。ああいう男はね、自分の身を削るようなことはなにひとつ相手に差し出さずに、女を飼い殺しにするの。中身は空っぽなくせに、格好いいような雰囲気だけ醸《かも》して、小ずるいんだよ。一緒にいても、絶対に幸せにはなれないからね。分かった？」

そう話すお姉ちゃんの顔には、眠るハムスターを見守っているかのような、妙に慈愛に満ちた笑みが浮かんでいた。

「え、あ、うん……」

「いやいや、もし本当にあの男がモテるなら、美弓とは付き合わないだろ」

お父さんは鼻から息を漏らすように笑い、自分のマグカップに口をつけた。

「そういう話じゃないの。私はね、美弓には、とにかく美弓のことを最優先に考えてくれる、誠実な人と一緒になってほしいの。小ずるい男は絶対にだめ」

お姉ちゃんは力強い口調で言うと、菓子盆から煎餅《せんべい》を摑《つか》み、音を立てて頬張った。なんでも、さっきまで打ち合わせをしていたベテラン作家の代表作に、そういう「小ずるい男」が出てくるそうだ。「自分が傷つくことにばっかり敏感で、相手を傷つけることには鈍感な、似非《えせ》繊細」「実は、主人公の好意と時間と若さを搾取《さくしゅ》してるだけ」「でも、人気なんだよね。その作家がサイン会を開くと、彼のファンですっていう読者が必ず来る」とお姉ちゃんは口の端に煎餅の欠片《かけら》をつけたまま、上機嫌に喋《しゃべ》った。

お姉ちゃんがはっとした顔で自分の腕時計に視線を落とした。

「そろそろ戻らないと。コーヒーとお菓子、ごちそうさまでした」

「もう行くのか？」

「うん。五時から会社でデザイナーと打ち合わせがあるんだよね」

お姉ちゃんは髪を手櫛《てぐし》で整えると、ソファの背もたれにかけていたカーディガンに腕を通した。「まあ、忙しいのはいいことだ」という言葉とは裏腹に残念そうな顔のお父さんの隣で、お母さんが、「ほら、ついてる」と自分の口の端を指でつつく。お姉ちゃんは慌《あわ》てた様子で唇を拭《ぬぐ》った。

「ねえ、美弓。コンビニに用事はない？」

振り返ったお姉ちゃんが私を見た。お姉ちゃんはくっきり二重で目の色素が薄く、化粧をしていないときでも睫毛《まつげ》が長い。白い肌は磁器のようにつやつやで、けれども、決して硬そうでも冷たそうでもなかった。高校時代にはミスコンの準グランプリにも選ばれた、私のお姉ちゃん。お姉ちゃんに見つめられると、ときどき、私は頷《うなず》く以外の選択肢を手放さずにはいられなくなった。

「……一件、振込があったかも」

「だったら、途中まで一緒に行こうよ」

私はデスクのファイルから封筒を適当に抜き取り、手提げに入れた。お父さんとお母さんに見送られ、事務所を出る。勤務時間内に外に出ることに、普段、二人はいい顔をしない。振込や買い出しなどの用事は、出勤前か退勤後か、昼休みに済ませるべきだと考えているみたいだ。でも今回は、お姉ちゃんが言い出したのだからしょうがないと思っているようだった。

「美弓は、仕事には慣れた？」

「うん、たぶん」

「あ、そうだよね。働き始めて、もう一年半だもんね。さすがに慣れるよね」

お姉ちゃんは目尻《めじり》を下げた。

「美弓がうちに入ってくれて、本当によかったよ。お父さんとお母さんも、内心ではものすごく感謝してると思う。お母さんなんて、パソコン関係のことは美弓に任せっぱなしだって言ってたよ」

「……うん」

「私も、美弓が親のそばにいてくれると思うと安心だな」

お姉ちゃんは、加本製作所の跡を継ぎ、有能な婿《むこ》を取ることを親戚中から期待されて育った。ところがお姉ちゃんは、昔気質《かたぎ》の小さな町工場の後継者に収まるには頭がよすぎ、華がありすぎ、なにより、金属加工にも会社経営にも無関係なことに興味が強すぎた。お姉ちゃんが中学三年生のとき、地域で一番の進学校に合格したあたりから、誰もなにも言わなくなり、それと同時に、お姉ちゃんの陰にいた私に目が向くようになった。

「また仕事で近くまで来たときは、顔を出すよ。下町エリアに住んでる作家さんって、意外と多いんだ。年末年始にも、一泊はするつもりだから」

「分かった。お父さんたちに伝えておくね。きっと喜ぶよ」

「美弓は？」

「え？」

「美弓は喜んでくれないの？」

「嬉《うれ》しいよ。嬉しいに決まってる」

「そっか。嬉しいに決まってるか」

「今度の年末年始には、彼氏も連れてくるの？」

お姉ちゃんは自分の空間に人を招くのが好きで、大学を出て一人暮らしを始めるまでは、友人だけでなく、歴代の恋人も実家に呼んでいた。そのうちの何人かとは、私も一緒に食卓を囲んだ記憶がある。お姉ちゃんの元恋人は、運動部に所属し、豪快に笑うタイプが多く、食事中に気詰まりになることはなかった。最近は、仕事関係で知り合った人と付き合っているのだと、前に二人きりになったタイミングで聞いていた。

「あー……無理かな。今の人は仕事が忙しいから」

コンビニの前で足をとめると、お姉ちゃんは私の頬に手を添えた。私は昔からお姉ちゃんに「お餅《もち》ちゃん」とからかわれ、頬を触られていた。お姉ちゃんの瞳《ひとみ》に、下膨れの輪郭に一重瞼《まぶた》、深いほうれい線に口が挟まれた私の顔が映り込んでいる。お姉ちゃんは、美形でも不細工でもない両親のいいところをバランスよく受け継ぎ、一方の私は、私が生まれる前に亡《な》くなった母方のおばあちゃんによく似ていた。五つも離れているのに、私たちが並ぶと、お姉ちゃんが年下に見られることのほうが多かった。

「美弓は、くれぐれも美弓のことを一番に考えてくれる人を選んでね」

私の顔が冷たいのか、お姉ちゃんの体温が高いのか、今日のお姉ちゃんの手のひらは、頬の肉が溶けそうなくらいに熱かった。

「そのネックレス、きれいだね」

私はお姉ちゃんの鎖骨と鎖骨のあいだを指差した。ブラウスの首もとで光が瞬《またた》いていた。どうやら真珠のようだ。子どものころ、公園で拾い集めていたBB弾みたいに小さい。チェーンは糸のように細いゴールドで、全体的に華奢《きゃしゃ》なデザインが、お姉ちゃんのきめこまやかな肌に映えていた。

「美弓にあげるよ」

お姉ちゃんは私の返事を待たずにネックレスを外した。

「いいの？」

「もちろん。美弓が使ってくれるなら嬉しいよ」

「ありがとう」

私は両手でネックレスを受け取った。「着けようか？」と訊かれたけれど、お父さんとお母さんがこのネックレスのことを覚えていたらと思うと面倒で、手提げの内ポケットに滑らせた。お姉ちゃんからこんなふうにものをもらうのは、果たしてこれで何度目だろう。イヤリングに、ブレスレットに、ブランドもののマフラーに、腕時計。どれも私の部屋にしまい込まれていた。

「じゃあ、またね。気をつけて帰るんだよ」

「お姉ちゃんこそ、仕事、頑張ってね」

互いに手を振り、私たちは別れた。私は見えなくなるまでお姉ちゃんの後ろ姿を目で追うと、コンビニには入らずに事務所に戻った。

○

三十分間、水に浸《つ》けた米は膨らみ、やや丸みを帯びて、ますます光の粒みたいに見える。私は換気扇をオンにして、コンロに火を点《つ》けた。火加減は、弱と中のあいだ。底から揺すぶられるように水は熱され、米の匂《にお》いの溶けた湯気がゆらゆらと立ち上る。柔らかく豊かで、どこか懐《なつ》かしい。嗅《か》いでいるうちに、脳の奥にうずくまる本能を撫《な》でられているような気持ちになった。

完全に沸騰《ふっとう》したところで、米が焦《こ》げつかないよう、底から木べらでかき混ぜた。とろ火にして、蓋《ふた》をする。我が家の土鍋は赤味の強い茶色で、ぼってりとした厚みがあり、蓋を閉じた姿は巨大なあんパンに似ている。この少し野暮ったいような形を、私は初めて見たときからとても気に入っていた。

鍋の中からふつふつと音がする。米がゆっくりと炊《た》けている。

家族が起きてくる気配は、まだない。

○

年が明け、仕事始めの日に関谷さんから荷物を受け取ったのは私だった。受領書に判を捺《つ》き、「今年もよろしくお願いします」と言った私に彼が返したのは、「こちらこそお願いします」の一言で、声もやっぱり暗かった。けれどもそのころには、お母さんですら、関谷さんから明るいリアクションを引き出すことは諦《あきら》めていた。私も、相変わらずだな、と思っただけだった。

だから、バレンタインデーに関谷さんが見せた反応には、本当に驚いた。加本製作所では、昔から付き合いのある洋菓子店のプチギフトを大量に買い込み、男の従業員や業者に配るのが、お母さんが嫁いで以来の習わしとなっていた。お母さんは、「こんなことしなくてよかったのに」と言いながら、三月十四日にお返しをもらうことを、たぶん、なによりの楽しみにしていた。

なのに、その年、お母さんは関谷さんにプチギフトを渡し忘れたのだった。すぐに気がつき、「まだ近くにいると思うから」と追いかけるよう指示されて、私は仕方なく事務所を飛び出した。関谷さんはちょうど工場の敷地を出て、軽バンに乗り込むところだった。私は「すみませんっ」と叫んで車に駆け寄ると、「これ、受け取ってください」と小さな紙袋を差し出した。

「いただけないですっ」

即答だった。関谷さんの声には焦《あせ》りがぱんぱんに詰まっていた。初めて目《ま》の当たりにした彼の剝き出しの感情に面食らい、私は思わず真正面から彼を見つめた。大きな目と、幅の広い二重の線と、きゅっと締まった小鼻と、形のいい眉毛。乱れた髪の隙間からこちらを見返す顔は、息を呑《の》むほど整っていた。

「俺なんかが……こんなもの……」

まるでプチギフトが爆弾で、触れたら大惨事になるとでも思っているかのように、関谷さんは頑《かたく》なに紙袋に手を伸ばそうとしなかった。必死の形相で首を振る彼の姿に、私ははっとする。この人は、思い違いをしている。

「違うんです、あの、これはみなさんにお渡ししていて——」

「あっ……」

関谷さんの虹彩《こうさい》が揺れ、あっという間に耳が赤くなった。人は恥ずかしいときに赤面するというけれど、ここまで如実《にょじつ》な変化を目にしたのは初めてだった。

「ですよね。すみません、すみません」

「私の言い方も紛らわしかったです。すみません」

「美弓さんはなにも悪くないです。あの、じゃあ、遠慮なくいただきます」

関谷さんは紙袋を受け取ると、幾度も頭を下げ、軽バンで去っていった。

私はしばらくその場に残り、工場から漏れ聞こえる金属音にぼんやりと耳を傾けながら、この数分のうちに自分が感じたことを振り返った。関谷さんの、あの顔立ち。おそらく彼は、自分の外見の資質に無自覚なタイプではない。彼の顔には、数多《あまた》の人から視線を注がれ、それによって磨かれてきた美意識のようなものがあった。髭《ひげ》の剃《そ》り残しさえ、バランスよく見えた。

なにより、私に告白されたのだとごく自然に勘違いしたこと。

関谷さんは日向《ひなた》に生まれ落ち、太陽の光を浴びられる幸福を疑うことなく、ある程度の年齢まで生きてきた人なのだ。私はそう確信した。周囲の耳目を集めて育ち、他人から関心の注がれない場所がこの世界にあることを、彼は長らく知らなかったに違いない。つまり、お姉ちゃんと同じ場所にいた人。それこそ身内にでもいない限り、私のような人間とは、本来接点を持ち得ない人。

なにか重大な秘密がありそうな感じがする。

お姉ちゃんの言葉がよみがえった。

このときを境に、私の全神経は関谷さんに注がれるようになった。荷物を確実に受け取るため、私は岸辺物流の軽バンのエンジン音を聞き分けるようになり、ついには彼の首筋にほくろがあることを認めた。関谷さんのシャンプーか柔軟剤には、柑橘《かんきつ》系の香料が含まれていることも分かった。関谷さんが目の前にいないときには、彼に関する記憶をひたすらにたぐった。私は関谷さんのすべてを知りたかった。彼の心のまだ硬くなっていない部分にもっと触れたかった。

それは私にとって、未知の感覚だった。

三週間後、私は勤務中ではない関谷さんに初めて遭遇した。ふらっと立ち寄ったドラッグストアで彼の姿を目にしたときは、自分の執念が見せた幻かとぎょっとしたけれど、私が想像だにしたことのない鮮やかな色の私服に、すぐにこれは現実だと思い直した。もしかしたら今までにもすれ違っていて、まだ私が興味がなかったために、気づかなかっただけかもしれなかった。

真っ青なベンチコートを着た関谷さんは、薬が陳列された棚の前に立っていた。背中を丸め、ふたつの風邪薬を見比べている。いつにも増して佇《たたず》まいに精気がなく、具合が悪いのだと私はぴんときた。

「関谷さん」

振り返った関谷さんは赤黒かった。熱があるようだ。私の顔を見て一拍を置いたのち、「ああ」と声を絞り出した。

「風邪ですか？　大丈夫ですか？」

「さっき起きたんですけど、全身がだるくて……」

「病院には行きました？」

「それが、今日は日曜で……」

「あ、どこもお休みですね」

「はい。それで薬を買いに来たんですけど……市販薬も結構するんだな」

関谷さんは自分の手の中にある箱に視線を落とし、ゆっくりとまばたきをした。瞼を動かすことすら億劫《おっくう》そうだった。目が潤《うる》み、唇はひび割れている。そんな彼の姿を前にして、私は心臓から熱い血液が送り出されるのを感じた。気づくと関谷さんから風邪薬を取り上げ、棚に戻していた。

「うちに余っている風邪薬があるから、あげますよ。関谷さんの家はどこですか？　この近くですか？　持って行きます」

「いや、美弓さんにご迷惑をおかけするわけには……」

「迷惑ではないです。父がちょっと体調を崩すとすぐに薬を飲むので、いろんな種類のものが、家にたっくさん余ってるんです。ああ見えて、うちの父って小心者なんですよ。うちの薬を関谷さんが使ってくれたら、むしろ助かるくらいです」

私は強い口調で言い切った。嘘《うそ》ではないけれど、自分でもだいぶ無理のある理屈だと思った。関谷さんは虚《うつ》ろな目で私を見ると、首を小さく傾《かし》げた。熱で上手く頭が働かないらしい。あと一押しだった。

「本当に遠慮しないでください。それに、関谷さんの体調がよくならないと、岸辺物流の人たちも困るんじゃないですか？」

「じゃあ……お願いしようかな」

「はいっ」

二人で関谷さんの家に向かった。関谷さんは、ドラッグストアからほど近くにある、マンションとマンションに挟まれた古い木造アパートに住んでいた。彼がふらつく足でそこの一〇二号室に入るのを見届けたのち、私は来た道を引き返した。退店したばかりのドラッグストアに飛び込み、スポーツ飲料や冷却シート、ゼリーやレトルト粥《がゆ》を値段も確かめずにカゴに入れ、最後に彼が手にしていた風邪薬を手に取る。とにかく家に帰る時間が惜しかった。会計後、使いかけを装《よそお》うために風邪薬の箱は開封し、中身のうちの一シートをゴミ箱に捨てた。そうして、ふたたび関谷さんのアパートに戻った。

今しかない。こうするしかない。

胸の中で唱えながら足を前後に動かした。自分が関谷さんの弱みにつけ込んでいることは分かっていた。二十歳すぎまで恋愛に縁のなかった女が突然の出来事に舞い上がり、暴走している可能性が高いことも理解している。でもたぶん、これが関谷さんとの距離を縮める最初で最後のチャンスだ。私が中学生だったころ、恋愛小説に感化されたらしいお姉ちゃんから、「初恋は叶《かな》わないものなんだよ」と訳知り顔で言われたことがある。私はそれに抗《あらが》いたい。お姉ちゃんの言葉を真実にはしたくない。恋愛を当たり前のように経験できる人間に、私の気持ちは分からない。お姉ちゃんに代わって私が加本製作所の跡を継ぐと決めたとき、酔っ払った親戚のおじさんは、「でも、美弓ちゃんにお婿まで期待するのは厳しいよなあ」と笑ったのだった。

「関谷さん、加本です」

一〇二号室の中から返事はなかった。私は合板のドアを開けた。昼間にもかかわらず室内は薄暗く、和室の窓がカーテン越しに発光していた。小さなテレビは床に直置《じかお》きで、家具らしい家具は折りたたみのテーブルと、ふたつのカラーボックスのみ。脱ぎっぱなしのベンチコートの青が鮮やかだ。極端にものの少ない部屋の真ん中で、関谷さんは布《ふ》団《とん》に包《くる》まれ眠っていた。

「あの、薬を持ってきたので……お邪魔しますね」

関谷さんが息をしているのか不安になり、部屋に上がらせてもらうことにした。彼の胸がわずかに上下するのを間近に認めて、ほっとする。スポーツ飲料と冷却シート、開封済みの風邪薬を袋から出し、枕《まくら》もとに並べた。関谷さんの長い前髪は左右に分かれ、顔面が今までになく露わになっていた。私は彼の顔に目を凝らした。関谷さんの睫毛はお姉ちゃんと同じか、それ以上に長く、目尻のあたりがカールしていた。

「少しですけど、食べものも持ってきました。台所に置いておきますね」

私が囁《ささや》き、腰を上げようとしたとき、関谷さんの瞼に反応があった。

「ばあちゃん……？」

不安定な視線が私を捉《とら》える前に、関谷さんは呟いた。熱で意識が朦朧《もうろう》とするのか、「あれ？」と言いながらよたよたと腰を捻《ひね》り、上半身を起こす。その瞬間だった。関谷さんが目を見開き、吠《ほ》えるように嘔吐《おうと》した。

「関谷さんっ」

　本当は背中をさすりたかったけれど、私の両手は彼が吐いたものを受けとめることに使われていた。身体が反射的に動いていた。吐物に固形物はほとんどなく、とろみのある液体が指のあいだから畳に滴《したた》る。「台所を借りますね」と私は立ち上がり、手の中のものをシンクに流した。石鹸《せっけん》で手を洗いながら、なんとなく水切りカゴを見遣《みや》る。関谷さんは料理をするようだ。カゴには一人用の土鍋が伏せられていた。灰褐色に白い花模様の入った、スーパーでもよく見かけるものだった。

「すみません、すみません」

　私が和室に戻ると、関谷さんは呆然《ぼうぜん》とした顔で謝罪の言葉を繰り返した。

「大丈夫ですから。気にしないでください」

　私は微笑《ほほえ》み、ティッシュペーパーで畳の汚れを拭った。


　関谷さんがホワイトデーにくれたのは、バラの香りのハンドクリームだった。看病のお礼を兼ねていたらしく、お母さんにではなく私に、きれいな黄色い包みを直接渡してくれた。ハンドクリームはフランスの有名化粧品ブランドのもので、私には、お姉ちゃんが大学時代に同じ商品を使っていた記憶があった。そのために、華やかな人たちのあいだでちょっとした贈りものの定番になっているというイメージがあり、ああ、関谷さんは本当にあっちの世界の住人だったのだと、手にクリームを塗り込むたびに思った。

お礼のお礼に、私は家にあった乾物や食用油などを関谷さんのアパートにせっせと持って行った。土地と商売柄、我が家にはお中元やお歳暮を始めとした贈りものがしょっちゅう届き、常に食品が余っていた。初めは玄関先で戸惑い気味に受け取っていた関谷さんも、何度か足を運ぶうちに、「お茶でもどうですか？」と部屋に上げてくれるようになった。そこから食事を共にするようになるまでは早かった。関谷さんは料理が得意で、炊飯器は買わずに白米を土鍋で炊いていた。週に一、二回、炊きたてのご飯に、野菜炒《いた》めと味噌汁《みそしる》のような献立を、テレビを観ながら二人で食べるのが恒例になった。

その収穫は大きかった。食事を共にすることは、人の心を開かせる。寿司《すし》を食べる芸能人を見て、「あー、美味《うま》そう」と関谷さんが呻《うめ》いたために、私は彼の好物が中トロであることを知った。大家族に密着した番組が流れているときに、「子だくさんっていいな。きょうだいの中に、必ず気の合う子がいるよね」と言った私に、「俺も昔は大家族に憧《あこが》れてたよ。一人っ子だったし」と関谷さんが返したことで、彼の家族構成の一部を把握した。クイズ番組からは、関谷さんは社会科が得意だったことが分かった。でも、肝心の彼の過去にはまったく近づけなかった。なぜ大学を辞めて、茨城から上京したのか。その理由を、関谷さんは欠片でも口の端にかけようとしなかった。

また、関谷さんが私に触れることもなかった。私の気持ちは伝わっていたと思う。ときどき申し訳なさそうな目で見られることがあった。あくまでも友人でいたい。関谷さんは全身でそう主張していた。私たちの関係はここが行き止まりで、これより先には進めない。私の肉体は、彼が寂しさを解消することにも使われない。日増しに膨らむ空《むな》しさに泣きたくなる日もあったけれど、今さら関谷さんに会うのをやめる道を選ぶこともできなかった。

私は関谷さんのアパートに通い、彼の料理を食べ続けた。

○

最弱の炎でも、十五分も経てば、蒸気は蓋の穴から激しく噴き出す。コトコトと音を立てて蓋は揺れ、鍋と蓋の隙間では白い泡が膨らんだり割れたりを繰り返している。あたりに漂う米の匂いもますます濃い。息を吸うたび、温かく芳醇《ほうじゅん》な気体が胸に充《み》ち満ちるかのようだった。

火を消すと、蒸気の勢いはたちまち緩やかになった。白い泡も引っ込み、キッチンに静けさが戻ってくる。土鍋の中身はこのまま十五分ほど蒸らす予定だ。私はコンロの周辺に飛び散った水分を台布巾《ふきん》で拭い、休憩がてら、戸棚の奥のほうにしまってあるチョコレートをひとつ、口に放り込んだ。

寝室から声と物音が聞こえてきたのはそのときだ。誠二《せいじ》が目を覚ましたらしい。誠二は眠りが浅いのだ。私は慌てて残りのチョコレートを戸棚に戻し、「おはよう」と寝室に向かって声をかけた。

○

入社初日から、私は毎日一番早くに出社していた。事務所を開け、夏と冬にはエアコンを入れて、職人の若手がやって来たら工場の鍵《かぎ》を渡し、コーヒーを支度する。その役目をお母さんから引き継いだためだ。ほかの人より出勤時間が三十分早いだけのことだけれど、悪天候の日は辛《つら》い。すべてを捨てて逃げたくなる。でも、私はこの町から抜け出せない。自宅を中心とした小さな円の中で生まれ、育ち、死ぬ。そう思っていた。

あの小雨が降る真冬の朝、私がうんざりした気持ちで家を出ると、工場の敷地沿いに水色の軽自動車が停まっていた。見慣れない車だった。排気口からは白い煙が立ち上り、車体は細かく振動している。中に人がいるようだ。私が警戒しながら横を通りすぎようとしたとき、運転席の窓が開いた。

「美弓ちゃん」

関谷さんだった。彼も今日は仕事のはずだ。驚きのあまり、私は声が出なかった。

「よかった、会えて。スマホに電話もかけたんだけど、出なかったから。あと五分待ってだめだったら、諦めるつもりだった」

「えっ、えっ、どうしたの？　この車はなに？」

「俺、美弓ちゃんに頼みがあって」

「うん」

「今からこの車に乗って、俺の地元に一緒に来てくれないかな」

関谷さんは窓から顔を乗り出していた。彼の頭に雨粒が落ち、アラザンに似た銀の玉が髪に散らばる。私は慌てて足を踏み出し、彼に傘を傾けた。

「これから？　茨城まで行くの？」

「突然こんなことを言い出して、美弓ちゃんを困らせてるのは分かってる。でも俺、一人だと怖くて……。途中で逃げちゃうかもしれないから」

関谷さんは両手で顔を覆った。一瞬、彼の肩が大きく震えた。

「なにがあったの？」

「今日、地元でばあちゃんの葬式があるんだ。行くかどうか迷ったけど、やっぱり最後に一目会いたくて、社長に相談したら、忌引きを手続きして車を貸してくれた。焼香して親に香典を渡したら戻るから、美弓ちゃんには車で待っててほしい。こんなこと、美弓ちゃんにしか頼めないんだ。だめかな？」

すがるような眼差しだった。そこで私はようやく、関谷さんが喪服を着ていることに気がついた。これも借りものなのか、肩のあたりがだぶついている。雨粒が傘に当たって弾《はじ》ける音が、一際《ひときわ》大きく耳の中に響いた。

「俺、ばあちゃんっ子で……親がどっちも仕事が忙しかったから、授業参観に来てくれるのも、俺が病気になったときに看病してくれるのも、いっつもばあちゃんだったんだ。でも、俺が高校生のときに呆《ぼ》けが始まっちゃって、それで、親父《おやじ》とお袋が自分たちでは世話ができないからって、施設に入れて……」

関谷さんは重たげなまばたきを繰り返した。長い睫毛がしぱしぱと上下する。私たちの吐く白い息がもつれあい、風に乗って流れていく。私が関谷さんのアパートに通い始めて、一年近い月日が経っていた。私は事務所を振り仰いだ。雨に煙る古い木造の建物は妙に小さく、脆《もろ》いもののように見えた。

「ちょっと待ってて」

私は敷地の入口にある郵便受けに向かった。そこに事務所の鍵を入れ、関谷さんの車に駆け戻る。お母さんには、今日は休むとメールを送った。入社してもうすぐ三年になるのに、私はまだ一度も有休を使ったことがない。文句は言わせないと思った。

傘を閉じ、助手席に乗り込んだ。

「お待たせ。行こう」

関谷さんが美しい姿勢でアクセルを踏み込む。車が走り出した。

関谷さんは運転しながら、自分の過去についてぽつぽつと語った。大学一年生の夏、関谷さんは偶然再会した母校の先輩に誘われ、ATMからお金を引き出すバイトを始めた。先輩の知人である会社経営者が多忙で、ATMの手数料がかからない平日の昼に、彼のキャッシュカードを使って代わりにお金を引き出してほしい。そのあまりに雑な作り話を関谷さんは信じた。

「本当に、ものすごく馬鹿《ばか》だったんだ。楽に稼いで、遊ぶことばっかり考えてた。振り込め詐欺《さぎ》とか特殊詐欺とか、言葉は知ってたけど、自分には関係ないと思い込んでて、先輩の話を疑う発想すらなかった」

当然、そのキャッシュカードは、先輩とその知人が高齢者から騙《だま》し取ったものだった。一味が逮捕されると、関谷さんのもとにも警察官がやって来た。

「それで俺も捕まった。初犯だったし、ある意味では俺も騙されてた側だから、最終的には執行猶予《ゆうよ》になったけど。実際、俺の報酬は、出し子の相場よりかなり安くて、警察の人にも同情されたくらいだったんだ」

けれども、家族は関谷さんを許さなかった。彼のお父さんは地元で議員を務めていた。一人息子の逮捕は大スキャンダルで、お父さんとお母さんは、被害弁償を全額立て替えるのと引き換えに、関谷さんが遠縁に当たる岸辺物流の社長のもとで働き、二度と地元に足を踏み入れないよう言いつけた。

「それで東京に来たんだ。友だちが自分から離れていったり、親に家を追い出されたりしたのも辛かったけど、一番きつかったのは……」

「うん」

私は相槌《あいづち》を打ったけれど、関谷さんはしばらく無言だった。私は彼を急かしたくなくて、窓の外に顔を向けた。雨脚は強くなっていた。水が窓ガラスの表面をだらだらと流れている。高速道路の無機質で高い壁が延々と続いていた。知りたくてたまらなかった関谷さんの秘密にやっと迫れたのに、そこに対する喜びはなぜか淡く、こうしているあいだにも、生まれ育った町から時速百キロ近いスピードで遠ざかっていることのほうを嬉しく感じた。私はとうとうあの円から出られたのだ。

「被害者の中に」

「うん」

「被害者の中に、騙されたことを家族に責められて、自殺を図ったおばあさんがいるって裁判で知ったんだ。幸い、おばあさんの命に別状はなかったんだけど、そのときに、自分は……人殺しも同然なんだなって……」

関谷さんの声が詰まった。

「俺は、本当は悪い人間なんだよ」

ハンドルを両手で握ったまま、関谷さんはちらりと私を見た。彼のほうが背が高いはずなのに、上目遣いにも感じられる視線で、目の奥には相手に媚びるようなとろみがあった。話を聞いた私に距離を置かれるかもしれない覚悟を固めながら、それでもそばにいてほしいと訴えている。いや、おまえは俺から離れないよね？　離れられないよね？と確かめている。整った顔の、甘やかな表情で。本当に小ずるい人だ。「悪い人間」には遠く及ばない。私は笑いそうになった。

「関谷さんは優しいよ。だってほら、こんなに反省してるんだから」

私は彼が求めているとおりの言葉を口にした。関谷さんの視線が湿り気を帯びる。そうして、私は真理を得る。小ずるいとは、可愛《かわい》いのことなのだ。

「そのおばあさんも、関谷さんのことは許してるんじゃないかな」

やがてウインカーの音がして、車が高速道路を下りた。


結局、関谷さんは葬儀会場に入れなかった。お父さんに見つかり、即行で追い出されたそうだ。車に戻ってきた関谷さんは、肩や腕についた雨粒を手で払い、「これからどうしようか」と下がり眉で笑った。

「美弓ちゃんにせっかく来てもらったし、茨城を観光して帰りたいよな。あ、隣の市が陶芸の町で有名なんだ。俺も小学生のときに課外授業で茶碗《ちゃわん》を作りにいったんだけど、ギャラリーが並ぶ通りがあって、県外から来る人も多いって聞いたことがある。行ってみようか」

行きとは打って変わって、関谷さんは饒舌《じょうぜつ》だった。視界に飛び込んでくるさまざまなものから、茨城にまつわる知識や思い出を語った。陶芸の町には三十分程度で到着し、私たちはさっそく目についたギャラリーに入った。「素敵だね」「割ったらショックだよな」と小声で話しながら、店内を見て回る。そこで、私は出会ったのだ。巨大なあんパンに似た、愛嬌《あいきょう》の塊のような土鍋に。私の「可愛い」という呟きを聞きつけたらしく、スタッフが近づいてきた。

「そちらはこの町出身の作家の作品で、昨日入荷したばかりなんですよ」

「そうなんですか」

「実はここがほんの少し欠けていて、そのぶん、ちょっとだけお値打ちになっています。よかったらご検討ください」

そう言われても、土鍋ひとつに費やせる金額ではなかった。私の給料はほぼ最低賃金水準で、家にお金も入れている。贅沢《ぜいたく》する余裕はない。私が曖昧に微笑み、その場から離れようとしたとき、

「これください」

と関谷さんがいやにきっぱりした口調で言った。

「えっ、買うの？」

「今の土鍋は二人前には小さすぎると思ってたし、ちょうどいいよ」

「でも――」

私が言葉を濁していると、関谷さんは鞄《かばん》から紫の布を取り出した。

「大丈夫。ここにちょうどぴったり入ってる」

香典を包んだ袱紗《ふくさ》だった。


東京に戻ってきたときには夜の七時を回っていた。でも、私は家には帰らなかった。そのまま関谷さんのアパートに向かい、私たちは身体を重ねた。私に経験がなかったために、スムーズに進まない段階もあったけれど、互いに相手の身体を慈《いつく》しみ、気持ちよさを楽しみ、日付が変わるころには一応の終点に辿《たど》り着くことができた。私は疲れ果て、そのまま眠りに落ちた。深く濃い眠りだった。

翌朝目を覚ますと、関谷さんが隣にいなかった。彼はスウェット姿で台所に立ち、買ったばかりの土鍋を火にかけていた。

「なに作ってるの？」

「あ、おはよう」

関谷さんは私を振り返り、照れくさそうに目を細めた。

「これはね、目止めを兼ねて、粥をかしいでる」

「かしいでる?」

「これ、うちのばあちゃんだけの言い回しだったのかな。ばあちゃんが粥を炊くことを、かしぐって言ってたんだ。俺、ばあちゃんが土鍋で炊いてくれる粥が好きでさ。本当は米から作りたかったんだけど、目止めのためにはご飯を水で煮込むほうがいいみたいで、だから、今日はこっちね」

目止めとは、陶器の表面にある小さな凹凸をでんぷん質で均《なら》し、変色や臭《にお》い移りやひび割れを防ぐ処置のことだそうだ。昨日のギャラリーのスタッフから、「使い始める前にぜひやってくださいね」と説明を受けていた。

「美味《おい》しそうだね」

私は手早く服を着て、関谷さんの後ろから鍋を覗《のぞ》いた。柔らかな湯気が台所に広がっていた。ご飯の粒はすでに煮崩れ、粘り気のある半球体の泡が生まれては、ぱちんと音を立てて消えていく。朝日を受けた粥は、息を呑むほどに白い。しかも、きらきら輝いている。私はこれほど真っ白なものを生まれて初めて見たような気がした。

白は、始まりの色。ついに関谷さんが私のものになったのだ。

目止めのためには、炊けたあとに一時間以上冷ましたほうがいいらしく、私たちはそのあいだに家事を済ませることにした。関谷さんは今日も忌引きで、私も出勤するつもりはなかった。お母さんからの連絡は、ずっと無視している。今日はよく晴れるとの天気予報を受け、二人で寒さに震えながら洗濯物を干した。冷えた自分の手を相手の首筋に当てつつ、粥を温め直した。粥の味つけは、塩のみ。いつだったか、百円ショップで購入した色違いの茶碗に盛りつけ、「いただきます」と揃《そろ》って手を合わせた。

それまで私は、粥とは病人が食べるつまらない料理だと思っていた。けれども、ほのかな甘みとなめらかな食感が舌に優しく、身体を内側から慰撫《いぶ》されているような感覚になる。時折歯に当たるご飯の形や、顔に当たる湯気まで美味しい。胃に灯《とも》った熱が手足の末端に広がり、額に汗がにじむのを感じた。猛烈な空腹を抱えていたこともあり、一口一口が本当に美味しかった。

向かいからは、時折鼻を啜るような音が聞こえた。私は気づかないふりをして、ひたすらにスプーンを動かした。

○

蓋を開け、蒸らし具合を確かめた。これで粥は完成だ。一方の誠二は、十五分前に声をかけたにもかかわらず、まだ寝室から出てこない。誠二は本当にマイペースだ。彼の朝食をテーブルに並べるより先に、私は粥をすりつぶすことにした。土鍋の中の粥をブレンダーに移し、スイッチを入れる。

「なにやってるの？」

轟音《ごうおん》に興味を引かれてか、誠二がようやくキッチンに顔を出した。

「おはよう。四葉《よつば》のご飯を作ってるんだよ」

「えーっ、よっちゃんのご飯はミルクでしょう？」

「今日から少しずつご飯を食べる練習をするんだよ」

「まだ赤ちゃんなのに？」

そう言って目を丸くする誠二が可愛くて、私は彼の頭を抱き寄せた。

「あれ？　ママ、チョコの匂いがするっ」

なぜ子どもは親の秘密に鼻が利《き》くのだろう。菓子類や、「片づけないなら捨てちゃうよ」と取り上げた玩具《おもちゃ》の隠し場所を、私の子どもたちはあっという間に突きとめてしまう。私がチョコレートを食べたのも、十五分以上前なのだ。私は素直に降参して、「ばれたか」と誠二の髪の毛をくしゃくしゃにした。

「ママだけずるいー」

「じゃあ、早起きのご褒美《ほうび》に、誠二にもひとつあげる。一哉《かずや》と三奈《みな》には内緒だよ」

「分かった。お兄ちゃんとみーちゃんには言わない」

私は誠二の小さな口にチョコレートを落とした。

「ねえ、ママ。これは本当によっちゃんのご飯なの？」

チョコレートを頬張りながら、誠二が不思議そうな表情で私とブレンダーを順々に見つめた。すりつぶされた粥は、泡立てる前の生クリームみたいにとろとろしている。粒はひとつも見当たらない。四歳の誠二は、とっくに大人と同じ料理を食べていて、キノコや根菜など歯ごたえのあるものが好物だ。これがご飯だとは、にわかに信じられないらしかった。

「そうだよ。赤ちゃんはみんな最初にこれを食べるんだよ」

「そうなの？」

三奈が〇歳のときの記憶は、さすがに誠二にはないようだ。でも、一哉のときも誠二のときも三奈のときも、離乳食の初期に食べる十倍粥だけは、このあんパン土鍋で炊いた。育児と家事と仕事に翻弄《ほんろう》され、普段はレトルト食品に頼りっぱなしだけれど、子どもの健康を願って、なかばジンクスとしてそうすることに決めていた。

「ママ、誠二、おはよう」

「あっ、パパだっ」

誠二がキッチンの入口に現れた人影に勢いよく抱きついた。

「おはよう。早いね」

「気づいたら俺の上で遊んでたはずの誠二がいないから、びっくりして起きちゃったよ」

「ちょっと、誠二。自分が早起きしても、パパは寝かせておいてあげてねっていつも言ってるでしょう」

「だってつまんなかったんだもん」

「まあ、俺も眠気に負けて、ほとんど相手はできなかったんだけどさ」

辰吾は笑ってパジャマの裾《すそ》の上からお腹を掻《か》いた。

私たちの出会いから、十年の歳月が流れた。辰吾に前科があることを理由に結婚を反対されたのがきっかけで、私は加本製作所を辞め、今は近所のホームセンターで働いている。お姉ちゃんは、新卒で入った出版社に今でも勤めていて、最近、念願の副編集長に昇進したそうだ。長い不倫にこそ終止符を打ったものの、死ぬまで結婚する気も出産する気もないらしく、この国の婚姻制度や子育ての環境は歪《いびつ》だと、難癖ばかりつけている。私に子どもが生まれると、孫可愛さにお父さんとお母さんの態度は分かりやすく一変したけれど、私はなるべく親とは関わらないと決めていた。

「あとの三人は、まだぐっすり寝てるよ」

「昨日が遅かったから、もう少し寝そうだね」

「あの三人は眠りが深いからなあ。俺も出勤まで、無理にでももう一眠りすればよかったかな」

辰吾は生あくびを噛《か》み殺し、首をごきりと鳴らした。辰吾も今なお岸辺物流に勤めている。三年前には主任になった。肉体労働に就いているおかげか、三十歳を越えても無駄な肉がつかず、相変わらず見栄えがいい。鼻にかかるほど長かった髪は、私との交際が始まると同時にばっさり切り、端整な面立ちが今では常に丸出しだ。二人で手を繋いで歩いていると、通りすがりの人に私と辰吾の顔をしょっちゅう見比べられる。

具合の悪そうな辰吾をドラッグストアで見かけたあの日、風邪薬に偽装を施してまで部屋に押しかけてよかった。昔を振り返るたび、私は可愛さを微塵《みじん》も含んでいない自分の腹黒さを心から誇りに思う。彼のアパートにしつこく通ったことも、仕事を急に休んで茨城まで行ったことも、「そのおばあさんも、関谷さんのことは許してるんじゃないかな」と被害者の感情を無視して勝手な救いを与えたことも、もちろん、まったく後悔していない。全部あれでよかった。私は間違っていなかった。小ずるい辰吾は、私に内緒でときどき若い女の子と遊んでいるみたいだけれど、最後には必ずこの家に戻ってくると分かっているから、気にしていなかった。

「──ママ？　ママ？　美弓？」

「えっ、なに？」

「誠二が腹減ったんだって。そこにあるやつ、食べさせていいの？」

「ああっ、ごめんごめん」

ぼうっとしていたようだ。私は粥を蒸らすあいだに用意しておいたホットドッグに牛乳を添え、ダイニングテーブルに運んだ。ホットドッグは、炒《い》り卵とウインナーとキャベツを挟んだだけの簡単なものだけれど、一哉も誠二も三奈もこれが大好きだ。「いただきます」とかぶりついた誠二の小さな口が、たちまちケチャップにまみれる。それを指で拭った辰吾が、「誠二の食べっぷりはママ似だな」と愛《いと》おしげに目を細めた。

私は辰吾と一緒にいて幸せだ。初恋は叶ったのだ。

キッチンに戻り、ふたたびブレンダーを覗いた。液体化した十倍粥が、すがすがしいまでに白い光を放っている。今日のぶんだけ器にとり、あとは冷凍庫に保存しようと、私は光にスプーンをそっと差し込んだ。

# SUMMER STREAMER

尾形真理子

尾形真理子　Ogata Mariko
コピーライター・クリエイティブディレクター。多くの企業広告を手がけ、TCC賞、ACC賞ゴールドなど受賞多数。著書に『試着室で思い出したら、本気の恋だと思う。』『隣人の愛を知れ』がある。

ホテルから歩いて5分足らずで巨大な野球場が見えてきた。その奥にはハイウェイと奇妙な形をした銀色の建物が見える。空の麓《ふもと》の山脈までどれほどの距離があるのか、土地も空も何もかもが広大でまったく摑《つか》めない。

メインゲートにはGiant Angel Baseball Capsと呼ばれる赤い巨大なキャップのオブジェがある。ここが有名な入団会見をした場所。同じような写真ばかりをパシャパシャと撮り、もっと違うアングルからも撮らなきゃとスマホから顔を離すと、ゲートの壁面にその人はいた。会ったこともないのに、鈴木《すずき》鈴子《すずこ》はなぜか懐《なつ》かしいような気持ちになる。

家を出てから25時間。来年古希を迎える身には果てしなく長い道のりだった。ここまで辿《たど》り着いたことを写真パネルのその人に「良く来たね」と頭を撫《な》でて欲しいぐらいだった。

## 1st inning

応援ユニフォームを着た観客たちの列に並んで、鈴子はついに夢のゲートを通過することができた。メジャーリーグベースボール、通称MLBはオールスター戦を終えて、ロサンゼルスエンゼルスも今日から後半戦の幕開けとなる。金曜日のホームゲームは特典付きで、来場者全員にMVPと刺繍《ししゅう》の入ったオリジナルキャップが配布された。

前に一度だけ蘭《らん》の博覧会で足を運んだ東京ドームとは開放感からして何もかも違う。爆音で音楽が流れるアミューズメントパークのようで子どもたちが興奮気味に騒いでいる。そして日本では見たこともない特大サイズの缶ビールを手に、大人たちまで楽しそうだ。

勾配《こうばい》のきつい階段をそろそろと慎重に降りていくと、光に溢《あふ》れた芝が視界に飛び込んでくる。トンボで土を平《なら》すスタッフをよそに敵陣アストロズの選手たちが打撃練習をしていた。エンゼルスは借金1からの後半戦となり、プレーオフ進出の瀬戸際《せとぎわ》に立たされている。そんな緊迫したチーム状況に反して試合前のフィールドにはのんびりした空気が漂っていた。

これが野球場じゃなくてスタジアムなんだわ。

ふわふわした高揚感の中で「外国なのだ」と鈴子は実感し、ピッチャーマウンドが目の前に見える1塁側3列目の座席にハンカチを敷いて腰を下ろした。同時に遥《はる》か遠くのレフト側から、大きな歓声が上がった。

「OH!! TANI〜!!!」

外野の後方通路から出てきた選手は、5㎝ぐらいの大きさでしか見えないけれど、ひときわの注目が観客のどよめきから伝わってくる。背中には17の数字。投打二刀流で現代野球の常識を覆《くつがえ》したメジャーリーガー。鈴子は思わず両手で口を覆《おお》った。隣にいる赤いシャツは専属通訳さんだろう。間違いない。間違いない。近くの文字はとうに老眼鏡が必要だが、遠くのものは未《ま》だしっかり見える。

大谷翔平《おおたにしょうへい》がフィールドに姿を現したのだ。

「いる……」

鈴子は口を手で押さえたまま小さく呟《つぶや》き、自分の耳で確認する。きっと今からプライオボールを使った壁当てをする。その後はブルペンに移動する。40歳も年齢の離れた男性の知り得る情報は、すべて鈴子の脳内に宝物のようにちりばめられていた。

投球練習の場所から遠く離れた座席にして良かったと思う。まずはこの距離が適切だ。そうでないと息を吸ったまま吐くのを忘れてしまいそうだった。後半の開幕戦では各チームのエースが投げる可能性が高い。エンゼルスならばそれは大谷翔平だ。3塁側の席を取ればもっと近くで登板投手の練習が見られるのは知っていたが、それだと近過ぎる。

初恋の片思いの相手のように、校庭や体育館の離れた場所から、そっと見つめていたかった。

この3年間、どれだけの時間を共にしただろうか。鈴子は毎朝6時頃に目を覚まし、まずお湯を沸かす。ゆっくりと日本茶を淹《い》れ、録画していた前日のゲームを見返すことから1日が始まる。そしてひとり朝食を済ませ、部屋の掃除をしてから軽いトレーニングに出かける。これまでの人生で運動らしいことはしてこなかったが、彼に出会ってから1日8000歩をノルマと決め、鈴子はそれを散歩ではなく、トレーニングと呼ぶことにした。そして10時前には自宅に戻り、リアルタイムでの試合観戦をひたすら繰り返す日々。

「死んじゃう前にどうしても会っておきたい人がいるの」

突如とした鈴子の渡米計画に、ひとり娘の奈津《なつ》は飲んでいたコーヒーを吹き出しそうになっていた。荒唐無稽《こうとうむけい》な母親と思われても無理はない。最初は「添乗員付きのツアーじゃダメなの？」と眉根《まゆね》を寄せていたが、最終的には熱意に気圧《けお》されるカタチで了承してくれた。4年前に夫に先立たれてからというもの、娘は子育てと仕事の合間を縫って、なにかと気にかけてくれる。まぁ、お母さんにだって行けないってことはないんじゃないかな。奈津の応援と協力を得て、清水の舞台から降り立った先は、このアナハイムという場所だった。

日中の太陽が嘘《うそ》みたいに、スタジアムを出るとアナハイムの夜風がひんやりして心地がいい。それでも興奮が冷めやらない熱気が、帰途につくエンゼルスファンを包んでいた。大勢の人の流れに合わせて鈴子もホテルを目指して歩いてゆく。決してひとりにならないよう、若い人たちに置いてけぼりを食わぬよう。既に30時間近くも起きているというのに、まったく眠気は訪れなかった。不思議と疲れも感じない。

「やっぱり右手の爪《つめ》が治り切ってなかったのかね?」

「6月がとにかく出来過ぎだったからなぁ」

「いやでもカッコよかった〜。あんなに大きいとは思わなかった」

東京ドームの駐車場かと錯覚するほど、周囲には日本語が飛び交っている。今夜、大谷翔平は負け投手となった。打率は上げたが、最後は2打席連続の三振に打ち取られた。だけどそれがなんだというのか。

プレイボール! 幼い男の子の元気な掛け声が響いたときには、大谷は鈴子の数メートル先に立っていた。なんたる美しいフォーム。長い手足がしなやかさと力強さを兼ね備えている。鈴子は彼の右手から放たれる白球を追うこともせず、マウンド上の大谷の姿に釘付《くぎづ》けだった。どうせ球なんて速すぎて見えやしないのだ。全身が火照《ほて》るようなカッコよさに、鈴子は恍惚《こうこつ》の境地にいた。投球の合間に無意識に指を湿らす姿も、三振を奪って拳《こぶし》を握る姿も、ただただ唸《うな》るようにカッコいい。

大谷翔平が生きていた。

その生存確認だけでもう、胸がいっぱいだった。

## 2nd inning

窓から差し込む光の眩《まぶ》しさに目が覚め、時計を見ると9時を回っていた。カリフォルニアの強烈な太陽はとっくに上がり切っている。カーテンも閉めずに10時間以上眠るなんて何十年も記憶にない。昨夜はシャワーから出たあとビールでひとり乾杯して、何も食べずに寝てしまっていた。

鈴子は洗面台に立って、鏡の中の自分を睨《にら》んでみる。どんなにぐっすり寝ても皺《しわ》は消えないし、ハリもいまいちだ。目覚めたら29歳だったら良かったのに。そうであれば「大谷サン頑張って！」と遠慮なく大きな声が出せるのかも知れない。

球場での「結婚して♡翔平」などと書かれた応援バナーはもはや若い女性たちの定番

となっていて、昨日も球場でお見かけした。茶目っ気ある応援のようで、実はどこか本気が混じっていると鈴子は思ってしまう。たとえ夢物語だとわかっていても、年頃の女の子ならば千載一遇のチャンスを夢見てしまうのも無理はない。

今日から大谷サンは指名打者での出場となる。顔を洗って、いつもより念入りに化粧水を叩《たた》き込んだ。

身支度を済ませ朝食を取りにロビーの方へ行くと、食堂は椅子《いす》が足りないぐらいの人で溢れていた。「大谷観戦の定宿」と言われるだけあってやはり日本人だらけだった。簡易ビュッフェ的なラインナップをぐるりと眺め、とろけるチーズのボリュームに心が奪われた。とにかくお腹が空いていたので、メインはチーズソーセージマフィンに決める。その横に、カリカリに焼かれたベーコンも2枚載せた。

日本の朝食と違って、全体的に水分のあるものがほとんどない。シリアルが何種類も並んでいたが、鈴子は鳥の餌《えさ》みたいに思えて得意ではなかった。せめて牛乳だけでもと冷蔵庫を開くと、無脂肪乳とチョコレートミルクしか残っていないようだった。

普通の牛乳はなんてお願いすればいいのか。レギュラーミルク？　リッチミルク？　通りかかったスタッフに勇気を出して「ノーマルミルクプリーズ」と言ってみたら「Sorry?」と聞き返されてしまった。恥ずかしさで頭が真っ白になる。

「Do you have milk that is not non-fat?」

振り向くと、背の高い若い女性が立っていた。

「無脂肪乳じゃない牛乳、すぐに持ってきてくれますって」

彼女はコーヒーを片手に、昨夜球場で配られたMVPのキャップを被《かぶ》っている。鈴子が助け舟にお礼を言うとニコッと首を傾けて颯爽《さっそう》と立ち去ってゆく。その後ろ姿に鈴子は度肝を抜かれた。

白いお尻《しり》が今にも見えちゃいそうなショートパンツから、日本人離れした長い脚が伸びている。細いわりに、程よくついた筋肉のせいか、下品な感じがまったくしなかった。流暢《りゅうちょう》な英語と規格外のスタイル。顔立ちは目がちょっと離れていて、個性的な美人さんといえばいいだろうか。そしてとにかく顔が小さかった。鈴子はお昼の分もと欲張ってあれこれ盛ったお皿が恥ずかしくなり、もらった牛乳パックをそそくさとポケットにしまってビュッフェを離れた。


自室のソファでゆっくり朝食を済ませてからYouTubeで昨夜のおさらいをする。いくつか上がっているハイライト版から良さそうなものを選び、投球する大谷サンの表情を確認していく。1塁側のシートからは、投げる瞬間の顔は見えなかったのだ。結果を知っている試合であっても「頑張って！」と心の中で応援せずにはいられない。

ヒットを打たれて険しい表情の大谷サンを凝視しながら、野菜代わりにと持ってきたオレンジジュースに思わず咽《む》せてしまった。搾《しぼ》りたてでもないだろうが、甘味も苦味もどちらも濃い。日本で飲むそれをコーヒーに例えるなら、カリフォルニアはエスプレッソだ。

球場の隣町に住んでいるという大谷サンは、今ごろ何をしているのだろうか。1日に6回の食事を取るというから、時間的には2度目の朝ごはんぐらいか。自宅のジムで軽く汗を流し、たくましい腕でマグカップに注いだオレンジジュースをごくごくと飲む。そんな男らしい光景と喉仏《のどぼとけ》を思い浮かべていたら、ちっとも映像に集中できず、おさらいのおさらいを何度となくすることになってしまった。

あのお母さんがまさか推し活をするようになるなんて。

奈津の言葉を思い出し、鈴子は苦笑いになる。

これは推し活なのだろうか？　「推し」というのは推薦の「推」であって、69歳の自分が今さら推したところでさほど貢献にもならないだろう。

大谷翔平を知ったのはコロナ禍でのことだ。夫が残した貯金と年金で暮らす自分が、不要不急な存在のように感じて気が滅入《めい》っていた時期。長引く緊急事態宣言をいいことに、1日中パジャマでいてもいい。髪を梳《と》かさなくてもいい。ごはんも適当でいい。誰とも会わない毎日に誰かの声を聴きたくて、朝起きるとすぐにテレビを点《つ》けるのが習慣になった。けれども繰り返し報じられる感染者数やコメンテーターの語気の強さが次第に疎《うと》ましく感じ、NHKのBS放送をぼんやりと眺めていることが多くなった。

楽ちんではあっても楽しくはない。元気であっても元気が出ない。大谷サンがいなければ、虚《うつ》ろなままで何年も過ごしてしまったに違いない。

チーズソーセージマフィンの満腹が効いたのか、無自覚の疲労があったのか、夕方までの4時間ほどをベッドでうつらうつらして過ごした。滞在中、観戦以外の予定は何もない。トレーニングという名の散歩にも出ない。「本当にディズニーランドにも行かないつもりなの？」と奈津に揶揄《からか》われたが、身の安全と体調を守りながら6試合を観戦することができればそれだけで御の字だと考えていた。

ゲートが開く前にと早めにスタジアムを目指したのに、既に熱心なファンたちが長い列をなしている。2日目のチケットも初日に続いて1塁側の座席だ。前から2列目なんてホーム側では取れないし、敵チーム側からダグアウトの中の大谷サンをこっそり覗《のぞ》いてみたい下心もあった。こんな絶好のシートが選べるなんて、団体ツアーでは土台無理な話だった。

鈴子は入場を待つ最後尾について、ゲートの壁面を飾る巨大な大谷サンにまずは挨拶《あいさつ》をする。

昨晩はお疲れ様でした。本日もお怪我《けが》なくお願いします。欲を言えば毎打席1塁までおいでくださいますように。パンパンと手を合わせて、拝みたいぐらいだ。

そして似たような視線を送るのは鈴子だけではない。宿泊しているホテルでも、球場でも、思っていた以上に中年の日本人女性が目立つ。17番のTシャツやユニフォームにロングスカートやカプリパンツを合わせて、万全の日焼け対策をして、手作りの団扇《うちわ》やホームラン数を書いたプラカードを準備している。50代半ばぐらいが多そうに見えるが、彼女たちは一様に控えめで真面目《まじめ》そうだ。そしてどこか少女のような雰囲気を残している。小柄だとか若見えするということではなく、女友達との西海岸旅行というには似つかわしくない一途《いちず》な真剣さを感じるのだ。旦那《だんな》さんは一体どういう気持ちで送り出したのか。大谷の活躍に手を叩いて狂喜する彼女たちの姿を想像して、旦那さんたちがちょっと気の毒になった。もしも夫が生きていたら、半ば呆《あき》れながらも鈴子を許しただろうか。

「あぶないっ！」

延長戦での劇的な勝利の末にすっかり暗くなった駐車場で、足元の鉄鎖のチェーンを跨《また》いだときだった。脳が揺れる感覚が起こって、それと同時に鈴子の両脇《りょうわき》を後ろから支える手が伸びた。

「ゆっくりでいいですからね。よかった、転ばなくて」

近道になると横着して跨いだつもりの鎖に、まだ自分の左足が引っ掛かっていた。支えを頼りに鈴子はどうにか体勢を立て直し、両足を着地させる。ヒヤリとした感覚が身体《からだ》を支配したまま、背中にじっとりと冷たい汗が滲《にじ》んだ。

「……ありがとうございます」

ようやく喋《しゃべ》れる状態となり、助けてくれたのはホテルの朝食会場で会った長身の女の子だとわかった。お尻の見えそうなショートパンツに、MVPのキャップが様になっている。

「足、挫《くじ》いたりしてないですか？」

彼女の方も鈴子を覚えていたようで、心配そうな表情を浮かべている。

「ごめんなさいね。びっくりしたけどお陰様でどこも痛くないわ。助けてくれて本当にどうもありがとう」

いえいえと彼女は首を振り、

「あー危ないな～、どうか引っかかりませんようにって、後ろから……」

と、ばつが悪そうに微笑《ほほえ》む。大胆なファッションのわりに奥ゆかしい笑顔で、鈴子もつられて笑ってしまう。

「あなたもおひとりなの？」

そうだと彼女がうなずいた成り行き上、ふたり並んで歩くことになり、こっちに来て初めて心に余裕ができた気がした。20代の女の子とお喋りするなんていつ以来のことだろう。

自分ではしっかり上げていたつもりでも、跨ぐ足が上がってなくて恥ずかしいこと。大谷観戦に勇気を振り絞ってひとりでアメリカまで来たこと。今日の33号ホームランには涙が出たこと。兜《かぶと》姿が後ろからしか見えなくて残念だったこと。海外旅行は人生2度目で、最初の香港《ホンコン》はモーターショー目当ての夫に着いて行くだけの旅だったこと。その夫は4年前に突然死してしまったこと。カップのお味噌汁《みそしる》やお蕎麦《そば》を沢山持ってきたこと。球場の缶ビールが2500円もするから躊躇《ちゅうちょ》してしまったこと。

「あなたも大谷サンの応援に？」

「日本人が大谷サンって呼ぶとなんか新鮮ですね」

「やっぱりそうかしら。大谷くんとか、翔平さんって呼ぶのはなんだか馴《な》れ馴れしい気がしちゃって」

ほとんど初対面の相手に、気づけば鈴子ばかりが夢中で喋ってしまった。変なおばあさんだと思われちゃったかな、と口をつぐみ、ちょっとした沈黙に鈴子は気まずくなる。

「……応援かと聞かれると、ちょっと違うかもですね」

ファンじゃない？　彼女の返答に、鈴子はちょっとびっくりした。日本人で、しかもこれだけ美しい若い女性が、エンゼルススタジアム至近のホテルに宿泊して、昨日も今日も連日観戦しているというのに、大谷サンの応援じゃないなら他にどんな理由があるというのか。

「もしかして、大谷サンの彼女なの？」

鈴子の質問に彼女は一瞬きょとんとした顔になりすぐに「まさか！」と吹き出す。

「そんなわけないじゃないですか。おもしろいこと言うんですね」

破顔一笑で一蹴《いっしゅう》され、鈴子がどう続けていいかわからないでいる間に、ホテルのエントランスまで着いてしまった。

「よかったら明日、スタジアムまで一緒に行きませんか？」

それは別れ際の思いがけないお誘いだった。よかった。変な人だとは思われてないみたいだ。

「喜んで」とお返事し、ロビーで落ち合う時間を決める。明日は日曜日で16時からのデイゲームになる。最後に歩《あゆみ》さんというお名前を教えてもらった。

「それじゃ、お疲れさまでした。おやすみなさい」

歩は律儀にキャップを取って、しっかりとした挨拶をして去っていく。スラリと伸びた脚の長さは大谷サンにも負けないのではと、鈴子は後ろ姿を惚《ほ》れ惚《ぼ》れと見送った。

アナハイムという街は一年中晴天が続くらしい。エンゼルスのホームゲームが雨天中止になったのは、もう何年も前のことだという。東北で育ち、北海道からこの地に移った大谷サンは西海岸の気候にさぞかし驚いたに違いない。

鈴子は部屋の冷凍庫で凍らせておいたクールネックバンドを取り出し首に巻いた。予備のものを2つ保冷バッグに忍ばせる。どんなに湿度がないとはいえ、カリフォルニアの強烈な日差しは暑いというより痛いに近い。ディゲームは流石《さすが》に直射日光から逃れられないと覚悟して、日本から準備してきたものだ。高齢者の熱中症が後を絶たないのは、アメリカでも同様だろう。

約束の時間に合わせてロビーに行くと、歩がミネラルウォーターを飲みながら既に待っていた。

「今日も焦《こ》げそうですね」

歩は黒のタンクトップに膝《ひざ》小僧に穴が空いた白いデニムというファッション。それに対し鈴子はボーダーの長袖《ながそで》シャツにウエストがゴムのワイドパンツという装《よそお》いだ。これでも色々新調したというのにちぐはぐなふたりが並んでいることは否《いな》めない。身長差は

20㎝以上。体重差は考えたくもない。年齢の差は50歳近いのではないか。せっかく声をかけてくれたのに、こんなおばあちゃんと一緒にいても楽しくないだろうと思い始め、後ろめたさが鈴子の胸に広がっていく。

「わたし、大谷翔平と同い年ですよ」

大学生ぐらいに見える彼女は、実際には今年29歳になるという。大谷サンも今月の5日に29歳になったばかり。なんだかふたりとも、若々しいのに成熟した雰囲気が漂っている。

「仕事でロサンゼルスに来たんですけど、ちょっと暇になったので、しばらく野球でも観《み》てから帰ろうかと。当日の外野席なら安いので」

アストロズとの3戦目、試合開始まであと1時間半。ちょっとだけ遠回りになるが、メインゲートをくぐるのが鈴子の入場ルールだった。自分の小さなこだわりを打ち明けると、大谷ファンではないらしい歩も「こっちの方がアガる気持ちはわたしにもわかります」と言ってくれた。横切るだけで15分もかかる殺風景な駐車場が、カッコいい女性と一緒に歩くとちょっとクールな景色に見えてきた。気を良くして鈴子が予備のクールネックバンドを歩に差し出すと、恐縮しながらも受け取ってくれた。

「そうだ。あれ、食べました？」

歩の指すあれとは、きっとあれのことだろう。エンゼルスの赤いヘルメットに入った大盛りのナチョス。

「食べてみたいけど、とてもじゃないけど一人で食べ切れる量じゃないわよねぇ」

鈴子がつぶやくと、歩はいいことを思いついた子どもみたいに口角をあげた。

「だったら今日、一緒にトライしてみませんか？　球場名物みたいだし、わたしも一度食べてみたくて」


フードスタンドの列に、鈴子もくっついて並ぶ。ガラス越しに流れ作業に適した調理台があり、スタート地点には大量のヘルメット型の容器にトルティーヤチップスがスタンバイされているのが見える。その横にはバケツのような容器に入ったチーズソースと得体の知れない茶色のどろっとしたペースト。それらをお玉で次々とすくってチップスにぶっかけていく豪快さがいかにもアメリカらしい。

「ビーフとチキンが選べますよ」

味の想像もつかず、鈴子はお任せすると答えた。「トッピングも適当に選びますね」と、歩はまた流暢な英語で注文してくれる。

「Guacamole and jalapeño pepper, please.」

気づくとナチョスが呪文《じゅもん》めいた食べ物になっている。レジで缶ビールも2本買って、スタジアム内のテラスに出ると、歩は貴重な木陰のベンチを素早く見つけて、プラスチックフォークを差し出してくれた。

「お先にどうぞ」

鈴子はありがとうと、恐る恐るヘルメットの鍔《つば》を持つ。おもちゃのヘルメットなのに本物みたいにずっしりと重い。まずは茶色のソースの正体を知りたくて、フォークの先に取り味見程度に口にしてみると、意外にも柔和な優しい味がした。

「リフライドビーンズっていうんですよ、それ」

鈴子の表情を察してか、歩が説明をしてくれる。黒インゲン豆と玉ねぎを炒《いた》めてペースト状にした付け合わせ料理で、メキシコやキューバなどでは定番中の定番だという。

「ドイツでいうところの、マッシュドポテトみたいな感じかしら？」

程よい塩味と豆の甘みがなんとも素朴で滋味深い。これは日本人の口に合いそうな気がする。牛肉でも魚でも白いごはんでも、相手を選ばない万能選手らしい。

「チップスは手摑みで、その上にフォークでペーストをのせると食べやすいですよ」

言われるがままに鈴子はやってみる。食べ方からしてワイルドな感じでなんだか青春っぽい。欲張ってチーズソースの上にアボカドものせて、思いっきり口を開く。

「わー、いきなり外国の味になった！」

単体の豆のペーストから、こんなにも世界が広がるなんて。和食ではなかなか経験しない跳躍距離だ。チーズもアボカドも主役級の味の強さなのに、互いを必要とする関係になっている。ビールとの相性は最強のバッテリーのようで、鈴子は次々と手が伸びてしまう。70年近く生きていても、知らない味がまだまだあるのだと思うだけで、生きる甲斐《かい》があるというもの。

お先にありがとうと、ようやく歩に戻すと、

「気に入ってくれてよかったです。でもこんなの夜に食べたら罪悪感の塊ですからね」

と、冗談めかして首をすくめる。このヘルメットは何カロリーの代物《しろもの》だろうか。そういえば大谷サンも悪いことをしたと感じるのは「甘いものや脂《あぶら》っこいものを食べたとき」とインタビューで言っていた。アルコールも滅多に口にしないというストイックな姿勢にも頭が下がるばかりだが、それでもきっと1度ぐらいはこの球場名物を食べていても不思議じゃない。「うまい！」と屈託なく笑う顔が目に浮かぶ。

「太りそうだけど、やっぱりおいしい……！」

頰を膨らませる歩の表情があどけないものとなる。聞けば歩は10代の頃からモデルの仕事をしていて、今回はロサンゼルスでオーディションに回っていたらしい。鈴子にはモデルの仕事がどういう仕組みなのか想像もできないが、自分の予想が当たったことに気を大きくして、

「歩さんならさぞかし引く手数多《あまた》の売れっ子さんでしょう」と手を叩いてみせると、

「売れっ子って言葉、久々に聞きましたよ」

と、早々にはぐらかされてしまった。明日は何を食べてみようかなどと話しながら、ふたりでどうにか半分ぐらいやっつけたところで無念のギブアップとなる。ゴムのパンツでも苦しいぐらいお腹が膨れてしまった。

「鈴子さん、そろそろ行った方がいいかもですね」

歩の言葉に、試合が終わったらGiant Angel Baseball Capsの下で落ち合う約束をして、内野席の入り口で別れた。

「まさかの連日ホームランなんて、お母さんどれだけ運がいいの」

ホテルの部屋に戻るとすぐに娘からの電話が鳴った。Wi-Fiを使えば無料通話ができるというのだから、国際電話なんて言葉も死語となって久しい。

「でも今夜は相当悔しかったと思うのよね。勝てる試合だっただけに」

罰が当たったのかもしれない。実は2点リードで迎えた9回表で鈴子は邪《よこしま》なことを考えていたのだ。ここでもしアストロズが追いついてくれなければ、9回裏に回ってくる大谷の5打席目が消えてしまう。「同点からの大谷サンのサヨナラ」なんて勝手な段取りを期待していたら、まさかの大量得点でチームは逆転され、そのまま負けてしまった。最後に大谷サンの34号ホームランは見られたとはいえ、なんとも後味の悪い終わり方だった。このチームでプレーオフに出場したい。優勝を目指したい。彼の切実な積年の思いを知っていながら、なんとも自分に都合のよい展開を願ってしまった。

そんな鈴子の反省に取り合わず、奈津はお構い無しに話を変えてしまう。

「それよりお母さん、その子、大丈夫なの？」

仲良くしてくれる日本人女性がいると、歩の話を出したのがまずかった。わざわざ待ち合わせをしてホテルまでの夜道を同行してくれるなんて、そういった年の離れた若者の親切を訝《いぶか》しがるのも無理はない。モデルのような華やかな仕事も、すぐにLINEを交換したことも、娘の猜疑心《さいぎしん》を煽《あお》っているのだろう。

「親しくなったといっても、球場の行き帰りだけの話よ」

「お母さんは世間知らずなところがあるんだからさ。年寄りがお金取られたりトラブルに巻き込まれるの、本当に洒落《しゃれ》にならないよ？」

リスクの多い海外旅行だからといって、頭ごなしに人を疑うのはいかがなものか。娘の心配はありがたいが、歩の名誉が傷つけられるのは本意ではない。鈴子が押し黙っていると、

「なんか大谷にテンション上がって、気が大きくなってるんじゃないの？」

と、奈津は鋭い釘を刺してくる。確かに渡米以来、興奮状態が続いているし、油断も出てくるタイミングだ。だからといって他人の悪巧みが見抜けないほどではない。ましてや歩には助けてもらうばかりで、昼間に球場で食べたナチョスだって歩がいなければ

出会えなかった味だった。歩は決してそんな人じゃないと鈴子が強く言い張ると、

「お母さんがろくに知りもしない人を盲信してるから、こっちは心配してるんですけど」

と、余計に語気を強められてしまった。そうじゃないのに。うまく説明できなかったもどかしさと申し訳なさを抱えながら通話を切ったが、「盲信」という棘《とげ》が喉の奥に引っかかる。

明日もっと歩の素性を聞いてみようと思った自分にも嫌気がさして、鈴子は部屋の電気を消した。

## 4th inning

夢の観戦旅程もいよいよ後半戦。今日からメジャーリーグ屈指の人気チームであるヤンキースと対戦する。

この試合からは鈴子は3塁側のシートを取っていて、アングル違いの大谷翔平を愉しむ算段だった。

そして迎えた7回裏2点を追うエンゼルスの攻撃。大谷サンが立つバッターボックスに向け、満を持して双眼鏡を覗いてみる。その瞬間、鈴子の心臓が撃ち抜かれた。結ば

れる像は決してクリアではないのに、高画質の映像より何倍もドキドキするのは圧倒的な距離感のせいだ。伸ばせばすぐ手が届くと錯覚してしまう。首筋の筋肉の隆起や肌の質感まで生々しく感じられて胸が疼《うず》いた。そのあまりの苦しさに「はうぁ」とおかしな息が漏れてしまった。完全なる背徳行為だと思う。大谷サンに対して。そして亡《な》き夫に対して。

動揺の手ぶれで大谷サンを見失っていると、スタジアム中が地鳴りのように沸いた。慌《あわ》ててボールを追ってみたがどこにも見えない。大谷が悠々と1塁ベースを踏み、ガッツポーズをしている。

「Got it!」「いいぞぉ大谷〜!」「Oh my gosh!! Shohei!」

2塁ベースを越えようとするあたりで、米国人も日本人も皆が立ち上がって歓声を送り、3塁側スタンド総立ちで迎える。そこでようやく鈴子は自分が息を吸うのを忘れていたことに気づいたのだった。

同点となる2ランホームラン。

やはり兜は誰より大谷翔平の頭上が似合う。

「今日もやりましたね」

鈴子はポンポンと肩を叩かれ、振り向くと斜め後ろに歩が座っていた。「いえーい」

と手の平を向けられ、両手で思いっ切りハイタッチをする。

試合は延長戦に入ると、小さな子どものいるファミリーや、帰りの渋滞を避ける人たちが次々と帰り、座席が所々空いていくのだ。終盤になれば、席を移動しても係員に見過ごしてもらえるようだった。

「内野って、こんなにも近くに選手が見えるんだ」

歩は目を細めながら、ビールを飲んで独りごちた。

ドラマチックな展開の代償に、球場を出ると22時を過ぎていた。帰り道がもしもひとりならどんなに怖かったことか。歩に不当な疑いを向けていた我が娘に言ってやりたい。鈴子に寄り添うように歩幅を合わせてくれるなんて、夫にだってされたことはなかった。

「大谷って、いちいち華がありますね」

歩がポツリと言った。7回裏には大谷サンは3試合連続となるホームランを放ち、チームも劇的なサヨナラ勝ちを収めていた。鈴子はうんうんと全力で同意しながら、これまで胸に留めておいた疑問をついロにする。

「歩さんはなんで野球を観ようと思ったの？」

旅先に限ったご縁だと理解している。相手が話さないことは知ろうとしないのが大人のマナーだとも弁《わきま》えている。だけど大谷ファンでもエンゼルスファンでもないのに、毎日球場に足を運ぶのはちょっと普通じゃない。

歩はちょっとだけ間を置いて、くだらない話で恐縮なんですけど……と前置きをして話し始めた。

「わたし、大谷翔平と同い年って言いましたよね？　実はそれだけじゃなくて、岩手県の水沢《みずさわ》の、同じ病院で同じ日に生まれたんですよ」

鈴子は「えぇえー」と頓狂《とんきょう》な声を上げ、思わず立ち止まってしまう。予想外の方向から飛んできたボールにすぐには反応できないものだ。はは、と乾いた笑いで応じながら、歩は続ける。

「母の実家が水沢で。あ、今は奥州《おうしゅう》市ですけど。いわゆる里帰り出産で1ヶ月もしないうちにわたしを連れて神奈川の自宅に戻ったわけですけど」

先へ歩くように促されながらも、鈴子は耳をそばだてる。

「でも母が覚えていて。国道沿いの産院で同じ日に生まれた男の子を。高校生ぐらいから大谷の情報が世間を騒がせるようになって、誕生日と出生地と苗字《みようじ》から、あ、この子だったのかって」

大谷翔平は花巻東《はなまきひがし》高校時代、160キロの球を投げる史上初の高校生としてメディアを賑《にぎ》わせていたらしい。鈴子は10年遅れで知ったのだが、地元では当時から大変なニュースだったという。

「でも別にそれだけのことだし、祖父母もわりに早く亡くなってしまったので、わたしが水沢に遊びに行ったのは中学生が最後でした。もちろん大谷翔平に会ったこともないですし」

歩の横顔を見上げても、MVPのキャップが影を落とし、どんな表情をしているのか見えなかった。なぜこんな重大なことを歩は今まで話さなかったのか。いや、ファンではない彼女にとっては重大というのも違うのか。落ち着いた口調ではあるが、鈴子はどこか翳《かげ》りのある言い方が気になって、

「よかったら、続きは部屋で話さない？」

と、踏み込んだ言葉が口をついた。きっと「それだけのこと」で済んでいるわけじゃないのだ。そうであれば歩が毎日、わざわざ球場まで行く理由が見当たらない。信号が青に変わり、前を行く人波に遅れないように渡っていく。

「ワイン持って行くので1杯だけ飲みますか。鈴子さんの疲れ具合が大丈夫だったら」

もちろんよ、と答えてホテルのロビーで一旦《いったん》別れる。どうせ明日も夕方まで予定などないのだ。鈴子は部屋にあったグラスを念のため水で濯《すす》ぎ、トランクの中からつまみになりそうなものをガサゴソと探した。チーズおかきならワインに合うだろうかと、扉がノックされるのをそわそわと待った。

## 5th inning

朝食のビュッフェは相変わらず賑わっている。

「今日も打ちますかね〜」

今朝もおじさんたちが上機嫌で団欒《だんらん》する声があちこちから聞こえる。数日だけの顔馴《な》染《じ》みとなる不思議な場所だが、エンゼルスが遠征に出た途端にこのホテルから日本人観光客もパッタリいなくなるらしい。それゆえ長期滞在だと宿泊費は割安なのだと歩が言っていた。野球観戦以外にはやることもない場所ですからね……と笑いながら。

朝はコーヒーとナッツだけ。そう言っていた彼女の姿を今朝はまだ見ていない。鈴子はオレンジジュースを片手にライ麦のパンをトーストした。今日はアプリコットのジャムとクリームチーズの組み合わせにトライしてみよう。だけど部屋に戻るとまだ寝足りない気がして、朝食にラップをかけて、とりあえずベッドに逆戻りする。おかげさまで毎晩ぐっすり眠れているからか、この部屋の天井をじっと眺めるのは初めてだと気づいた。

全米における大谷翔平の人気は想像を遥かに超えていた。日本国内でどんなに「ハリウッド俳優」ともて囃《はや》されても、こっちでは顔も名前も誰も知らない。そんなことはよくある話だと聞く。だけど鈴子は自分の目で、性別や国籍に拘《こだわ》らず、子どもも大人も背番号17のユニフォームを着ている姿を目撃した。バブルヘッドの人形は常に品切れ状態で手に入らない。申告敬遠には、敵チームのファンからも大ブーイングが起こる。すべてこうしてアメリカまで足を運び、自らの目で見たから知ることができた。

2020年、世界中がパンデミックに沈んだ夏。米国で彼はまだスーパーでもスターでもなかった。メジャー3年目のあの年は17番のグッズなんて大量に売れ残っていたはずだ。肘《ひじ》と膝の手術を終えても投打共に振るわず、二刀流どころか一刀流も儘《まま》ならぬと揶揄《やゆ》されていた。だけど当てもなくリモコンを回したテレビの中で鈴子の目に留まったのは、投げるでも打つでもなく、彼の走る姿だった。大きなストライドで伸びやかに加速する。たとえ惜しくもアウトになってもその走塁は美しかった。

その日以来、鈴子はちゃんとお化粧してからテレビの前に座ろうと決意した。大谷を観戦するたび、ひとりぼっちの部屋の空気が揺れるように感じたのだ。それからの彼の快進撃を思うだけで鼻の奥がツンとする。翌シーズンのMVPなど誰が想像していただろうか。

この目で大谷サンを見守れる試合も残すところ2つ。どうしたらこの余りある感謝を彼に届けられるだろうか。

ひとり娘も自らの家庭を作り、4人の老いた親を順々送り、夫も逝《い》ってしまった。もう自分にできることはすべて終わったような気がしていたけれど、本当にそうだろうか。瞼《まぶた》の裏には、昨夜の歩の姿が浮かんでいた。

「数年前まではちょっとした小ネタだったんです。話のきっかけになればいいな、ぐらいの」

大谷翔平と同じ日に、同じ病院で生まれた女の子。この部屋のすぐそこのソファの上で語られた歩の言葉を反芻《はんすう》する。

「でも今じゃ、それが自分の一番の価値みたいになっちゃって。おかしいですよね。大谷が凄《すご》いだけで、そんな偶然に何の価値もないのに」

愚痴みたいな話で情けないですと、歩は持ってきた赤ワインのボトルをグラス半分までトクトクと注ぐ。年齢と共に仕事が減り、新たなチャレンジも失敗続きであることを歩は隠そうとはしなかった。ソファの上で折り曲げる膝にちょこんと顎《あご》を載せる姿が、昼間とは別人に見える。

「そんな……」

大谷翔平と比べる必要なんかないと続けようとしたが、鈴子は自分の残酷さに口を噤《つぐ》んだ。

「自分で言うのも烏滸《おこ》がましいですが、わたしこう見えてストイックっていうか、努力するのが苦にならないタイプなんです。だから大谷の姿勢にはすごく共感するところがあって」

一流のモデルの基準はわからないが、歩のしなやかな身体を見れば、それが自尊ではないことは明白だ。毎日ワークアウトに励み、食事の管理を徹底し、英語も学んだ。遊ぶ時間はすべて表現力を磨くために使った。20代最後の夏を勝負と決め、若い頃から無駄遣いせずに貯《た》めたお金でロサンゼルスに来た。

それなのに50件以上のオーディションに見事全滅。あらゆるエージェントがバケーションに入り、受ける案件がなくなった歩はアナハイムに来ることを決めたという。

「この先なにを努力すればいいのか、頭に何も浮かばなくなっちゃって。もはやこの目で大谷を見てやろうって思ったんですよ」

カリフォルニアのワインは美味《おい》しいと娘から聞いていた。だけどもうそれどころじゃない。淡々とグラスを空ける歩から目が離せないでいる。

「正直、本当にびっくりしました。あんな1㎜も気を抜いてない人って滅多にいないですから」

思わず「へ?」と首を傾《かし》げる鈴子を慮《おもんぱか》って、歩は続けた。

「うーん。なんて言えばいいんですかね。ものすごい集中している状態が自然な状態になってるというか。いまの大谷は一挙手一投足、考え尽くされてないところが、どこにもないように見えるんですね。普通そうなるとストイック過ぎてピリピリした空気が出ちゃうのに、彼には周囲を魅了する圧倒的なおおらかさがある。もう完敗ですよ」

大谷翔平は野球選手として、人間として、こうあるべきだという理想を愚直に実践している。それこそが世界が認める大谷サンの魅力なのだが、歩は魅力という一言では片付けたくはないみたいだった。

「もう嫌になっちゃいますよね。同じ日に、同じ病院で、似たようなサイズで生まれてきたのに。あっちは全米MVPで、別の星から来た宇宙人じゃないかって冗談で言われてますけど。水沢から来たわけで」

いつもより饒舌《じょうぜつ》になっている歩のグラスに、鈴子はちょっとだけワインを注《つ》ぎ足した。透明感のある肌が薄桃色に艶《つや》めいている。これだけの恵まれた容姿と知性で、物憂《ものう》げに自嘲《じちょう》する歩が気の毒に思えた。

天賦《てんぷ》の才能。努力の天才。生まれながらのスター。神様。大谷翔平を別次元の人間だと賞賛で片付けてしまうのは簡単だ。けれども歩はあくまで大谷を同じ人間として見つめ、逃げずに自分と向き合っているのだ。

「わたし、歩さんが大谷サンの奥さんだったら許しちゃうな」

鈴子から見たら眩しいような輝きを持つ若者たち。

大谷翔平は誰と結婚するのだろう。そんな下世話なことが日本ではよく話題となっている。元人気アイドル。女子アナ。女優さん。信じられないぐらい美人の一般人A子さん。地元の女友達。年上の実業家。年上といっても自分の年齢に近いほど悔しくて憤死しそうだ。「あの人なら?」と思い浮かべては「違うな〜」なんて勝手にやっている。そしてこれまでのところ、一番悔しくない人は「彼の母親に似ている女性」で落ち着いていた。だけど今、目の前にいる歩ならば誰より大谷サンにふさわしい人物のように思えた。

「鈴子さんは本当におもしろい人ですね」

紅潮した歩の頬が少しだけ緩む。そして数日前に食堂で困っていた鈴子に声をかけたのは、大谷翔平の真似《まね》をしたのだと伏し目がちに明かした。誰に対しても分け隔てなく優しいスーパースターをリスペクトして、と。歩は「1杯で終わらなくてごめんなさい」と、いつもと変わらない足取りで、残ったワインボトルを片手に、自室へと戻っていった。

17時。約束の時間より20分も早く、鈴子はロビーで歩を待っていた。すっかり顔馴染みとなったフロントの女の子に「Everything is OK?」と聞かれても「Yes, I'm fine, thanks.」と元気よく答える成長ぶりだ。1週間の滞在などあっという間に過ぎてしまうだろうと無常迅速を悟っていたが、それにしてもここまでとは。

窓の外は夕方とは思えないほどの高さに太陽が留まっている。そしてこの湿り気のない空気は、大谷の打球をさらに遠くまで飛ばしてくれる。

「お待たせしちゃいましたか？」

時間通りに現れた歩は濡《ぬ》れ髪でMVPのキャップを手に持っている。この暑い最中、ジョギングに出ていたのだという。オーバーサイズの鮮やかな緑色のTシャツをワンピースのように着こなして、今日もやっぱり洗練されていた。

「そういえば鈴子さんは大谷のユニフォーム着ないんですか？」

鈴子は紺色の開襟シャツにふくらはぎまである薄紫色のフレアスカートを合わせている。

「実は日本から持って来ているのだけど……ちっとも似合わなくて」

大谷サンをテレビ観戦するときは、いつもこっそり着ているのだと打ち明けると、歩は屈託のない笑顔を見せる。渇いた風に髪がなびいて気持ちが良さそうだ。

「大谷翔平に教えてあげたいですよ。こんな愛すべきファンがいることを」

巨大な駐車場の先にあるスタジアム。たった5日間のことなのに、もう近所のスーパーに通う道のごとく愛着が湧《わ》いている。悔いのないよう応援せねばと鈴子はぎゅっと拳に力を入れる。

「大谷は今日も打つのかなぁ」

歩の声が青い空に消えていく。

歩が興奮した顔で鈴子のシートに移動してきたのは、6回の攻撃が終わった直後だった。

「やっぱり今夜も打ちましたね！」

大谷サンの「応援ではない」と言っていた歩の声が弾んでいる。5回裏の3打席目でライト線へ打ち込み、鈴子の前を風のように走り抜けていった。コロナ禍で目を奪われたあの全力疾走。躊躇も無駄もない走塁で2塁ベースをまわって、タイムリースリーベースヒットとなった。本塁打も素晴らしいけど、三塁打も格別に美しい。この回を終えるとスコアは5—1と開き、ヤンキースファン達は次々と席を立って帰ってしまった。

運よく空いた隣の席に歩が座り、小さな赤いヘルメットを渡してくれた。思わずナチョスかと身構えると、歩がくすくすと可笑《おか》しそうに笑う。

「ディッピンドッツです。昨夜のお礼に」

見るとビービー弾みたいな大きさのカラフルな粒が無数に入っている。スプーンで触れるとそれが溶けるものであることがわかった。「粒状のアイスですよ」という歩の補足に安心して、鈴子は口に運んでみる。夏らしい爽《さわ》やかな甘酸《あまず》っぱさと初めての食感がなんとも楽しい。

「これなんの味だったかしら……」

知っているはずなのに思い出せない。遠い記憶の中にいる小学校の友達のような……。

「色に惑わされちゃいますよね」

という歩の言葉をヒントに、ラムネだと気づく。ビー玉が詰まらないように懸命に傾けた瓶。水色だけの粒ならばすぐにわかったかも知れないが、まさかアメリカで再び出会うとは思ってなかった。きっと大谷翔平も岩手県水沢の夏祭りで飲んだことがあるだろう。もしかしたら祖父母と手を繋《つな》いだ歩とすれ違っていたのかも知れない。

「あ……」

子どもの特権みたいなラムネの味。大谷のホームランを飾る兜。抜けるような青空。

鈴子はいたずらを思いついたように、球場を見渡してみる。

「ねえ歩さん、要らない服とか持ってない？」

鈴子の突拍子もない問いに、歩は目を大きくする。

「服、足りなくなっちゃいました？　ホテルにランドリーもありますけど」

「そうじゃないんだけど……ちょっとわたし、今夜作りたいものがあって」

歩の顔には「？マーク」が浮かんだままだ。

「応援グッズっていうか……。もし良かったら手伝ってくれるかしら」

歩は事情が飲み込めない様子だが、それならば夜ごはんをテイクアウトしますかと、ホテル近くのお店を探してくれた。

「Can I cut cloth with these scissors?」

借りた2つのハサミを手に、フロントの女の子にポケット翻訳機を向けると「ノープロブレム！」と快諾してもらえた。切れ味が悪くなるのは気にしないお国柄なのだろうか。かといって布切りバサミを持参しているはずもなく、笑顔で「サンキュー」と甘えることにした。ついでに使わない古いシーツも1枚ゲットする。

青いラインのボーダーシャツ。薄手のジーンズ。脱いだばかりの紺色の開襟シャツと薄紫のスカート。出番のなかった萌黄《もえぎ》色《いろ》の7分袖カットソー。緑色のコットンスカーフ。鈴子は使えそうなものを全部ベッドの上に並べてみて、日本では気が引けるカラフルな服を思い切って持ってきて良かったと思った。

夕食のビニール袋を抱えて部屋にやってきた歩をひとまずソファに座らせて、

「鯉《こい》のぼりを作ろうと思って」

と鈴子は打ち明けた。

まずは10センチぐらいの鱗《うろこ》型に布を断って、持ってきたソーイングセットで1枚1枚縫い合わせていく。青系を真鯉にして、赤系の緋鯉《ひごい》、薄紫を子鯉に。黄色や黒で目の丸縁を作って、おなかの部分はシーツの白を入れるとそれっぽく見えるはずだ。

問題はホテルの光量である。机にある小さなスタンドが唯一《ゆいいつ》の蛍光灯だ。その下で針を運び、縫い目を追うしかない。徹夜覚悟でやるのだと老眼鏡を念入りに拭《ふ》いていると、「ならば考えがある」と言って部屋を出ていった歩が10分ほどして戻ってきた。

「秘密兵器、借りてきましたよ」

その手にはおもちゃの拳銃みたいなものが握られている。満点のテストを母親に見せるときみたいな誇らしげな顔だ。

「これ、グルーガンっていって、何にでも使えるボンドみたいなものです。縫うのは時間かかるし、きっと糸が足りなくなります」

鈴子は思わず拍手をして「参りました～」と両手を合わせて歩を拝んだ。

「あと、これ……」

と、歩は朱色のワンピースを遠慮がちに差し出した。

「真鯉はやっぱり赤じゃないと」

だってエンゼルスですから……と微笑む歩を鈴子は慌てて諫《いさ》める。

「ダメよ。こんな素敵なワンピースなのに」

手に取れば上質なシルクのそれは縫製も繊細で、明らかに高価なものだとわかる。この服を着てオーディションに向かう歩の姿がはっきりと目に浮かんだ。それでも歩は「職業柄、衣服だけはいくらでもある」と言って、潔《いさぎよ》くハサミを入れてしまった。

買ってきてくれた夕食をつまみながら、ふたりで黙々と布を裁断していく。球場に持ち込める応援バナーのサイズには厳密な規定があった。たとえ規定内でも大きさによっては周りの観客たちの邪魔にもなってしまう。それらを考慮して真鯉の大きさを80㎝ぐらいに決めてから、机の上に鱗のピースを並べていく。色味とフォルムを調整しながら大中小とサイズ違いを作っていくのは思ったより骨が折れる作業だった。

「ごめんなさいね。こんな遅くまで付き合わせて」

紙皿で芯《しん》を作り、布を巻きつけて口の部分を作りながら、鈴子は詫《わ》びる。

「いえいえ、手芸部みたいで楽しいですよ」

目玉の大きさと位置で鯉のぼりは印象が変わる。そんなことは作ってみるまで知らなかった。歩はひたすら鱗をカットしながらポツリと言った。

「こんなこと考えるなんて、鈴子さんと暮らした旦那さんは楽しかったでしょうね」

鈴子は作業の手を止めてキョトンとしてしまう。

「……どうだろう。仲は悪くなかったけどそんなことなかったと思うな。夫はね、仕事の虫みたいな人で。わたしはほら、炊事洗濯みたいな家のことしかやってこなかったから」

単身でアメリカまで野球観戦に来ていると夫が知ったら、目を丸くするに決まっている。

「鈴子さんとごはんを食べるだけできっと楽しかったはずですよ」

歩があまりに確信めいた口調で言うから、「そうだといいんだけど……」と鈴子ははにかんだ。

「夫が食べた最後のお味噌汁がね、ちょっと濃かったのよ。あと少しで使い切るところだったから全部入れちゃえ、って」

ずっと胸につかえていたことがポロッと出てしまった。夫はお味噌汁が好きで夏でも欠かさずに作っていたこと。だから365日、毎日具を変えることに挑戦していたこと。意外と評判が良かったのはトマトと卵。そんな瑣末《さまつ》な話を歩は微笑んで聞いてくれた。

「なんでその日に限ってって思うのよね。悪いことしちゃったなぁって」

「旦那さんって、鈴子さんが応援したい人だったんですね」

歩の言葉に「どうして？」と思わず前のめりになってしまった。鈴子は眼鏡を上げて歩に尋ねる。

「どうしてそう思ったの？」

歩は真鯉パートの鱗制作が終わったようで、立ち上がって大きく伸びをする。

「だって鈴子さん、添い遂げるならこの人だって思わない限り、普通はなりませんよね、鈴木さんには」

一瞬の間のあと、鈴子は笑い声をあげていた。そんなふうに考えたことはなかったが、だからわたしは鈴木鈴子になったのか。

「さあ、ちょっと休憩しましょう」

キッチンでお茶のためのお湯を沸かす。できることなら歩には、ティーバッグじゃなくてお気に入りの急須《きゅうす》で淹れてあげたい。からだの芯まで温かさがじんわり広がっていくのは、マグカップの緑茶のおかげだけではなかった。

## 6th inning

カーテンをきっちり閉じたのが逆効果だった。目覚ましをかけずとも起きられるだろうと高を括《くく》っていたら、朝食ビュッフェはとっくに下げられている時間だった。

昨夜は歩の秘密兵器のおかげで、深夜2時過ぎには3匹の鯉のぼりがどうにか完成した。とてもじゃないが鱗を1枚1枚縫い合わせていたら、朝になっても終わらなかっただろう。疲れてないといえば嘘になるが、それでも気分は晴れやかだった。

「ぐっすり眠れましたか?」

先にロビーに来ていた歩はコーヒーを飲んでいた。しなやかに組まれた脚の美しさに、鈴子は何度でも見惚《みと》れてしまう。

「ばっちりよ。今日も暑そうね」

ふたつの影を隣に並ばせて歩くのも最後かと思うと、鈴子はなんとも言えない気持ちになる。明朝は9時にはチェックアウトして早めに空港へ向かう予定だ。

缶ビールと水を2本ずつ買って、エスカレーターでスタジアムの最上階へと上がる。1階席よりも遥かに長い通路を歩くと、鈴子は改めてエンゼルススタジアムの大きさを実感できた。内野席の喧騒《けんそう》とは違って、ボールパークと呼ばれるのも頷《うなず》ける、のどかな公園のような雰囲気が漂っている。スタッフは鈴子のチケットに不思議そうな顔をしたものの「It's OK!」と通してくれた。

「本当に良かったんですか？　最終日なのに、せっかくの内野席……」

歩に聞かれ、いいのよと即答する。

「最高の眺めねぇ」

今日は平日のデイゲームなので外野席はガラガラだ。先に階段を降りていく歩の後ろについていて、前から4列目のシートに腰を下ろす。鈴子は直射日光から身を守るべく、つばの広い帽子をしっかりと被り直した。

球場全体を見渡せるレフトフィールドのシートは、大谷のホームランボールが飛んでくる場所でもある。その飛距離も体感できて、彼の地道な筋トレの賜物《たまもの》だと感激も一入《ひとしお》だ。

「そろそろ準備しましょうか？」

1回表のヤンキースの攻撃が終わり、エンゼルスの攻撃が始まるタイミングだ。大谷はホームランを打ったら絶対に球の行方を確認する。だからボールの着地地点こそが大谷の視界に入るチャンスエリアだと言い出したのは歩だった。あらゆる角度で打ち分ける大谷ではあるが、統計を見るとバッターボックスから正面ちょっと左側が比較的多いという。昨夜の歩は、鱗をハサミで切る合間に熱心にスマホで検索していた。

歩はビニールバッグから取り出したそれの鱗を優しく指で撫でて整えている。

「こんな力作ができちゃって。鈴子さん、来年の夏もまた来ないと」

歩の本気とも冗談とも取れる言葉に、

「元気に来られるように、帰ったらトレーニング頑張らなくちゃ」

鈴子は力こぶを作って見せ、ただの散歩であることを口に手をやって打ち明けた。歩は小さな笑顔を見せてから、

「わたしも鈴子さんと一緒にまた野球が観たいです」

と正面を見据え、この夏を名残惜しむように呟いた。

1番打者のネトが初球を打つとサードゴロに倒れ、ついに出番がやってくる。つぎの瞬間、鈴子は腕を伸ばして鯉のぼりを思いっきり振った。

「大谷サーーーン！」

気づけば鈴子は大きな声を出していた。棒類の持ち込みについては記載がなかったので、仕方なく何本も束ねた割り箸に糸で結んだ代物だ。それゆえ腕で大きく8の字を描いて、泳がせるしかない。

「大谷サーーーンがんばれぇぇ」

立ち上がって声を張る鈴子を、両手で緋鯉と子鯉を担当している歩がびっくりした顔で見上げている。自分でも聞いたことない声量に、驚いたのは鈴子も同じだった。「こんなおばあちゃんが」とは不思議ともう思わない。

「大谷サーーーンがんばれぇぇぇ」

青い空にエンゼルスレッド。季節外れの鯉のぼりは鱗までひらひらと宙を泳いだ。寄せ集めで色も素材も混ざった布が、アナハイムの眩しい光を受けてキラキラと輝いている。

どうか大谷サンが行きたいところまでどこまでものぼって行けますように。

バッターボックスの大谷翔平はフォアボールを選び1塁に向かう。鈴子が夢中で真鯉を振っていると、次の打者がホームランを打った。大谷サンが悠々とダイヤモンドを駆け抜けていく。今日は豆粒のようにしか見えないのに、彼の無邪気な笑顔が、鈴子の目にはっきりと浮かんでくる。

# 夏のカレー

原田ひ香

原田ひ香　Harada Hika

1970（昭和45）年、神奈川県生れ。2005（平成17）年「リトルプリンセス２号」でNHK創作ラジオドラマ大賞受賞。'07年「はじまらないティータイム」ですばる文学賞受賞。著書に『ランチ酒』『三千円の使いかた』『財布は踊る』などがある。

葬儀から帰ってくると、家の前に女が立っていた。

彼女はドアを見つめるように鼻先をくっつけて立っていたので、顔は見えなかったが、その背格好や服装に見覚えがあった。

冴子《さえこ》だ。

「久しぶりだなあ」

後ろから声をかけると彼女はくるりと振り返って、にやっと笑った。やっぱり、玉村《たまむら》冴子だった。

「しーやん！」

冴子にしか呼ばれないあだ名だった。それを最後に聞いたのは十年以上前だろうか。竹中静夫《たけなかしずお》だから、しーやん。

肩くらいまでのセミロングの茶色い髪に紺の小花柄のワンピースを着ている。おれと同い年だから六十にはなってるはずだ。その歳《とし》で花柄はないんじゃないかと思われそうだが、冴子にはよく似合っていた。

「どこ行ってたの？」

この服を見ればわかるだろ、と内心思いながら「葬式」と短く答える。

「しーやん、今、何しているの？」

矢継ぎ早に聞いてくる。それも昔と変わらない。家の中に入ると、冴子が「ね、お塩まかなくていいの？」と言った。

「え？」

「お葬式から帰ってきて、塩まかないの？」

おれはしげしげと彼女の顔を見た。昔と変わらず、鼻の頭にそばかすが浮いている。歳を取るとシミに変わるというが、冴子のはまだそばかすに見えた。そして、「いい」と短く答えて首を振った。

「なんで？」

「もう、家に入っちゃったし」

「やーねー。しーやんて昔からいい加減だよね」

喪服の上着を脱いでハンガーにかけたり、手を洗ったりしている間、冴子はうちの家の居間の真ん中あたりに所在なげに立っていた。

「しーやん、奥さんは？」

「三年前に死んだ。知らなかったか？」

「うん。いや……聞いたかもしれない」

たぶん、嘘《うそ》だ。冴子はおれをいい加減だと言うが、自分だってかなりのものなのだ。聞いたそばから忘れてしまう。

「おれの奥さんがいるかどうかわからなかったのに、家に来たの？　いたらどうしてたんだよ」

冴子は肩をすくめて、笑った。

まあ、昔からそういうところがある女だった。


知り合ったのはきっかり二十《はたち》だ。

地元の成人式の日、終わったあと、高校時代の友達と二次会をした。そこに同級生の彼女としてやってきたのが、振り袖《そで》姿の冴子だった。

二次会と言っても、結構、大きな会場で開催されていて、ほとんど同窓会という感じだった。おれには当時、彼女がおらず一人で参加していたが、彼女や彼氏を連れてきたやつらも数人いた。

当然、そういう時は自分の彼女や彼氏の面倒はみるべきだと思うけど、冴子の彼氏はサッカー部の部長やクラス委員なんかもやってた人気者で、平気で彼女を置いてきぼりにして自分は他のクラスメートたちの中心になって騒いでいた。

冴子はぽつんとグラスを持って部屋の片隅にいた。

「大丈夫？」

自然に話しかけていた。

もしかしたら、つっけんどんに返されるかもしれない、と危惧《きぐ》していた。でも、彼女は自然に笑った。

「はい」

「こういうところで一人になって、不安じゃない？」

「まあ、慣れてるので」

苦笑していた。

「雄馬《ゆうま》、人気者だものね」

その恋人は長谷川《はせがわ》雄馬と言った。名前からして、人気者で男らしい。

「ねえ、雄馬とはどこで知り合ったの？」

「大学のサークルで」

「同じ大学？」

「いいえ。私は女子大で。雄馬君は隣の大学で合同サークルなんです」

「なるほどねー」

別に人の彼女の面倒をみてやらなければならない義理なんてない。下手すると、変な誤解をされる恐れもある。もちろん、下心なんかなかった……と思う。

自分はお人好しだなあ、と思いつつなんとなく話していた。

振り袖姿が、まるで数年前の京都修学旅行で見た舞妓《まいこ》さんみたいだった。鮮やかな赤にも白にもピンクにも見える色の着物で、生地がぽってりしていたからかもしれない。他の女の子が着ている、ぺらぺらとした振り袖とは一線を画していた。それは総絞りという高価なものだったからだということを知ったのは、のちに、日本舞踊が趣味の女と付き合ったためだ。

彼女の父親は銀座のあたりにビルを持っていて、当時はとても羽振りがよく、一人娘の彼女をとにかくかわいがっていた、らしい。

話しているうちに、共通の友人がいることもわかった。

とはいえ、その日はそこまでだ。だって、向こうは学年一の人気者の彼女だったわけだから。

「じゃあ、しーやん、今、一人暮らしなの？」

花柄のワンピースのすそをもてあそびながら、冴子は言う。

「うん」

「彼女とかいないの?」

「いない」

「今、何してるの?」

また、最初の質問に戻った。

「去年、会社を定年になってから、人の紹介で違う会社で働いてる」

「再就職というやつだ」

「そう」

「しーやんが定年なんてねえ」

すると、冴子はこちらの顔をじーっと見つめた。

「本当だ。やっぱり老《ふ》けたねえ」

「同い年じゃねえか」

「お互い、六十だもんねえ」

だけど、冴子はまだほっそりしているし、花柄のワンピースも似合うし、ばばあには見えない。ちゃぶ台の前に座ると、冴子もその向かいに座った。

「お茶でも飲むか」

「私、やるわ」

冴子はよっこいしょ、とちゃぶ台に手をついて立ち上がり、キッチンというより台所の言葉が似合うところに立つ。

「お茶っ葉は……」

「あ、だいたいわかる」

冴子は楽しげに話しながら、お茶を淹《い》れてくれた。昔から、こういうことはこまめにやる女だった。料理もうまい。

しーやん、抹茶《まっちゃ》入り玄米茶なんだ、私もこれ好き、気が合うね、というか、昔から食べ物とかの好みは合ってたよね、このやかん使っていい？　しーやん、電気ケトル買えばいいのに、あれ、便利だよ、一瞬でお湯が沸くもん、高くないよ、二千円ぐらいで買えるのもあるよ、お茶碗《ちゃわん》はどこ？　あ、マグカップ派か……ねえ、しーやん、お腹へってない？

冴子の小鳥がさえずるような声を聞きながらおれはぼんやりする。


「もしかして、静夫さん？」

二回目に会ったのは六本木のディスコだった。

いわゆるダンスパーティというやつだ。

おれは会社員になっていた。ぱっとしない東京の大学でもそこそこの会社に入れた時代だったのだ。おれは東京に本社がある鉄道会社に就職した。入ってみたら、東大出以外は人間ではないというような社風で、いきなり、駅員としての講習を受けさせられ、数年間、地方の駅員勤務、切符切りをさせられた。と言っても、今の若い人にはわからないだろう。

毎日、毎日、先輩に怒鳴られ、高飛車な客に怒鳴られ、社内には組合があってぎすぎすし、もう、やめようかなと思い詰めていたところで、本社勤務の辞令が下りた。

不思議なことに、本社の広報課に配属になった。もちろん、入社の時にプレスを希望部署には入れていたけど、行けるとはまったく思っていなかった。

本社とはいえ派手な社風ではなかったが、あの頃は日本全体が妙に浮かれていた時代だった。そんな中、付き合いのある記者やマスコミの連中からもらったパーティ券だった。

「やっぱり、竹中静夫さんじゃん。元気？」

振り返ると、とさかのように前髪を立てて、身体《からだ》に張り付くようなボディコンのスーツを着た冴子がいた。

「あ、冴子……さん？　雄馬の彼女の」

「もう別れたけどね」

彼女が笑うと青みピンクという当時大流行していたディオールの口紅色をした唇が、にゅーっと大きく広がった。正直、振り袖の方が似合うなあと思った。丸顔の冴子にはとさか前髪も、ボディコンも似合わない。だけど、今風の女には見えた。

「別れたんだ」

「ねえ、ここ、うるさいから、外に出ない？」

耳元でそう怒鳴られて（怒鳴らないと聞こえないような音量だった）、どきっとした。

「友達と来てるんじゃないの？」

「そうだけど、ちょっと飽きちゃった」

彼女はぺろっと舌を出した。

こんな華やかなことは社会人になって初めてだった。

冴子は、友達の方に手を振って「もう帰るよ」と口をぱくぱくさせて伝えていた。だけど、その友達が、激しいライトの下で踊っている男女のどこの誰なのか、おれにはわからなかった。


「さあ、できました。冷蔵庫の中のもの、使ったよ」

歳だけはばばあの冴子が作ってくれたのは、小さめのジャガイモと人参《にんじん》がごろごろ入った、黄みがかったカレーだった。たぶん、ご飯は炊飯器の中で保温してあったものだろう。

彼女が台所でとんとんしている間、なんだか、カレーみたいな匂《にお》いしてるなあとは思っていたのだ。

「あっという間に作ったなあ」

「冷蔵庫の奥に、カレー粉があったから」

「そんなのあったのか？」

「奥さんが三年前に買ったんじゃない？」

「大丈夫かなあ」

それは賞味期限は大丈夫か、という意味だったけど、冴子は違う意味に捉《とら》えたようだった。

「大丈夫だよ！」

背中をどんと叩《たた》かれた。

「味見したけどちゃんとおいしいよ」

冴子の料理にはぜんぜん不安を覚えてはいなかった。彼女が持ってきたスプーンで一口すくって頬張る。

「あ、ほんとだ。おいしい」

カレーにはジャガイモ、人参、玉ねぎ、そしてよくわからない野菜がさいの目に切られて入っており……それだけではない、何か、細切れの肉が入っていた。

「冷蔵庫に肉なんかあった？」

「なかった。だから、棚にあったコンビーフ使ったよ」

「あ、あれ、使っちゃったのか……」

お歳暮に取引先からもらった国産のコンビーフだ。いつか、晩酌の時にでもつまみにしようかと思って楽しみに取って置いたものだ。

「悪かった？」

冴子が笑う。

「いや、ぜんぜん」

冴子の料理の方が嬉《うれ》しい。

「これ、どうやって作ったの？　なんか懐《なつ》かしい味がする」

「冷蔵庫の中の野菜を一センチ角に切ってね、適当に炒《いた》めて、小麦粉とカレー粉を同量入れて炒めて、水を入れて煮て、最後にコンビーフを入れて」

「それだけ？」

「それだけ」

「カレーって、カレールーなしでも簡単に作れるんだな」

冴子は自分も口をもぐもぐ動かしながら言った。

「これは昔、おばあちゃんに教えてもらったカレーだよ」

あ、思い出した。

前も、冴子にカレーを作ってもらったのを。

「これは昔、おばあちゃんに教えてもらったカレーだよ」

あの頃、自分は会社の寮に住んでいた。寮と言っても、普通のワンルームマンション一棟を会社が借り上げて若い社員に貸し出しているタイプの寮だ。住人は同じ会社の人間だったが、あまり交流はなく、気楽だった。

六本木のディスコで再会した冴子とはすぐにお互いの家を行き来する仲になった。

彼女はその頃、代々木上原にある、親が税金対策のために買ったマンションに住んでいた。おれの部屋に毛の生えたような、キッチンだけは別の小さな物件だ。

彼女は確か、霞が関のあたりにある不動産会社で事務兼営業補佐をやっていた。それもまた、親父《おやじ》さんのコネで入った会社だ。給料は二十万くらいだったんじゃないだろうか。だけど家賃がかからないからすべてお小遣いにし、予定のない週末は都内の実家に帰って母親が作ったご飯を食べて、お惣菜《そうざい》をもらって帰る。そんな親がかりの生活でも、いつもお金がないと嘆いていた。毎月、四、五万もするボディコンのスーツやらワンピースやらを買っていたんだから当然だ。

良くも悪くも、彼女は親の力を借りまくって生きていた。今ならそんなの本当の自立じゃない、甘ったれだとか言われそうだが、当時はそんな女の子は東京にいっぱいいた。むしろ、親に言われた通りの仕事をし、実家にも顔を出す、「いいお嬢さん」と思われていたかもしれない。

「おいしい」

「そう？　しーやんの冷蔵庫、なんにもないんだもん、これくらいしかできなかった」

「カレー粉は？」

「途中で買ってきた」

「冴子はカレールー使わないの？」

「使うけど、時々、こういうの、食べたくなるんだよね」

「……今夜、泊まってく？」

できるだけさりげなく尋ねたつもりだったけど、冴子の手はピタリと止まった。

数ヶ月、お互いの家を行き来していたけど、実を言うと、おれたちはまだ「してなかった」。

その日も冴子は体に張り付くような、明るいピンクのボディコンのワンピースを着て、トサカではない、ワンレングスの長い髪を背中に垂らしていた。おれの家にいる時は前髪を立たせない。

そんなヌードに見えるような服を着ていても、冴子の貞操は固く、キスと胸を触ることだけは許してくれても、その下はダメだった。

「明日、休みでしょ。『ツイン・ピークス』のビデオ、全巻借りてきたんだよ。一緒に観《み》ようよ」

少し前に放送されて、大流行した海外ドラマの名前を挙げた。冴子もおれもまだ観ていなかったのだ。すぐに拒否されても仕方ないと思っていた。というか、断られる前提で話していた。ところがその日は違った。

「……あれ、全部で何時間あったっけ？」

冴子はすぐには否定せず、質問してきたのだ。あまりの驚きに、それだけでおれの胸は突然、早鐘を打ち始めた。

「三十回分ある」

「え。三十時間ってこと？」

「いや、一話、四十分か五十分ぐらいだからもう少し短いと思うけど」

「だけど、ほとんど、一時間じゃん」

「うん……」

冴子はカレーを食べ始めた。

「ちょっと観たいかも」

カレーをもぐもぐしながら言った。

「本当に？」

「……皆、すごくおもしろいって言うから……」

「だよね」

「明日は、実家に行くつもりだったんだけど……」

「うん」

「ママに行けないって連絡するわ」

おれらはその夜、初めて結ばれた。冴子は初めてだった。

いや、たぶん、初めてだったと思う。

「……あたし、結婚する人としかしないんだよ」

ローラ・パーマーの「世界一美しい死体」が出てきたところくらいから、夢中になってしまって、本当の目的を忘れそうになったくらい、ドラマはおもしろかったけど、六回分を観て、さすがに疲れてきたところで自然にキスが始まり、下の方に手を伸ばしたところでそう言われた。

「うん、わかってる」

おれは頭の中が真っ白になりながら答えた。

「もちろん、そのつもりだから」

「結婚するってこと？　本当に？」

「うん」

冴子はおれがそれまで付き合った中で一番美人で、一番お嬢さんで、一番お金持ちで、一番性格もかわいくて……一見、派手に見えるけど、本当はとても貞淑な一面を持っていて、料理もできた。正直、かなり参っていた。彼女とセックスできるなら、おれはその時、悪魔に人生を売り渡すくらいしたかもしれない。だったら、結婚くらい、どうということもない。

「嬉しい」

冴子が微笑《ほほえ》んだ。たぶん、そのあともその前も、あんなにかわいかった顔を見たことはない。

「だけど、許してくれるかなあ、冴子のお父さんとかお母さん」

「許してくれるよ。だって、しーやん、一流鉄道会社の社員じゃん」

「一流じゃないよ」

「東京に電車走ってるじゃん。しーやんの会社の電車見るたびに、あたし、嬉しくなる」

「給料安いよ」

「そんなに気にしない」

だろうな、とおれは内心思った。彼女の親はたぶん、結婚と同時にマンションを買ってくれるだろう。そのくらいの打算はおれにもあった。

「親に会ってくれる？」

「もちろん」

だけど、その日が来ることは決してないことを、その時のおれたちがわかるはずもなかった。


「この家、しーやんの家？」

冴子は築五十年以上の古い木造家屋を見回した。

「他人の家に住んでどうする」

「そういう意味じゃなくて、持ち家かってこと」

「うん、買ったんだよ」

「いつ？」

「十年ぐらい前かなあ」

答えながら思い出した。そうだ、この家を買ったのは冴子と最後に会ったすぐあとだった。

「すごいじゃん」

「安い家だよ」

一階に二間と台所、トイレ、風呂《ふろ》があり、二階に二間と小さなベランダがある。ほぼ同じ造りの家が五軒、並んで建っている。

十年前でも五百万くらいだった。今は二、三百万くらいかもしれない。でも亡《な》くなった妻、良子《りようこ》と一緒に一生懸命、探して買った、思い出深い家だ。池袋まで四十分くらいで行けるし、近くにスーパーもコンビニもあるし、住みやすい場所だった。四十半ば過ぎて一緒になったおれたちにはふさわしい家のような気がした。

冴子がテレビをつけると、高校野球をやっていた。

「高校球児って、不思議な存在だよね」

「そう？」

「ずっと、かっこよくて憧《あこが》れのお兄さんで……でも気がつくと、同じ高校生になっていて、すぐに年下になって……今じゃねえ、孫より年下かも」

「冴子、孫いるんだっけ」

「いるわけないじゃん。子供もいないのに。しーやんは？」

「死んだ妻の連れ子はいるけどな」

「今でも会うの？」

「いや、葬式と一周忌以来、会ってない」

「あれ？　三回忌は？」

「……向こうから連絡来なかった」

向こうにはその子供たちの父親……良子の前の旦那《だんな》もいて、きっと彼らにはそっちの家族の方が大切なんだろうと察することにした。だから、こちらからはあえて、連絡しなかった。葬式も一周忌も気まずい雰囲気だったし。

十年以上も一緒にいたのに、良子とおれは本当の家族とは認められなかったのかもしれない。

カレーを食べて、高校野球を観ているうちに眠ってしまった。

目が覚めると、日が落ちていて、小さな猫の額ほどの庭から虫の声がしていた。

とんとんとんとん、とまた台所で音がしている。おれの身体にはタオルケットがかかっていた。

久しぶりに思い出した。人と一緒に住んでいる感覚を。

「……しーやん、起きたの？」

「う」

もしかしたら、目が覚めた時、冴子は消えているんじゃないかと思っていたけど、ちゃんといた。

「あのさあ、ちょっとスーパーに行ってきてくれない？」

冴子はおずおずと言った。彼女は昔から、一見、派手そうに見えても、男に家事を頼むようなことはできない女だった。若作りでも、そういうところは六十の年齢相応だ。

「スーパー？」

「うん。夕飯の材料で買ってきてほしいものがあるのよ」

「いいよ」

よっこいしょ、と起きた。最近はこういう声をかけないと起き上がれない。

食卓の上に、すでにメモがのっていた。牛肉薄切り、茄子《なす》、竹の子、しめじ……結構長いリストだ。

テレビはすでに、夕方のニュースをやっていた。

「しーやんが材料、買ってきてくれたら、すぐできるから」

了解了解、といいながら、ポロシャツとスラックスに着替え、エコバッグを持って家を出た。

スーパーで冴子のメモに従って、一つ一つ品物をかごに放り込んでいると、体がどんどん冷えてきた。もともと室温を下げているうえに、冷蔵庫や冷凍庫がたくさんあるからだろう。妙に頭が冴えてきて、あの冴子が、昔、付き合っていた女が自分の家に今いるということが現実ではないような気がしてくる。

「あら、良子さんの旦那さん」

振り返ると、横幅が大きな六十代半ばの女性が声をかけてきた。良子が働いていた介護施設の同僚だった。

「あ、お久しぶりです」

「こちらこそ、お久しぶり。お元気ですか」

「なんとか、やってます……」

彼女は片手にプラスチックのかご、片手に小ぶりのタオルを握りしめ、汗をふきふき言った。

「この間もね、職場で良子さんのこと、話してたんですよ」

そこで彼女は声を詰まらせた。

「急だったでしょう。まだお若かったしね。私たちも三年経《た》ってもまだなんだかね……さびしいね、会いたいねって」

「ありがとうございます」

良子はガンが見つかって本当にあっという間、半年ほどで逝《い》ってしまった。

「旦那さんも気を落とさないで」

「……ありがとうございます」

もう一度、くり返し、頭を下げると彼女はタオルで汗か涙かわからないものをぬぐいながら去って行った。

三年経っても同僚の話題になる……他の人には驚きかもしれないが、自分には不思議じゃなく思えた。良子はそういう女だった。派手さはないが、ひたむきで真面目《まじめ》で……あの施設で、年配の同僚には手に余るような仕事を助けてやっていた。

しんみりした気持ちで、元恋人の……一度は婚約までした恋人の字のメモを見ながら料理の材料を買った。

家に戻ると、炒めた玉ねぎのいい匂いがした。

「おまたせ。買ってきたよ」

エコバッグを渡すと、冴子はそれをのぞき込んだ。

「茄子、牛肉、鶏肉……うん、全部そろってるね」

「なんか手伝うことある？」

「ないよ。だって、しーやん、料理できないじゃん」

おれは食卓に座って、また、テレビをつけた。高校野球は終わっていて、関東の身近なニュース番組をやっている。

「……今、一人暮らしなんでしょ。ご飯どうしてるの？」

「コンビニで買ってきたり……まあ、おれも味噌汁《みそしる》ぐらいはできるから」

「えー。しーやんが？　料理、できるようになったの？」

冴子は玉ねぎを炒めていた手を止めて、こちらを見た。本当に驚いているらしい。

「まあ、そのくらいはね」

本当はもう少しできる。味噌汁を作って、炊飯器でご飯を炊《た》いて、ちょっとした炒めものを作るくらいは。

冴子と最後に会ってから、十年以上経っているのだ。

良子も働いていたし、交代に作らないわけにはいかなかった。そして、死の直前に彼女は、一人になってしまうおれを心配して、さらに料理を教えた。

その時、ふっと気がついた。

あの頃、具合の悪い身体を押して、おれに必死に料理を教えたのは……おれが何度も何度も「そんなのいいよ。なんとかなるって。それに味噌汁とご飯ならできるし」と断っても、最後は怒るようにして教えたのは……他の女……特に冴子を家に入れたくなかったからじゃないか。

手が急に冷たくなった。

食卓の上に乗っていた夕刊を手に取った。小刻みに震えている。

そうだったのか、良子。あの病身で、そんなことを考えていたのか。

でも今の、今日の冴子なら、良子も許してくれそうな気がする。

「……しーやんの奥さん、いろいろ料理してたんだね。圧力鍋《なべ》もある。これ、使っちゃおう」

のんびりした冴子の声が聞こえてきて……気持ちが少し収まった。

「あ、そう?」

「これでやると、すぐできるからね」

おれは目をつぶる。

感情が思い出が……いろいろなことが波のように襲ってきて、くらっとめまいがした。

これはいけない、と目をつぶった。どのくらい時間が経っただろう。

「はい、しーやん、できました」

おれはゆっくりと顔を上げて、冴子を見た。

「あ、ありがとう」

「どうしたの?　しーやん、寝てたの?」

「いや、テレビを観ていた」

冴子が目の前に置いてくれた皿は……濃い茶色のカレーライスだった。スプーンも手渡してくれる。

「おいしそうだな」

あまり食欲はなかったが、そう言った。冴子も同じものを用意して、おれの前に座った。

「さあ」

彼女は微笑んだ。

「うん？」

「さあどうぞ。食べて」

おれは小さくため息をついて、スプーンを茶色のところに突っ込み、白飯と一緒に口に入れた。

「ものすごおくおいしい……お店みたい」

お世辞でなくそう言った。

とろりとした奥深い味、辛さの奥の旨《うま》み、甘み。ちょっとした洋食屋やホテルのレストランで出されてもおかしくない味だ。時短のためか、薄切りの牛肉が使われている。だけど、煮込まれてないためか、肉そのものの旨みがちゃんと残っている。

なん匙《さじ》か食べ進めるうちに、おれは思い出した。そして、スプーンが自然に手から落ち、頭を抱えた。

消えた。

『ツイン・ピークス』を観た夜から何度か冴子と寝て、彼女は時々、結婚式の話（打ち掛けにするかウエディングドレスにするか、教会か神社か、というようなたあいもない話だ）をするようになって、来月は親と食事しようね、というようなことまで約束して……おれももうある程度覚悟を決めて、彼女と結婚するつもりだったのに……消えた。

冴子が消えてしまった。

正確には、冴子とその両親、一家全員がいなくなったのだった。

当時、携帯電話は金持ちやその手の商売をしている人が持つもので、一般的ではなかった。冴子に連絡する時は夜や休日なら彼女のマンションの固定電話、平日昼間なら会社に電話をかけていた。

自宅の電話がまずつながらなくなった。彼女の番号は覚えていたのでそらでダイヤルをプッシュできたが、「おかけになった電話番号は……」と女性の声で言われた。

あれ、間違えたかな？　と番号を確認してかけ直した。が、やっぱりつながらなかった。何かの間違いだろうと思ったし、電話料金を振り込み忘れたとか、口座にお金がなくて引き落とされなかったとか（いつも服や靴にばかりお金を使ってしまう冴子にはめずらしくなかった）そんなことだろうと思ったのだ。

翌日、会社に電話をかけた。

「玉村冴子さんですか……あー、やめました」

「え？」

言われたことの衝撃より、次の瞬間に電話ががちゃんと切れたことの方が驚いた。

前にも言った通り、冴子は親父さんの友達が経営する不動産会社に勤めていた。親父さんもまた、不動産会社を経営していて、その後輩というか、その子分というか、親父さんの会社で修業し、一から鍛え上げられた人が作った会社だ。のれん分けのような、支社のような感じだったらしい。

生き馬の目を抜くような業界で、自分のやり方は人に教えないような輩《やから》が多いのに、冴子の親父さんは面倒見がよく、慕われていた。親父さんには頭が上がらないよ……それが口癖の社長の下でぬくぬくと仕事をしていた冴子。そんな状況でも偉ぶることもないから、会社でも皆と仲がいい、まるで家族のような会社だ、とよく言っていた。冴子じゃない人が電話に出た時も、おれの名前を知っているのか、「今、出かけてますよ。社長のお使いで銀座の和光に行ってます」と言われたり、くすくす笑われたりしていた。

それがあんなふうにがちゃんと切られるなんて……だいたい、あの会社はしつけが厳しいから、たとえ、相手がセールスだったとしてもそこまでそっけない対応はしないはずだ。

おれはもう一度電話をかけた。

「……すみません。玉村冴子……」

「だから、いません。やめました」

また、切られそうになる前に言った。

「すみません！　冴子の彼氏の竹中静夫です！　家の電話もつながらないし、どうしても連絡が取れなくて。冴子、どこに行ったんですか」

するとしばらく相手は黙ったあと、まわりに気を遣うような小声で「……私はよく知りませんが、お父様の会社が倒産したみたいです……」と言った。そして、おれがまた尋ねる前に、がちゃんと切れた。

倒産？　いったい、どういうことなんだろう。頭の中がぐるぐると回った。

もちろん、自宅のマンションまで行ったけど、鍵《かぎ》がかけられたままだった。ポストに手紙を入れておいたけど、返事はなかった。

冴子の実家は松濤《しょうとう》の一角にある一軒家だった。一度だけ、渋谷にタクシーで向から時、「うち、ここだよ」と親指で示されたことがある。そう大きくはなかったが、レンガの高い塀に囲まれ、一階は車庫になっている要塞《ようさい》のような家だ。

記憶を頼りにその場所にも行ってみたけど、表札は外されていたし、門はさらに固く閉じられていて、何度チャイムを鳴らしても、誰も出てこなかった。

まだ社会人数年目の自分にはそれ以上、できることはなかった。

本当に冴子は……正確には、冴子の一家は、消えてしまった。

彼女が消えて一年ほど経った日の深夜、突然、電話がかかってきた。おれはすでに寝ていて、真夜中の電話に飛び起きた。

「もしもし？」

「……あたし……冴子」

急に頭がはっきりした。

「冴子！　今、どこ！」

「……今から、行く」

「え？」

「今から行くから」

「本当？」

「うん……何か作ろうか、食べたいものある？」

なんであんなこと、冴子は訊《き》いたんだろうか。あんな時に。

おれの部屋に来る時はいつもそういう会話をしていたから、自然に出たのかもしれない。

「……カレー」

それもまた、なんでそんなことを言ったのか、わからない。前もよく、この部屋でカレーを作ってくれたからかもしれない。

それから三十分後、ドアのチャイムが鳴って、開けると冴子が立っていた。

彼女の見た目はがらりと変わっていた。

いや、何が変わっていた、というのは、男のおれにはうまく説明できない。

ボディコン、長髪というのは同じなのだ。だけど、それは前より微妙に丈が短く、微妙に胸が開いていて、微妙に生地が薄く安っぽかった。髪はストレートだったのが茶色く染めてソバージュにしていた。これまでそれだけは父親が嫌がるから、と塗っていなかった爪《つめ》も赤く塗っていた。そして、口紅が青みピンクから赤くなっていた。

たぶん、それ以外にもどこか違うところがあるのだろう。だけど、おれが言葉で説明できるのはそれくらいだ。

ただ、顔……表情がこれまでとはがらりと違っていた。きれいに整った顔立ちながら、子供っぽいところもあって、でも勝ち気で、芯《しん》のところに上品さがある……あの顔が……なんだか、唇の端がゆがんでいた。

一言で言うと、場末の女、安っぽい女に見えた。

「冴子……」

おれは立ち尽くした。そのおれを押しのけるようにして、彼女は部屋の中に入った。

「あ……」

「誰にも見られたくないから」

冴子はそのままキッチンに立つと、すぐにカレーを作り始めた。エプロンも着けずに……。

おれはただ、その後ろ姿を見るしかなかった。カレーなんていいよ、口元までその言葉が出掛かっていたけど、なぜだか言えなかった。言ってしまったら……今、ここに冴子を存在させている何かが、すべて消えてしまいそうな気がした。カレーを煮込み始めてやっと彼女はおれの前に座った。

「……どうしてたの？」

やっぱり、それしか訊けなかった。

「……パパの会社が倒産して」

「知ってる」

バブルがはじけそうになる少し前、気配を察してほんの少し値下がりし始めた物件に親父さんは手を出してしまったのだった。

「一つ、不渡りが出たら、銀行がすべて資金を回収し始めて……」

貸金業法がない時代だ。借金の回収に、違法な方法やヤクザの取り立てを平気で使っていた。

「お父さんやお母さんは？」

「一緒に逃げられないから、お父さんとはすぐに別れた。お母さんとも半年前くらいに。そのあと、連絡は取ってない」

冴子の口からぽつぽつ語られる話は信じられないようなものばかりだった。

「二人とも、今、生きてるかどうか」

今、何してるの、とは最後まで訊けなかった。怖かった。

カレーが煮上がった。食欲はまるでなかったが、おれは無理やり食べた。食べないと申し訳ない気がしたからだ。

この状況で作ったのに、カレーの味は濃く、奥深かった。辛さの奥にちゃんと甘みがあって、薄切り牛肉の旨みが残っていた。

「ママがね」

「え?」

「今、働いているところのママがね、ビーフカレーが上手で、店の看板料理なの。作り方を教えてもらったんだ」

「そうか……」

「あ、今、働いてるところじゃないか」

冴子は自嘲《じちょう》気味にふっと笑った。それがその日の最初で最後の笑顔だった。

「さっきまで働いていたところ、か」

「え?」

「店の厨房《ちゅうぼう》で洗い物をしてたら、店にあやしい男が来てるってママが教えてくれたから、そのままバッグだけつかんで裏口から逃げてきた。事情は話してあったから」

「えええ? 大丈夫なの? 冴子」

「ママが一万円握らせてくれたから、大丈夫」

いや、そういう意味じゃないんだが。

「これからきゅ……いや、言わない方がいいね。万が一、誰かに訊かれたら困るでしょ。遠くに行くつもり。途中で東京を通ったから、あなたに会いたくなって」

おれは心の中で、冴子、おれと結婚しよう、苗字《みょうじ》を変えたら逃げられるかもしれない、いや、おれがお前を守るから、と言ってた。

だけど、最後まで声に出しては言えなかった。

カレーを食べ終わると、おれは彼女を抱きしめ、キスをした。もちろん、カレーの味と匂いのするキスだった。

明け方、冴子は出て行った。

あたしのことは忘れて、というのが最後の言葉だった。

おれができたのは、その時家にあった金をすべて彼女に渡すことだけだった。


「この人、最近、人気あるよねえ」

気がついたら、冴子がテレビで若手芸人を観ながらケタケタ笑っていた。NHKから民放のバラエティーにチャンネルを替えたらしい。

大丈夫か、と訊きそうになって口をつぐんだ。

あれはもう、三十年以上、前の話だ。

冴子がどこかに行ってしまって六年後、おれは会社の後輩の、三歳年下の女の子、尚《なお》美《み》と結婚し、家族用の会社の社宅に住んだ。彼女はしばらく同じ会社で働いたあと退職し、近所のスーパーでパートしながら主婦をした。どうせ働くなら、そのままでいいようなものだが、当時はまだ、結婚したら退職という雰囲気が残っている時代だった。穏やかで静かな結婚生活だった。正直、尚美はそうかわいいとかいわれる人ではなかった。ちょっと鼻が低すぎ、唇は大きすぎた。でも、いい子だった。

おれは営業の部署に移り、日本中を出張でまわることになった。

そして、また、再会したのだ。冴子と。博多で。

「しーやん、この家、いいねえ」

夕飯を食べ終わった頃から、庭側のガラス戸を開けるといい風が入ってきた。

おれと冴子は寝っ転がりながら、今度はプロ野球を観た。

最近はＮＨＫでも民放でも野球をやらなくなったが、おれはひいきのベイスターズの試合だけは全部観られる動画サービスを契約していて、毎晩、楽しんでいる。

これだけが今、唯一《ゆいいつ》の贅沢《ぜいたく》かもしれない。

風上にいるのに、冴子の匂いはまるでしなかった。昔は濃すぎるくらい、香水をつけていたり、香りの強いシャンプーを使っていたのに、今はしないのか。それとも別の理由があるのか。

「古いし、庭も小さいけど」

「それはよけいだろ」

「……ねえ、お布団《ふとん》、いくつあるの？　あたしの分、ある？」

もう、そんな質問にドキドキするような歳ではなくなってる。泊まっていく気、らしい。

「ちゃんとある」

「それ、奥さんのお布団じゃないよね」

「違う」

良子が生きていた頃は、義母が泊まりに来たり、娘や息子たちが来たりしていたから、布団だけはある。たいして整理はしてないが、季節ごとに干すくらいはしてる。

気がつくと、冴子は寝てしまっていたので、タオルケットをかけてやった。隣の部屋とテレビのある居間に別々に布団を敷いた。

「……しーやん？」

おれの気配に気づいたのか、冴子がつぶやいた。

「ごめん、起こしたか。布団敷いたから、寝たら？」

「……違う」

「何が」

「しーやん、あたしたち、なんで結婚しなかったんだろうね？」

暗闇《くらやみ》に冴子の声が放たれた。

しーやん、あたしたち、なんで結婚しなかったんだろうね？

「しーやん？」

肩を叩かれて振り返ると、そこに着飾った冴子がいた。

博多のラウンジ……ホテルとかのラウンジではなく、女のいるラウンジだ。取引先の社長に「とっておきの店がある」と言われて連れて行かれた店だった。

八年ぶりに会った冴子は……復活していた。そう、復活としか言えないような姿だった。もしかしたら、最初に会った二十の時より、次に会って付き合った二十六の時より、最後に会った二十七の時より……ずっときれいになっていたかもしれない。場末の女感は消えて、妖艶《ようえん》でお金持ちで、でも素性のわからない女。

「あれはこれ」

連れて行ってくれた社長が指で頬をなぞった。

「の女だっていう噂《うわさ》もあります」

ヤクザ関係の女、ということだろうか。

「本当に？」

「なんでも彼女が東京で借金こさえて博多に逃げてきた時に、これが話をつけたとか、全部ちゃらにさせた、とか。そういう話です」

「え、じゃあ、やばい店なんじゃないの？」

思わず言った。冴子の店なら大丈夫だということはわかっていたが、今、彼女がやばい男と一緒にいる、それも自分には絶対できなかったことをした男と……という話を聞いていい気はしなかった。

「いや、大丈夫です。元これ、ということで今は経済ヤクザです」

「どっちにしろ、やばいじゃないの」

おれがトイレに行って、そこから出てくると、冴子が熱いおしぼりを持って立っていた。

「今夜、どこに泊まっているの？」

おれが出張で使うビジネスホテルの名前と部屋番号を言うと、冴子は小さくうなずいた。夜中の二時に、ホテルのドアが小さくノックされ、開くと冴子がするりと入ってきた。

「……よく入れたな。ここビジネスホテルなのに」

「ここのホテルの別の部屋を取った。で、ここに来た」

「……そうか」

冴子は何も言わず、おれに抱きついてきた。

結婚してるのも、今何してるのも何もなく、おれたちはベッドになだれ込んだ。ことが終わったあと、冴子は尋ねた。

「……博多には、どのくらいくるの？」

「月一くらいかな」

「その時は連絡して」

「……ちょっと聞いたんだけど」

「何？」

「冴子の旦那、ヤクザだって……」

彼女は低く笑った。

「違うよ。不動産屋」

「元ヤクザでもなくて？」

「違う、違う。ヤクザっぽく見えるけど、ずっとかたぎの人」

「そうか」

「あの人のおかげで、あたし、自由になれた。親も呼び寄せられたの。父も母も病院で死ぬことができた。感謝してるの」

「よかった」

それは芯から出た言葉だった。

「八十だけどね」

「え？」

「夫。八十のおじいちゃんだけど。でも、優しいんだ」

「結婚してるの？」

「籍は入れてない。おじいちゃんの息子とか孫とかが反対して、財産がどうとか、こうとか……まあ、どっちでもいいんだけどね」

そんな話だけして、おれのことは聞かずに、冴子は身支度をして出て行った。

あの町で、いや、あの数年の間に、おれたちは何回寝ただろう。どれだけのキスを交わしただろう。最初は月一回の情事だったけど、それだけでは飽き足らず、おれは何かと理由をつけては福岡出張を組み、そのうち、冴子も東京に来るようになった。会うのはほとんどホテルの部屋で、一度会うと、お互い精根が尽きるまで、何度も何度も、した。

「離婚して欲しい」

そういうことを彼女が言い出すまで、時間はかからなかった。

どういうルートで手に入れたのか、彼女は尚美の写真を手に入れ、パート先に顔を見に行った。

「……あんなブスとしーやんが結婚してるって耐えられない」

あの頃、たぶん、おれも冴子も頭が狂っていたんだと思う。

「離婚して。そして、あたしと結婚して」

「……考えとくよ」

だけど、なかなか離婚をしないおれにいらだって、冴子は離れていった。

翌朝、目が覚めると、またカレーの匂いがした。

「おはよ、しーやん。いや、もう、お昼か」

冴子が食卓に並べていたのは、どんぶり……カレーうどんだった。壁の時計を見ると、もう十一時半になっていた。

「昨日の残りのカレーで作ったのよ。ちょっとカレーが残った鍋に、めんつゆを洗うように入れてさ、片栗粉《かたくりこ》でとろみをつけるとちょうどカレーうどんのつゆにいいの」

そこには見慣れないものがのっていた。

「これ……お揚げ?」

「そう!」

甘く煮てある大きなお揚げがカレーうどんの上にどてっと横たわっていた。

「食べてみて。カレーうどんに合って、おいしいよ」

おそるおそる、まずカレーうどんを食べる。確かにおいしい。だしとカレーが合わさった、甘めのカレーだ。さらに、お揚げをちぎって、カレーうどんとともに口に入れる。

「おいしい!」

思わず叫んでしまった。甘くて柔らかいお揚げが、カレーによく合う。

「この組み合わせ、初めて食べたけど、おいしいね」

「でしょ。カレーうどんにお揚げのせるの、好物なんだ。パパちゃんに教えてもらったの」

思わず、手が止まった。

パパちゃん、というのは冴子の、事実婚の夫。博多のじいさんのことだ。

「パパちゃん、昔、関西で働いてたことがあって、このお揚げのせカレーうどんが大好物だった」

「そうか……」

おれはまた箸《はし》を取った。冴子にとってはどうということのない、思い出なのかもしれない。

「ねえ、なんで、あの時、結婚してくれなかったの? どうして離婚してくれなかったの？」

おれはまた、箸が止まった。

「あなた、竹中静夫さんって言うんですってね」

あの小さな老人と会った日のことは忘れられない。

彼は会社の方に電話をかけてきた。

「……楠茂雄《くすのきしげお》といいます……」

かさついた老人の声が耳に響いた。存じ上げません、と切りそうになった。

「家内がお世話になっているそうで……あなた、会社では今」

彼は正確に自分の部署と役職名、座っている机があるビルの階を言った。それから、自宅の住所、尚美の勤めているスーパーの名前……なんだか、ぞっとした。きっとすべてを知られているのだと思った。

彼が指定した帝国ホテルの喫茶店で、会社が終わってから待ち合わせをした。

「こちらは騒ぎ立てるつもりはありません」

彼は薄い灰色の麻のスーツを着て、杖《つえ》を持っていた。脇《わき》に屈強で、黒いスーツにサングラスをかけた男が一人、ついていた。楠が耳元でささやくと、彼は隣のテーブルに移った。

「冴子は若いし、まあ、娘のようなものです。正式な夫婦なわけでもない」

もしも、楠に何か言われたら、返そうと思っていた言葉を言われ、何も言えなくなってしまった。

「ただ、こちらもあの子を自由にするためには、かなりの金も使ったし、人脈も使いました。いわゆる、貸しというものを。金では解決できない、人間の関係、それが貸しを作るということです。それをいろいろやりました。簡単にできることではなかったんです。若い妻が浮気をしているのを、このまま手をこまねいて見ているわけにもいきません」

「……すみません」思わず、頭を下げた。

老人はコーヒーをすすり、ため息をついた。

「さて。こちらとしてはあなたが手を引いてくだされば、特に何もしません。冴子にも奥様にも」

なんだか、すべてにおいて現実離れした話で、おれのような一介のサラリーマンが太刀打ちできることではなかった。そして……おれにとって、その時の妻もまだ、大切な相手ではあった。冴子に対するような燃え上がる恋愛感情のようなものはなくても、でも、傷つけたくはなかった。

「わかってくれますね」

「……冴子とは……別れたらいいんですか」

「いいえ。そうじゃありません」

老人は首を振った。おれは驚いて彼を見つめた。

「冴子の方が自然にあなたに飽きるまで付き合ってください。あれは結構、古風な女です。あなたが奥さんとのらりくらりと別れないということがわかれば、自然に愛想を尽かすはずです。私と会ったことは絶対に悟られないこと。わかりましたか」

「……はい」

「もしも、こちらのせいで冴子があなたと別れなければならなくなったと思われたりしたら……」

「したら？」

彼は微笑んだ。

「あなたからすべてを奪う」

まるで映画の中のような言葉だったが、嘘のようには思えなかった。おれが頭を下げている間に、彼は頑強なおつきを従えて帰って行った。

居間の薄型テレビでは高校野球がまた始まっていた。

それを観ながら、もういいだろうと思って、おれはすべてを話した。昔、楠のじじいが言ったこと、すべてを。彼が死んで、もう二十年以上は経っているはずだ。

「関係ない」

冴子は全部を聞いたあとも、ただ、首を振っただけだった。

「関係ない？　どういうこと？」

「あのおじいちゃんが何を言っても関係ない。あなたは結局、奥さんを選んだということでしょう」

「え？」

「本当に、あたしのことの方が好きなら、すべてを捨てて、結婚してくれたはずよ」

まるで少女のようなことを言う、とおれは思った。でも、冴子の言うこともわかるのだ。

一時の感情のことだけを言うなら、確かにあの時期、ベッドの上での瞬間、おれは冴子を愛していただろう。だけど、やっぱり、尚美のことは大切にしていた。

毎日の食事、毎日のおしゃべり、毎日の微笑み、毎日テレビを観たりしながら話したわいもないこと、パートをしながら、自分の身の回りを整えてくれたこと、朝になれば朝食ができていて、靴が磨かれていること。

そんなことをすべて、おれは愛していた。否定はできなかった。

おれは冴子にうまく言葉を返せなくて黙った。すると、冴子は急に声を張り上げて泣き出した。

「あたしはあなたが逃げて欲しいと言ってくれたら、何もかも捨てて逃げたのに！　いつも一番愛していたのに！　なんだってしたのに！」

そして、おれの背中を叩いた。泣きながら叩いた。おれは抵抗しなかった。だって、尚美ともあのあと、数年で別れたのだ。

彼女の方の浮気だった。高校の同級生と同窓会で出会って、一緒になった。それを打ち明けられた時、彼女も泣きながら言った。

だって、あなただって浮気してたでしょ、私を愛してくれてなかったでしょ、いつも別の女のことを考えているじゃない、と。

おれはどこまでも中途半端な人間だった。

隣の家に聞こえるのではないかと、ちょっと心配するほど、冴子は叫んで泣いて泣いて、そして、疲れたのか眠ってしまった。おれはちゃぶ台の脇に寝っ転がっている冴子に、タオルケットをまたかけた。

「そうは言うけど、次に会った時、冴子は別れてくれなかったじゃないか」

四十代半ばに、おれと冴子はまた出会った。楠のじじいはもう死んでおり、冴子は東京に戻ってきていた。

あれはやっぱり、こんなふうに暑い、ある夏の日……おれは当時、大阪支社に課長として転勤していて、部署の有志で行われた温泉旅行会で城崎《きのさき》温泉に行った。

夜九時から花火が上がるから見に行ったらいかがですか、五分くらいのものですが、と宿の女将《おかみ》に勧められて、それなら外湯に入って、そのあとにでも見ようと部下の高坂《こうさか》を誘った。街の真ん中を川が通り、そこにかけられた橋が一番眺めがいいとも教えてもらった。

「課長はもう結婚しないんですかあ?」

おれと同じように東京からの転勤組である高坂は、外湯の露天風呂で遠慮のない口を利《き》いた。彼はこちらに来てまだ数ヶ月で、周囲になじめていなかったから、おれはいつも気を配っていた。花火に誘ったのも、ともすると一人になってしまう彼を気遣ってのことだったが、こういうことを平気で言ってしまうところが、現地採用のプロパー職員たちに少し煙たがられているのだった。

ただ、自分自身はそう気にならない。むしろ、はっきり聞いてくれる方が気が楽だった。

「……別に、諦《あきら》めてなんかないさ」

実は、当時、大学卒業後、関西で働いている同級生に、良子を紹介されたばかりだった。まだ、一、二回、二人で会っただけだったけど、彼女の穏やかな笑顔や聞き上手に徹してくれるところを気に入っていた。

「そうですかあ、意外だなあ。自分は結婚なんかは考えてないから」

「そうなの？　高坂は見た目もかっこいいし、若いし、初めから決めつけなくても」

「いや、そうじゃなくて、相手がいないとかじゃなくて、結婚とか面倒くさいんですよ。でも、親とか、友達とかうるさくて」

おれは湯の中で苦笑いした。

そんな話をしたあと、橋の上から彼と並んで花火を見ていたら、「うわあ、きれい」とはしゃぐ声がした。ふっと見たら、数人先に冴子がいた。隣に、楠とは違う、同年代の恰幅《かっぷく》のよい男を連れていた。

どきり、とした。

「ちょっと、先に宿に帰るよ」

おれはとっさに高坂にささやいた。

「え？　どうしてですか？　まだ始まったばっかりだし、五分で終わりますよ」

「いや、ちょっと湯あたりなのかな、めまいがして」

しかし、あまりにも慌《あわ》てていたからか、冴子に会ったショックからか、きびすを返して歩き始めたところで、本当にめまいが起きた。

「課長！　課長！　大丈夫ですか！」

おまえ、そんなに騒ぐな、叫ぶな、冴子に気がつかれるだろう……そう思いながら、高坂に腕をつかまれてなんとか立ち上がった。

「課長、大丈夫ですか……」

「大丈夫」

やっとそう言った時、自分のすぐ近くに冴子が立っているのに気がついた。

「しー……竹中さん、久しぶり」

「……久しぶりだね」

高坂が、必死に笑顔を作るおれと、冴子を交互に見ていた。

冴子の後ろに男がそっと寄り添った。彼女は振り返って「この人、竹中さん……高校時代の友達の友達」と説明した。

「今、どちらにお勤め？」

冴子が気取った声で尋ねた。

「大阪支社にいて」

おれが簡単に説明すると、なぜか高坂が「竹中さんは営業二課長です！　自分は課長の下で働いています」と引き取った。

話しているうちに、花火は終わっていた。

そのまま、橋の上で別れた。花火が終わると、おれのめまいも治っていた。

「きれいな人ですねえ」

高坂がつぶやいたことをはっきり憶《おぼ》えている。

城崎温泉で再会したあと、冴子は会社に電話をよこし、おれたちは大阪で会った。

彼女はホテルのラウンジを待ち合わせ場所に指定してきた。夏用の白いスーツを着てしっかりと化粧した彼女は、これから立候補を予定している女性議員の卵みたいに見えた。

「あの人、この間、一緒にいた人、すごいエリートなんだよね」

挨拶《あいさつ》もそこそこに彼女は言った。

「東大出てて、ゼネコンの部長なの。駅前の大きなビルとか作ってるの」

「そうか。よかったな」

「あたしのことが好きで、結婚して欲しいってすぐに言われたんだ」

「よかったじゃないか」

すると、冴子は顔をふんっというように横に向けて、吐き出すように言った。

「だから、しーやんには邪魔して欲しくないの。あたしは幸せになるんだから」

思わず、笑ってしまった。

「邪魔なんてしてないじゃないか……よかったな、冴子。幸せになれよ」

「四十過ぎた女が、結婚してくれる相手を見つけるのだって大変なんだから……彼は二十代の女の子とだって結婚できるのに、あたしを選んでくれたんだから……」

「わかるよ、だから、幸せに……」

冴子はおれの言葉が終わらぬうちに、両手で顔を覆《おお》って泣き始めた。

「言われなくたって、あたしは幸せになるんだから……しーやんのことなんて放っておいて、幸せになるんだから……」

彼女は声を殺して泣き続け、おれはどうしていいのかわからなかった。

あの頃の冴子の決意は固く、いくら誘っても絶対におれと寝たりはしなかった。でも、なぜか、時々大阪に来てはおれを呼びだした。そして、同じようにホテルのラウンジに来ては、彼とどこに行ったか、どれだけ彼がエリートで、大きな仕事をしていて、頼りがいがあるか、どんな場所で挙式をする計画を立てているか、そんなことを話し、最後には泣いた。

おれはずっとそれに付き合った。それがおれの、冴子に対する贖罪《しょくざい》だと思ったから。それは半年ほど続いただろうか。ベッドの中でのことなども克明に話してくれるようになって、さすがにおれも付き合いきれなくなった。

「……冴子、よくわかったよ。いい人じゃないか。早く結婚しちゃえよ。な。幸せになれ」

彼女は上目遣いに尋ねた。

「……しーやんは今、付き合ってる人、いるの？」

その時、初めて訊かれた。

「まあ、いるというか……会ってる人はいるよ」

おれは良子のことを説明した。

「なんでそういう人がいるのに、あたしと会うの？」

「冴子が呼び出すからだろう」

「呼んだって、来なければいいのに」

「そうだな。じゃあ、もうやめよう。冴子、本当に幸せになれよ」

冴子はまた、泣いた。

「どうして、しーやんは言ってくれないの？　あたしに」

「なんて」

「そんな男なんてやめて、おれのところに来いよって」

おれは大きくため息をついた。

「……言えないよ。だって、そう言ったからと言って、冴子は別れてくれるのか？」

冴子は涙でいっぱいの瞳《ひとみ》で、おれをじっと見ていた。しばらくして、首を横に振った。

「だろう？　だったら、しょうがないじゃないか」

おれは冴子の頭をテーブル越しに引き寄せ、つむじのあたりにキスをした。

「冴子、本当に幸せになれよ」

そして、席を立った。


夕飯の時間になっても冴子が起きないので、おれは冷蔵庫をのぞいた。冴子に頼まれて買ってきた食材で最後に残っていたのは、鶏肉、竹の子、茄子、しめじ……そして、タイカレーの素《もと》。

そのパックの裏を見ながら、タイカレーを作った。

鍋から、エスニック料理のいい匂いがしてくると、冴子が起き出してきた。

「……しーやん、料理、できるんだね」

「まあ、このくらいなら。冴子、顔洗ってこいよ。ご飯にしよう」

「うん」

子供のように素直に、彼女は洗面所で顔を洗ってきた。

炊いたご飯に、タイカレーをかけて食べた。

「おいしい。しーやん、本当に、料理できるようになったんだ」

「何度言うんだよ。こんなの、味噌汁と手間は変わらないじゃないか」

おれは笑った。

「だって、昔はできなかったじゃん」

「まあねえ」

だからおれは説明した。良子と結婚して、料理を習ったあれこれを。

「……あたし、見逃しちゃったんだね」

「何を？」

「しーやんの人生。しーやんがだんだんおじさんになったり、出世したり、料理を習ったり、歳をとって、おじいちゃんになって……そういうのを。全部」

おれは黙って、スプーンを使った。

「ね、あたしたちがあの時、結婚してたら、どうなってたかな？」

あの時っていつだろう。おれは尋ねる勇気もない。

冴子は手を止めた。

「一緒にいたかったよ。人生をずっと一緒に歩きたかったよ。平凡でもいい、そういうしーやんを全部……タイカレー、どこで食べたのか、憶えてる？」

「もちろん。これを初めて食べたの、冴子とだったから」

大阪のタイ料理屋だ。一度だけ、ホテルのラウンジで会ったあと、冴子がお腹が空いたと言ったから、駅ビルのタイ料理屋で食事をしたのだ。

「しーやん、おいしい、おいしいって言って。あたし、こんなの簡単にできるんだよって」

「そうだっけ」

「あたしと結婚したら作ってあげたのに」

カレーを平らげたおれは、皿を持ってキッチンに立った。おかわりのカレーを皿に盛りながら言った。

自分の万感を込めて。

「そうだね、結婚したかった。冴子と結婚したかった。冴子が人生で、一番結婚したい相手だったよ」

恋、片思い、両思い、愛、婚約、浮気、略奪愛、裏切り、不倫、……おおよそ、恋愛に関することはすべてやった間柄だ。

結婚以外は。

そう、おれたちは一度も結婚しなかった。付き合った長さも、一緒にいた長さも、愛し合った長さも回数も、そして、たぶんその深さも、セックスの回数も、一生で一番、誰よりも多い相手だったけど、結婚だけはしなかったし、できなかった。おれ自身は二回も結婚したのに。たぶん、冴子は籍を入れてないのも数えたら三回。

「結婚、しようか」

振り返ると、もう誰もいなかった。

ただ、がらんとした台所に食卓があり、冴子がさっきまで食べていたタイカレー、半分だけ残ったそれがのっていた。

「冴子」

おれの声はむなしく、家の中に響いた。

そうか、冴子、それが聞きたかったか。

冴子の葬式から帰って来て、戸口に彼女が立っているのを見た時はびっくりした。でも、最後にもう一度会いたいと思っていたから、嬉しかった。

冴子は一人、ワンルームのマンションで死んでいたそうだ。少し前に別れたばかりだという、事実婚の男が葬式を取り仕切っていた。彼女の「お葬式に呼んで欲しいリスト」に、携帯番号があったと言われた。死因は聞かなかった。

おれは食卓に座った。

「冴子」

もう一度、声に出してみても、もう、彼女はいない。

おれはこれから、ずっと一人で生きていかなくてはいけないのか。

冴子なしの世界で。

そうだね、どこかで思ってたよ。いつか、きっと、一度くらいは一緒になる日がくるんじゃないかって。

だけど、ありがとう。

最後に出てきてくれて、ありがとう。

おれはまたスプーンを取ると、タイカレーを口に入れた。それは辛く、甘く、どこか奇抜で、おれと冴子の人生そのもののような味がした。

エッセイ

# 恩讐の彼方のトマトサラダ

山田詠美

Yamada Eimi

1959(昭和34)年、東京都生れ。
'85年に「ベッドタイムアイズ」で文藝賞、
'87年に『ソウル・ミュージック・ラバーズ・オンリー』で直木賞を受賞。
近著に『つみびと』『血も涙もある』『私のことだま漂流記』など。

恋を失った時は、何も言わずに女友達がそっと寄り添ってくれ、体にも心にも優しいごはんを作り、傷付いた私の心を癒してくれる……ああ、何と素晴しいシスターフッド。

という書き出しで読む人を「ほっこり」させたいところだが、そうも行かないのである。だって、「失恋」って、ふられることだよね。

これは前にも書いたことがあるのだが、私はふられたことがない。インタヴュー時にそう言ったりすると、聞き手はとても驚いて、加えて、興味津々といった表情を浮かべて尋ねるのである。

「すごーい！ じゃ、山田さんの場合、自分から相手をふる方なんですね？」

いいえ！ と私は、相手を遮って、きっぱりと告げる。

「私の場合、男と別れるのは、相手が逮捕されるか、強制送還されるか、死ぬか、のどれかの場合なんで」

聞き手は例外なく言葉を失うのだが、別に驚かせている訳ではない。だって、真実なんだもん。もっとも、関係は持ったものの大事（本気の恋）には至らず、自然消滅してしまった場合も数知れずあるのだが。「若気のいたり」ってやつね。お尻、軽かったから。

それでも、よおく思い出してみると、私にも手ひどい打撃を受けた経験がひとつだけあり、あれは「失恋」としか呼びようがない。

それは、最初の結婚の時のこと。アフリカ系アメリカ人の前夫が、いつのまにか仲間内の女と恋に落ちていて、その事実を、私以外のほとんどが知っていたのだった。それなのに、誰も私に告げ口する者はいなかった。何故かって？　前夫も、その相手のフィリピン系アメリカ人の女も、そして、たぶん、私も、皆にとって「良い奴ら《グッドカンパニー》」だったから。good fuckin' company!　ほんとだよ。

しかし、その後、前夫は女と別れ、私たち夫婦の関係は修復された……かに見えて、まったく元通りという訳には行かず、「覆水盆に返らず」の故事そのままに、離婚することになったのだった。結婚以後も続いていた恋心が突然断ち切られても、未練がましく何年も一緒にいたから、これは正式な（？）失恋とは言わないかもしれないが。

離婚のペーパーワークを提出するまでにずい分と時間をかけたせいか、私たちに憎しみは残らなかった。

いよいよ、最後の対面の時、夫の両親がニューヨークから移り住んだジョージア州サヴァンナ空港にある、お気に入りのひなびたカフェテリアで昼食を取った。

「きみ、まだヴェジタリアンもどきを続けているの？」と、前夫。

「もう止めた。性格悪くなるからね。あれは、ニューヨークの病だったってことで」

前夫は、笑いながらメニューをながめて、あ、トマトサラダがある、と言って顔を上げた。二人共、目が合った瞬間にふき出した。

「好きだったろ？　トマトサラダ」

「ええ、大好きでしたが、それが何か？」

私たちの間で何度もくり返された冗談だ。料理のまったく出来ない前夫が、結婚前、たった一度だけディナーテーブルを用意してくれたことがあった。メニューは、焼き過ぎたステーキとサラダ。

黒塗りの御椀にちぎったレタスが敷かれ、何と大きなトマトが丸ごとのっかっていた。私は笑い転げ、つられて前夫も腹を抱えた。そして、私は、トマトにフォークを突き刺して天に掲げ、その後、巨大なキャンデーを齧るようにして、食べた。その時から、「失恋」するまで、丸ごとトマトサラダのエピソードは二人のいとおしい共有ジョークになったのだった。

もう私は、あの時のように、無邪気に、野蛮な食べ方で、トマトを口に入れることはない。

## 初出一覧

「わたしたちは平穏」　小説新潮　二〇二三年九月号
「ワタシノミカタ」　同右
「初恋と食事」　同右
「ヴァンパイアの朝食」　小説新潮　二〇二二年六月号
「くちうつし」　小説新潮　二〇二三年九月号
「ゆかりとバターのパスタ」　同右
「白と悪党」　同右
「SUMMER STREAMER」　同右
「夏のカレー」（「冴子」改題）　同右
「恩讐の彼方のトマトサラダ」　同右

デザイン　川谷康久（川谷デザイン）

いたただきますは、ふたりで。
恋と食のある10の風景

新潮文庫　し－21－112

令和七年二月一日発行

著者　一穂ミチ　古内一絵　田辺智加　君嶋彼方　錦見映理子　山本ゆり　奥田亜希子　尾形真理子　原田ひ香　山田詠美

発行者　佐藤隆信

発行所　株式会社 新潮社
郵便番号　一六二—八七一一
東京都新宿区矢来町七一
電話　編集部(〇三)三二六六—五四四〇
　　　読者係(〇三)三二六六—五一一一
https://www.shinchosha.co.jp

価格はカバーに表示してあります。



印刷・錦明印刷株式会社　製本・錦明印刷株式会社



ISBN978-4-10-180299-2　C0193